転生したら剣でした17
"I became the sword by transmigrating" Story by Yuu Tanaka, Illustration by Llo
棚架ユウ
イラスト／るろお
GC NOVELS

『さあさあ！　皆さま！
遂に猛者がその姿を現しました！
最強のランクＢ冒険者！
黒雷姫フラン！』
シビュラ
師匠
フラン

『おおっと！これで役者が揃いました！
今大会最大の優勝候補、
穿拳のヒルトーリアが登場だぁ！』
ディアス
ヒルトーリア

『超大盛カレーだ！今日は好きなだけ食べていいぞ！』
「おお～」

転生したら剣でした17

"I became the sword by transmigrating" Story by Yu Tanaka, Illustration by Llo

棚架ユウ
イラスト／るろお

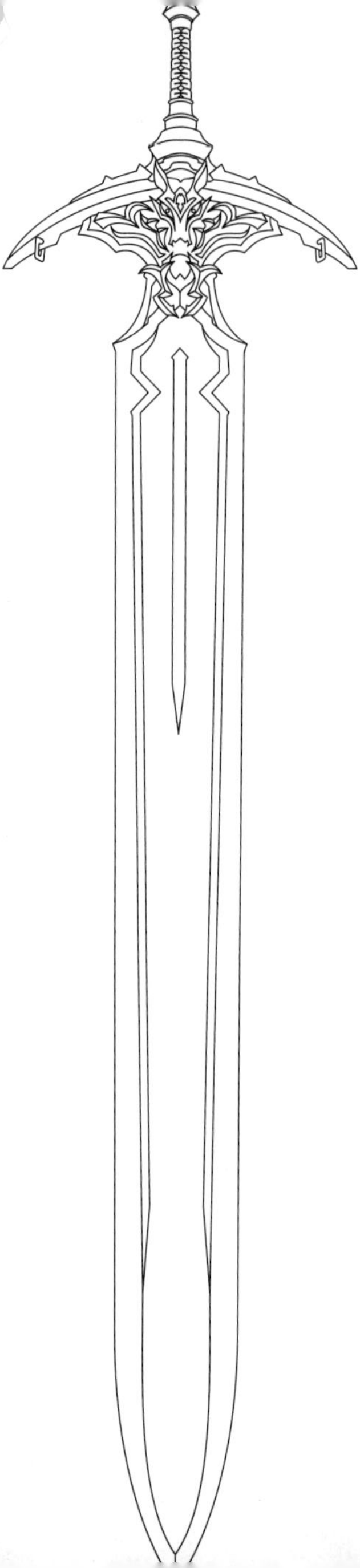

CONTENTS

"I became the sword by transmigrating"
Volume 17
Story by Yuu Tanaka, Illustration by Llo

プロローグ

ウルムットにて武闘大会の予選を観戦した翌日。

フランの姿は闘技場の前にあった。

本選出場者には組み合わせ表が届けられるシステムがあるんだが、宿に知らせが届くのを待ちきれず、闘技場の前に掲示された組み合わせを確認しにやってきたのだ。

『組み合わせが発表されたが、これは……。いきなり知り合いだぞ』

（……誰？）

『まあ、覚えてないとは思ったよ』

巨大な木の板に貼られた紙に、本戦出場の六四人の名前が書かれている。三二名のトーナメントの山が二つ、向かい合うように書かれたタイプの表だ。

そして、表の最初にはフランの名前が書かれている。

これはいわゆるAシードの扱いだからだ。去年三位だった実績により、この場所が与えられたらしい。

フランの名前が一番上に書かれた山の一番下。Bシードにはディアスの名前が書かれており、山を挟んで向かい側のCシードにはヒルトーリアの名前が、対角のDシードはフェルムスである。

このシードは、単純なランクや名声だけではなく、前年の順位が最優先されるそうだ。それにより、ランクB冒険者のフランが、ランクAのディアスやヒルトよりも前にきているというわけだった。

Aシードっていうのは、気分がいいね。

現時点で、優勝候補最有力って意味なのだ。

それはフランも一緒であるらしく、目を輝かせてトーナメント表を見ている。

(師匠、一番に名前がある！)

『これは注目されるぞ。無様な試合は見せられん』

(ん！　頑張る)

順当に行けば、準決勝はディアス。決勝はヒルトかフェルムスだろう。

『初戦の相手はデュフォーだ』

名前だけじゃ思い出せないようだから、デュフォーの情報を軽く教える。デュフォーは、バルボラの冒険者ギルドで出会った駆け出し冒険者の一人だった。模擬戦だってしたのである。

(……誰？)

おっと！　それでも首を傾げちゃうかぁ！

『バルボラで稽古をつけてやっただろ？　ほら、ガムドからの依頼でさ』

ガムドの依頼で、調子に乗っている彼らの鼻っ柱をへし折ってやったのだ。

一緒にいたリディック、ナリア、ミゲールの三人は、獣人国に行く船の護衛でも一緒になり、船上で稽古をつけてやったりもした。

鍛えてやった三人のことは結構覚えているみたいなんだが、他の奴らに関しては「なんかいた」程度の記憶っぽい。

『ほら、あの時の駆け出したちの中じゃ一番強かった幻剣士の』

（……いた、かも？）

細かい特徴を教えてやっても、ボヤーッとしか思い出せないようだった。まあ、多少強かったと言っても、駆け出しの中ではっていうレベルだからね。

今回は覚えてもらえるといいね、デュフォー君！　前回からどれだけ成長してるかがカギだぞ！

『で、その次に対戦する可能性がありそうなのが――』

（モルドレッド）

その名前を見つめながら、フランが楽し気に呟く。

こっちはしっかりと覚えていたらしい。まあ、当然だろう。

獣人国に行く船での護衛依頼で一緒だった、ランクB冒険者だ。

単純な戦闘力だけではなく、冒険者として優れているタイプだった。もちろん、戦闘力も一級品だったが、指揮や索敵も上手かったのである。戦闘スタイルとしては槍と溶鉄魔術の達人で、巧みにそれらを使いこなしていた。

その戦い方は、しっかりとフランの脳裏に刻み込まれているようだ。

『モルドレッドの一回戦の相手はナリアか』

（ナリア！）

ナリアは先程も会話に出たが、フランが短期間指導をした、駆け出し冒険者である。弓使いだったはずだが、なんと予選を突破したらしい。さほど広いとは言えない舞台では、遠距離攻撃主体の人間はかなり不利だ。魔術師であっても弓士であっても、初撃すら放てず接近される場合も多いからな。

しかも、予選は大人数でのバトルロイヤルだ。

その中を弓使いのナリアが勝ち抜いてきたということは、かなり成長したということだろう。フランも同じように考えたのか、嬉しそうだ。短期間とは言え、指導した相手がどれだけ強くなっているか、楽しみであるようだった。

とは言え、たった一年でモルドレッドに勝てるほどには強くなれないだろう。順当にいけば、二回戦はモルドレッドになるはずだ。

『で、三回戦は……誰になるかね？』

「ふむ」

同じブロックに見知った名前はない。いや、一人いた。

『このビスコットって、シビュラと一緒にいた男だよな？』

「？」

ああ、フランは覚えてないんだったか。というかよくよく見たら、このブロックにシビュラの名前もあるじゃないか！

まさかレイドスのスパイ（仮）のシビュラたちが、武闘大会に出場するとは思わなかった。実はスパイじゃないのか？　それとも何も考えていないだけ？

しかもシビュラとビスコットの名前が近いね。下手したら仲間同士で潰し合うんじゃないか？

『シビュラは勝ち上がってくると考えると、準々決勝で対戦することになるぞ』

（ん。楽しみ）

そうやってトーナメント表を確認していると、周囲の人間が急に騒（ざわ）めいた。フランがこの場に現れた時と同じ反応だ。

有名な冒険者でも姿を見せたか？

そのまま待っていると、一人の男がトーナメント表の前に現れた。なるほど、こいつを見たら、驚いてしまうのも無理はない。

その男は、頭部が完全に昆虫であった。人の頭部と同じサイズのカマキリの頭が、人の体の上に載っている。一目見たら忘れない姿だろう。

「ふむ……僕は――」

もっとギチギチした昆虫感全開の感じの声を想像していたのに、驚くほどに普通の人間の声だった。いや、むしろカッコイイ部類に入るだろう。それこそ、イケメン声優さん並である。王子様チックなイケボだ。

しかも強い。

足音の消し方といい、気配の配り方といい、一流の戦士であると思われた。武器は持っていないが、素手か？　ああ、腕を鎌に変形させて戦う可能性もあるな。

ともかく、フランがちょっとワクワクしてしまうレベルの実力はあるだろう。

最低でもコルベルト並だ。

「ありゃ、誰だ？」

「さあ？　半蟲人（はんちゅうじん）の冒険者なんて、この町にはいないだろ？」

「じゃあ、余所者（よそもの）か。強そうだな」

「そうか？」

「ああ、動きがかなりいい」

周囲にいたウルムットの冒険者たちも、この男のことを知らないらしい。ということは、他の都市や国からやってきたのだろう。

こういうまだ見ぬ強者がいるから、武闘大会は侮れないのだ。

トーナメント表を確認しているカマキリ男を興味津々で見ていると、不意にその顔がこっちを向いた。

グリンと首が回り、顔だけがこっちを向く。そのままクリッと小首を傾げる光景は、なかなかホラーチックだった。『怪奇、カマキリ男！』みたいな？　この辺の動きはカマキリなのかよ！

俺はいつでも念動を発動できるように、身構える。だが、カマキリ男から発せられたのは、意外な言葉だった。

「もしかして、黒天虎のフラン殿かな？」

「ん」

「おお！　やはり、王都では僕の仲間たちがお世話になったようで」

王都？　王都で半蟲人ということは――。

『エリアンテの関係者か？』

クランゼル王国王都のギルドマスター、エリアンテは蜘蛛の半蟲人だった。それに、彼女が昔所属していたという傭兵団、『触角と甲殻』のメンバーとも知り合いになったのだ。

この傭兵団は、半蟲人だけで構成された、珍しい傭兵団であるという。

「……もしかして、エリアンテたちの知り合い？」

「そうです！」

当たりだったか。

エリアンテの名前を出すと、カマキリさんは嬉しげな声を上げる。ただ、カマキリの顔は全く表情が読み取れないので、あくまでも声から推測するだけではあるが。

「お初にお目にかかりますね。僕は傭兵団『触角と甲殻』の団長、ナイトハルトと申します」

ナイトハルトが右手を軽く胸に沿えながら丁寧にお辞儀をする。カマキリなのに優雅だ。

「団長なの？」

「はい。まあ、他にやれるメンバーもおらず、押し付けられただけですが」

そう言いつつも、ナイトハルトには人の上に立つに相応しい、存在感のようなものが感じられた。

本人の謙遜や、他のメンバーがまとめ役に向いていないというのも確かなのだろうが、それを抜きにしてもナイトハルトが団長というのは非常にしっくりきていた。

「可愛らしいお嬢さんだと聞いていましたが、噂以上に可愛らしい」

「？」

「失礼。不躾でしたね」

気障な台詞なのに、全く嫌みがない。その態度が紳士然としているからだろう。

「僕の友人たちを助けていただき、ありがとうございます。もし何か困っていることがあればお声がけください。仲間は見捨てず恩には報いる。それが活動理念ですので。ふふ、可愛らしいお嬢さんのピンチに駆けつけるのは、当然のことでもありますしね」

イケメン！　性格も所作もイケメン！　カマキリなのに、超イケメンだよこの人！

「私も色々助けられた。おあいこ」

「いえいえ、命の恩人だと聞いていますよ？　感謝しているのは本当ですので、覚えておいてください」

「わかった」

「とは言え、もしトーナメントで当たった場合は手加減しませんよ？」

「望むところ」

ナイトハルトの言葉に、フランが不敵に微笑む。ナイトハルトの強さを想像して、楽しくなってきたらしい。

王都で見た感じ、半蟲人の傭兵たちはみんな強かった。団長と言うからには、団員よりは強いのだろう。フランの中の戦闘狂が、うずうずしてしまっているのが分かった。

ただ、ナイトハルトと同じブロックには、フェルムスやエルザがいるのだ。フランとの対戦が叶うには、彼が決勝まで上がってこなくてはならない。

どうなるかな？

「……他のみんなもいるの？」

「ロビンたちはまだ王都でエリアンテを手助けしています。そろそろ次の戦地へ移動する時期ですがね」

「ナイトハルトは団長なんでしょ？」

「ああ、なぜ僕だけがここにいるかということですか？」

「ん」

「新たな団員の勧誘のためですよ？　まあ、それだけではないですが」

ナイトハルトの目的はトーナメントで活躍することで目立ち、在野の半蟲人に興味を持ってもらうことであるらしい。

彼らは半蟲人だけの傭兵団である。これはただ排他的なだけではなく、社会では奇異の目で見られることが多い半蟲人同士で寄り集まり、助け合うことが目的なのだ。

外見的特徴が薄ければ、風当たりはましである。だが、ナイトハルトのように蟲の特徴が強く出てしまった者の中には、迫害を受けて他種族恐怖症になっている半蟲人も多い。

そんな者たちにとって、半蟲人だけの傭兵団というのは安息の場所でもあった。

だからこそ彼らは、人間やエルフ、ドワーフなどの他種族を団に迎えることはせず、半蟲人だけの集団に拘るのだ。

ただ、親の特徴が強く出た半蟲人というのは、そう多くはない。団の人員を増やそうと考えても、そうそう良い人材が見つかるものでもなかった。

「というわけで、僕は各地で人材の発掘をしているんですね。この大会に出て活躍すれば、多くの半蟲人たちの目に留まりますから」

ナイトハルトの見た目は、確かに大きな話題になるだろう。そこで傭兵団の話も一緒に広がれば、入団希望者が現れるかもしれない。

「なるほど」

「フラン殿も、旅先で半蟲人に出会ったら、ぜひ我々のことを宣伝してください」

「わかった。じゃあ、そっちも黒猫族がいたら、進化の話を教えてあげてほしい」

「わかりました。互いに助け合いましょう」

ナイトハルトは黒猫族の話を詳しく知っていた。それこそ、進化条件をかなり熟知していたのだ。そういった情報も、傭兵団としての武器の一つになり得るからだろう。

「ああ、そうだ。一つ忠告です」

「？」

「どうやら、あなたのことを嗅ぎまわっている連中がいるようですよ。詳しい正体は分かりませんが、多分冒険者ではないでしょう」

「トーナメントのために情報を集めてる？」

「かも知れませんが、この時期は色々とおかしな連中もこの町に入り込みます。有名人であれば知らずに恨みを買っている可能性もありますし、気を付けられたほうがいいでしょう」

「わかった。教えてくれてありがと」

「いえ。それではまたお会いしましょう」

「ん」

ナイトハルトは一礼すると、その場を去っていった。

『フランのことを嗅ぎまわる連中ね』

（敵？）

『分からん。有名冒険者の情報を調べているだけって可能性もあるからな』

ウルシはまだシビュラたちの監視のために離れている。俺が気を付けないとな。

第一章　大会本選開始

『フラン。調子はどうだ？』

「ん。ばっちり」

トーナメント表が発表されてから数日。フランはうす暗い通路を歩いていた。

『よしよし。ウルシもカレーをたらふく食って、エネルギーチャージは十分か？』

「オン！」

影の中から、元気な声が聞こえる。

ウルシは今日から俺たちのもとに戻ってきていた。シビュラたちもトーナメントに出場するということで、監視しやすくなったらしい。それに、参加者であるフランに相棒であるウルシを返そうと、冒険者ギルドが配慮してくれたのだろう。

フランはいつも通りの表情で、俺の言葉に頷く。多少ワクワクはしているようだが、必要以上の興奮はない。

この様子であればいつも通り冷静に、実力を十全に発揮できるだろう。

通路を抜けて、大勢の観客から降り注ぐ大歓声を浴びても、その態度に変化はなかった。

『緊張してないか？』

（？　してない）

どうやら、去年の経験から歓声の煩さにも慣れたらしい。対戦相手が哀れになるほどの平常心だ。

さすがフランだ。頼もしすぎる。

そんなフランとは対照的に、舞台の反対側に立つ青年はどこか浮ついた様子であった。

落ち着かない素振りで満員の観客席を見渡し、小さな声でブツブツと何やら呟いている。誰がどう見ても、緊張しているだろう。

「く、落ち着け俺……」

フランの一回戦の相手。幻剣士のデュフォーであった。

職業は幻剣士のままだが、以前よりはレベルアップし、ステータスやスキルが強化されている。

しかし、大観衆の前で戦うことには慣れていないのだろう。万を超える人間の視線を受け、明らかに委縮してしまっていた。

だが、フランを視界に収めたことで、スイッチが入ったらしい。

キョドキョドと観客を見回していた青年の顔が、一人の戦士へと変化する。まあ、それでも顔色の悪さは変わらんが。

「き、きたかっ！」

メッチャ声が裏返っとる。もしかして顔が青いのは大観衆のせいじゃなくて、フランへの恐怖故か？

考えてみれば、前回は模擬戦でかなり酷い目に遭わされている。その時のことを思い出してしまっているのかもしれない。しかも、そんな相手と初戦でぶつかってしまった。

怯えてしまうのも無理はないのかもしれない。

そのお陰で観客のことは完全に忘れたようだが、どっちがいいのかは分からんね。

「久しぶりだな！　き、今日は、前回のようにはいかないぞ！」

『フラン、とりあえず頷いておけ』

「ん」

デュフォーが勇気を振り絞って虚勢を張っているのに、「誰？」とか言われたらさすがにかわいそうだ。

両者が揃ったことを合図に、会場に大きな声が響き渡る。

『さあさあ！　今年もやってまいりました！　ウルムット武闘大会！　一回戦から、シード選手の登場だ！』

この解説も一年ぶりだな。相変わらずの早口で、まくし立てるように出場選手の紹介をしていく。

『去年は並み居る強豪をなぎ倒して、堂々の三位！　最年少入賞記録を樹立した、驚きの獣人少女！　今年はダークホースではなく、優勝候補として第一シードで登場だ！　冒険者、黒雷姫のフラァァン！』

紹介された直後、爆発するような大歓声がフランに降り注ぐ。まるで、アイドルか何かでも登場したかのような、黄色い声が混じった歓声だ。

想像以上に、フランの知名度と人気は高かったらしい。

フランが活躍した去年の武闘大会からまだ一年。フランのことを覚えている人も多いのだろう。

それに、獣人からしたら進化した黒猫族という、伝説的な存在でもある。ある意味、アイドルで間違っていないのだ。

ほとんどが応援と期待の声であった。

『今年はどのような驚きの闘いを見せてくれるのか、今から楽しみです！』

　フランは慣れたもので悠然と立っているが、デュフォーが目に見えて狼狽した。改めて、大勢の人間に見られていると思い出してしまったようだ。

『対するは、今年本戦初出場！　ランクD冒険者のデュフォー！　まだ若い青年ですが、侮るなかれ！　堅実な剣術で、予選を無傷で突破した猛者です！』

　実況の説明に、観客席がどよめく。ランクDでありながら予選を突破してくるのは、結構珍しいからだろう。しかも、かなり若い。

　だが、両者の人気を如実に現すように、歓声はフランに比べると圧倒的に少なかった。

　観客のみなさん！　露骨すぎ！　どっちにも拍手するのがマナーでしょうが！

　まあ、比べる相手が、もっと若くてもっと冒険者ランクが高いフランだ。本来であれば期待の新星として注目されるはずが、今回ばかりは相手が悪かったね。

　だが、デュフォーはそういったことに全く気が付かないほど、緊張が最高潮なのだろう。テンパリ気味のまま、少しぎこちない動きで剣を抜き放つ。

　初めての本戦。想像以上の大観衆。対戦相手は恐怖の黒雷姫。哀れになるほどの逆境だ。

　それでも戦意を失わないところは評価できる。まあ、フランは全然気付いていないようだが。

「？　どうしたの？」

「な、なんでもない！」

「ふーん」

　緊張という言葉とは無縁のフランからすれば、なぜ動きが悪いのか理解できないのだろう。

フランもデュフォーに倣って剣を抜く。それを見たデュフォーの目が、微かに歪んだ。明らかに俺を恐れている。

俺に手や足をぶった切られた記憶が、まだ鮮明に残っているのだろう。これでウルシが顔を出したらどうなってしまうのだろうか？

ちょっと気になったが、あまりにもかわいそうなのでそれは止めておいた。

涼しい顔のフランと、青い顔のデュフォーが闘技場の中央で向かい合う。その対比だけでも、どちらが優勢なのか一発で分かる構図だ。

『それでは——はじめ！』

戦いの火蓋が切られる。

「おおお！」

試合開始が合図された直後、デュフォーが一気に突っ込んできた。放つのは、全身全霊を込めた横薙ぎの一撃だ。勿論、自分のスキルである幻剣により、剣をしっかりと隠している。

幻剣は自身の持つ剣に様々な幻を被せることで、相手を幻惑させることが可能なスキルだ。直接的な攻撃力はないが、上手く使えば必殺の一撃を相手の急所に叩き込むことも可能だろう。

俺が思いつくだけでも、剣の長さを偽ったり、剣を大剣のように見せかけたりと、その使い方は色々とある。

今のデュフォーのように何もない虚空の幻で剣を覆うことで、まるで素手のように見せることも可能だった。

「うおぉぉ！」

何も持っていないように見えるデュフォーの右手が、横に振られる。さっきまでこの手に剣を持っていたのだ。剣が見えておらずとも、観客などには胴を薙ぐ一撃に思えているだろう。

しかし、フランはどう見ても横薙ぎを回避する動きをしていなかった。軽く体を横にそらし、むしろ突きを回避するような動きだ。

今のままでは直撃を食らう。誰もがそう思ったが――デュフォーは悔し気に呻いた。

「これを、見切るのか……！」

「悪くないけど、私には分かる」

デュフォーの攻撃は、右手に持った透明な剣での横薙ぎではなかった。右手には何も持っておらず、密かに左に持ち替えていたのだ。そして、その左で突きを放っていたのである。

かなり練習していたのか、透明化は完璧だった。多少の揺らぎはあるが、初見で見切るのは難しいだろう。

だが、相手が悪過ぎた。フランは音によって見えない剣の動きを察知し、突きがくることを把握していたのだ。

「馬鹿な――ぐぁ！」

そのまま懐に潜り込んだフランの拳が、デュフォーの腹を抉る。その一発で、デュフォーの足は踏ん張りを失い、体が崩れ落ちていた。

「前よりは成長してる。でも、まだ私には届かない」

「……く、そ……」

「視線とかも隠さないと、動きを読まれる。あとは足の運びも」

「……」

幻剣を見たことで、ようやくデュフォーを思い出したらしい。

だが、デュフォーは聞いてないと思う。もう完全に意識を失っているからな。

『圧倒的だぁ！　開始五秒で決着がついてしまった！　見逃した方が多数いる模様！　今年も黒雷姫のフランからは、目が離せそうもなぁぁい！』

響き渡るアナウンスを背に、フランは北通路へと引き返す。

『勝ったな』

「ん！」

一瞬で終わった試合だったが、フランは満足げだ。去年もそうだったが、やはり試合で勝つのは嬉しいのだろう。

『一回戦突破のお祝いだ。今夜は豪勢にしような』

「カレー？」

『おう。メンチカツと特大目玉焼きも付けよう』

「トンカツも！」

『分かった分かった。山盛りで付けてやろう』

「おー」

「オンオン！」

拍手するフランの足下で、ウルシが首だけを影から出して自分もいるよアピールする。フランの股の間に狼の首が挟まれているような絵面だ。

フランが一瞬歩きづらそうにしている。

『分かったから！　お前の分もちゃんとあるから首だけ出すな！』

「オフ」

そんな風に歩いていると、通路の向こうに一人の男が立っていた。四〇がらみの、だらしない体型の男だ。眼は濁り、肌はギトギトのあぶらギッシュだ。外見で人を判断するつもりはないけど、内面の汚さが外見に現れているようにしか見えん。

明らかにフランを待ち構えていた。厄介ごとだよなぁ。

案の定、男はフランの姿を見た直後、尊大な態度で口を開く。

「貴様が黒雷姫だな？」

「ん」

「ふん。本当に子供ではないか――」

フランは男の問いかけに頷くが、一切足を止めずにそのまま前を通り過ぎた。何故かフランが止まると思い込んでいたらしい男が、慌てた様子でフランの背に声をかける。

「ま、待て！」

「またない。次の試合が始まる」

モルドレッドとナリアの試合の勝者が、次の対戦相手だ。少しでも情報を得るため、ぜひ観戦しておきたかった。

当然、名乗りもしない不審者と話す暇などあるわけがない。

これが実力者だったりすれば、フランの気も引けただろう。しかし、男は戦闘能力の低い雑魚であった。

鑑定もしたが、あまり強くはない。一応戦闘系のスキルはあるが、本人のステータスが低すぎる。恫喝や交渉系のスキルがあることから、言葉で相手を威嚇して、脅迫まがいの交渉をすることが得意なのだろう。典型的な権威主義の貴族って感じだった。

フランには通用しないが。

「待て！　儂は――」

男がなにか言おうとしたが、フランは一気に加速して男を置き去りにした。壁を蹴ることで一切減速せず角を曲がり、驚く他の通行人の横をすり抜け、特別観戦席にあっという間に到着する。五秒くらい壁走りしてたよな？

『フラン、やり過ぎだ』

「？」

『はぁ。にしても、さっきの奴なんだったんだろうな？』

わざわざフランを待っていたように思う。どこかからの使者？

「どうでもいい。それよりも試合」

『ま、仕方ないな』

無視したことをなかったことにはできんし、相手の態度とタイミングが悪かった。これで文句を言ってくる奴がいたら、改めて考えればいいさ。それで文句を言うなら、獣人国で貰った勲章が火を噴くぜ？　俺もフランも、使えるものは何でも使う主義だからな！

『試合は今からか』

「ん。間に合った」

フランが姿を現すと、特別観戦席にいた人々が微かに騒めいた。ここは関係者席のはずなんだが、中にはフランを間近に見たのが初めての人も多いらしい。

とは言え、無理に話しかけてくるような者はいなかった。ちゃんとマナーを分かってるのだろう。それどころか、席を譲ってくれようとする人までいる。

「ここに座るといい。対戦相手を見たいのだろう？」

「いいの？」

「ああ、私の娘が君のファンでね。席を譲ったと話したら、きっと羨ましがる」

「ありがと」

吟遊詩人の影響がこんなところにまで出ていた。

お言葉に甘えて席に座ると、ちょうどいいタイミングである。眼下の試合場では、ちょうどモルドレッドが仕掛けるところであったのだ。

以前と変わらぬ青い鎧に、黒い外套。日に焼けた褐色の肌に、朱色の髪の毛をちょんまげのようなポニーテールに纏めているダンディな冒険者だ。男が憧れる男って感じなんだよな。粗野な感じもまた魅力的なのだ。

対するのは弓使いの少女、ナリアである。フランが指導していた頃と、姿は全く変わっていない。しかし、存在感が増していた。修行を頑張ったのだろう。

高速で近づいてくるモルドレッドに対して、ナリアは後退しながら弓を矢継ぎ早に放つ。

以前は持っていなかった速射というスキルを得ていることからも、弓の腕を大分上げたのだと分かった。

ゴブリン程度は即死させる威力の弓が、モルドレッドの顔面目がけて正確に襲い掛かる。

弦を引く手にはすでに数本の矢が握られており、それを高速で番(つが)えては放っていた。しかも、弓技によって生み出されたオーラの矢が、本体の矢からややずれる軌道で襲い掛かるのだ。

この速射と弓技により、予選のバトルロイヤルを突破したのだろう。もともと、仲間の脇や顔の横を通して敵を攻撃するような技術は持っていたのだ。速さと威力と手数が増せば、相当な強化となっただろう。

フランは短期間自らの生徒であったナリアの成長を見て、感心したように頷いている。

「ナリア、きっと頑張った」

『だな』

獣人国に渡ってからも血の滲むような修行を続けたのだろう。その成果は間違いなく発揮されている。

だが、それでもモルドレッドには届かない。

「槍技・スパイラルガード」

「なぁ！　そんなのあり？」

手元で槍を回転させて、全ての矢を危なげなく弾き飛ばしてしまう。しかも、突進力は一切衰えず、ナリアへと一気に接近していた。すでにモルドレッドの距離だ。

ナリアはモルドレッドのことを知っているだろう。獣人国への船で一緒だったし、そもそも有名なランクB冒険者なのだ。

接近戦では相手にならないことは承知しているはずだ。

だが、ナリアはそこから踏み込んだ。後退すると見せかけて、前傾姿勢で飛びつくようにモルドレッドに突進したのだ。

「はあああ！」

「ほう？」

勢いよく投げ付けられた弓と矢によって、槍の動きが止まる。

モルドレッドも虚を突かれたらしい。ナリアは一般的に槍の間合いと言われている距離を踏み越え、その懐に入り込んでいた。

密着してしまえば、槍は扱いづらい。ナリアの判断は、悪くはなかった。その手には一本の短剣が握られている。フランが船上で指導した通り、短剣も鍛え続けていたのだろう。

「たああ！」

ナリアの短剣が、モルドレッドの腹に突き立てられた。刃が根元までズッポリとモルドレッドに埋まっている――ように見える。

だが、ナリアは悔し気だ。

「溶鉄魔術……」

切先が突き立てられる直前、モルドレッドが溶鉄魔術を使い、ナリアの短剣の刃を溶かしてしまっていた。ナリアがモルドレッドの腹に押し当てたのは、刃のなくなった短剣の柄だったのだ。

「見事だったぞ」

「ぐ……」

いつの間にか引き戻されていた槍の石突きが、ナリアの側頭部を打って意識を刈り取る。

『やっぱ、モルドレッドだったな』

「ん。巧い」

『ああ、溶鉄魔術をいつ詠唱したのか分からなかったぞ』

多分、接近戦になった際の備えとして、予め溶鉄魔術を詠唱していたのだろう。その慎重さと、詠唱を悟らせない隠蔽の上手さ。そして、激しい戦闘中も魔術を遅延させておくだけの技術。まさに巧いという表現がピッタリとくる男だな。

「……いく」

『フラン？　どうしたんだ？』

フランが急に立ち上がると、歩き出した。

折角席が確保できたのにい、これ以上見ていかないのだろうか？

だが、フランはそのまま歩き続けた。目指すのは、会場の出口ではない。

数分ほど歩いたフランは、そのままある場所へとたどり着いていた。部屋の中に入ると、そこには少女が項垂れるように座っている。

フランはそのまま少女に近づくと、声をかけた。

「いい戦いだった」

「先生！　来てくれたんですか！」

「ん」

そこはナリアの控室であった。

普通は簡単に教えてもらえる情報ではないと思うんだが、フランが係員に聞いたら速攻で教えてくれたのだ。情報管理が杜撰すぎやしないかと心配になる対応の速さである。

まあ、有名人であるフランだからだろう。地球だったら有り得ないが、こっちではランクと人気と地位次第で、黒も白になってしまうのだ。

いや、そこまでの権力の濫用をしたわけじゃないけどさ。

ナリアの控室には、見覚えのある顔が集まっていた。

ナリアと一緒にフランの船上指導を受けた大剣使いのミゲールと、槍使いのリディックがナリアを慰めていたのだ。彼らは予選で負けてしまったらしい。

「やっぱり、本戦は化け物の巣窟ですね……」

「国中から腕自慢が集まるからな。有名どころ以外にも、隠れた強者もいる」

「俺に勝った女剣士は、まさにそんな感じだったぞ。赤髪の目立つ女だったんだが、気づいたら場外で寝ていた。あれが無名とは信じられないぜ……」

肩を落としたナリアの呟きに、リディック、ミゲールが同調する。しかし、赤毛の目立つ女ね。

「ミゲールに勝った相手の名前は？」

「え？　さあ、ちょっと分からないっすね。ただ、赤い髪の、妙に偉そうな女剣士でした。いや、俺はその剣が振るわれるのを見ちゃいませんがね」

多分、シビュラのことだろう。武器は剣か。

フランは強敵と戦うのが好きだが、自分と同じ剣士が相手だとより燃える傾向がある。シビュラの得物が剣であると知って、ワクワクしてきたのだろう。

微かに笑みを浮かべている。

「じゃあ、私は観客席に戻る」

「あ、きてくれてありがとうございました！」

「ん。みんなは、これからどうする？」

「デュフォーたちと合流して、ダンジョンにでも行ってみますかね……。また一年鍛え直しですから」

「そう。頑張って」

「はい！」

ナリアは落ち込んではいるものの、腐ってはいないらしい。

自分の戦法が、格上のモルドレッドにほんの僅かでも通用したことが分かっているのだろう。俺から見ても、健闘したと思う。

例えば、持っていた短剣が魔剣だったら？　溶鉄魔術に耐えていたかもしれない。そうなれば、もう少し戦いは長引いたはずだ。

少なくとも、悪あがきをする時間は手に入っただろう。

傍から見れば、それは負けるまでの時間が数秒延びただけ。格下がみっともなく足掻いているだけに見えるに違いない。

だが、ナリアにとっては大きなチャンスなのだ。もし、もっと成長して、必殺技のようなものを手に入れていたら？　その数秒が、勝負を分けることになるかもしれない。

まあ、簡単に言えば手応えがあったってことだ。自分の修行が無駄ではなかったと実感できたのだろう。

去り際にその表情を窺うと、すでに笑顔だった。それは、修行をしたいと言っている時のフランの顔にそっくりだ。

『頑張れ』

「？」

『いや、フランの生徒が、次はもっとがんばればいいなと思っただけだよ』

「ん。ナリアは頑張ってる。次はきっとやる」

『だな』

さて、再び観戦に戻ろうと歩き始めたんだが、見覚えのある男が怒りの表情で近づいてくるのが見えた。

「おい！　お前！」

威嚇の声を上げつつ、肩を怒らせながら向かってくる。さきほど置き去りにした、態度の悪いデブだった。

表情は変わらないが、フランの機嫌が急降下するのが分かる。絶対に楽しい話じゃないし。フランがいきなりぶん殴ったりしないことを祈ろう。

「この儂を無視するとは、なんと無礼なやつだ！　不敬であるぞ！　そもそも、このような子供が強いわけないではないか。やはり冒険者共の内輪話など当てにはならんな！」

「……」

「ふん。まあいいわ！　喜ぶがいい！」

「？」

「我が国の王が、貴様を騎士に取り立て、使ってくれるそうだ！　冒険者が栄えある我が国の騎士となるなど、前代未聞であるぞ！」

どっかの国の勧誘だったか。いや、勧誘って言っていいのか分からんけど。本当はフランを騎士にしたくなくて、わざと無礼な態度をとって怒らせようとしてるんじゃないか？　それで問題起こして、いちゃもん付けるのが目的とか？

「だが、冒険者如きを騎士にしてやるのだ。当然、試験も無しとはいかん！　一つ、仕事をこなしてもらおう。その仕事に成功すれば、貴様は我が国の騎士として――」

「お断り。騎士なんかになるつもりはない」

「な、なに？　聞き間違えたか？　おい、お前如きを騎士にしてやると言っているのだぞ？　そこは感謝して、跪(ひざまず)くべきだろうが！」

「馬鹿なの？　お前みたいなやつがいる国、何があっても絶対に嫌。死んだ方がマシ」

「け、ケダモノの冒険者風情が……！」

「豚が貴族やってる国よりは上等」

「き、きき、きさまぁぁ！」

あー、この男。何が目的なのか知らんが、一発でフランを敵に回したな。冒険者と獣人を同時に馬鹿にされたフランは、怒りの表情で男を睨みつけた。

『あ！　こら！　少し手加減して！』

「ひ、ひぃぃぃ！」

手加減のない怒気をぶつけられた男は、恐慌状態に陥ったらしい。

腰を抜かして、座り込んでしまった。しかも、それだけじゃない。床に染みが……。

『やっちまったかぁ』

(いい気味)

漏らした尿でズボンと床を濡らしながら、男が醜い声で喚きたて始めた。恐怖を感じると口数が増えるタイプだったらしい。弱い犬ほどよく吠えるってやつだろう。

「な、なな、なんだその態度はぁぁ! 儂は、栄えあるシャルス王国の王家に連なった、高貴なる一族! エマート子爵であるぞ! こ、このケダモノが! 先程から頭が高いわ! ひれ伏せ! ひれ伏して這いつくばって、儂の足を舐めんか! 殺すぞっ! 殺してやるぞ!」

『とりあえず黙らせよう』

「ん」

俺が風魔術で音を遮断する。腰が抜けているようなので、逃げる心配はないだろう。

ただ問題なのは、こいつの言葉に嘘がないんだよな。本当に、シャルス王国の子爵っぽいのだ。斬るわけにもいかないが、適当に気絶させて放置? でも、それじゃ逆恨みした馬鹿貴族を野に放つことになるんだよな。

自分の声が遮断されていることも気づかず喚き続けるお漏らし子爵の扱いをどうするか悩んでいたら、通路の向こうから走ってくる人影があった。三〇歳くらいの男だ。

そして、エマート子爵を見て、絶望的な表情を浮かべた。

「エ、エマート子爵……!」

やべぇ、こいつの仲間か？　ここで騒がれると色々と面倒なんだが……。警戒して身構えたが、次にとった行動は予想外であった。

「こ、黒雷姫様ぁぁ！　も、申し訳ありませんでしたぁ！」

子爵の仲間と思われる男が、フランに向かって綺麗な土下座を決めたのだ。

フランに暴言を吐いて、威嚇されただけでお漏らしをしたエマート子爵。その同僚の貴族であると思われる男が、地面に頭を擦りつけて許しを乞うている。

「私はレリアン・チャート。シャルス王国にて伯爵の位を与えられているものです！」

『やっぱ貴族だったか……。にしても、シャルス王国？』

〈クランゼル王国南部の海沿いに位置する、小国です。鉱石を数種類産出しますが、そのほとんどを国外へ輸出し、食料の輸入に充てています〉

おお、アナウンスさん！　さすがですよ！

『国力の低い、典型的な弱小国ってことか？』

〈是。平地の少なさと塩害により、食料の自給率が低く、食料輸入が国家予算を大幅に圧迫しています〉

鉱石は食えないからな。食料産出国からは足下を見られているらしい。

『何か、陰謀的なことを考えている可能性は？』

〈情報が不足しています〉

『だよな……』

俺がアナウンスさんと情報のやり取りをする間も、チャート伯爵の謝罪という体（てい）の言い訳が続く。

「この度は我が国のボケナスが、失礼な態度をとって申し訳ありません！　どのようなことを口走ったかは分かりませぬが、この男の言葉に我が国は一切関知しておりません！　全て、この男の戯言（ざれごと）！　この男個人の責任です！」

『うわぁ……。清々しいほどにエマートを見捨てたな』

「こいつと国は関係ないの？」

「ほ、本来であれば、このような場所にこられるような権限を持った男ではないのです。我が国でも折り紙付きのクズと言いますか、ゴミと言いますか……」

「そんな奴が、なんでここにいる？」

「それはその……。新王陛下の一時の気の迷いと申しますか……。私もこのような副官はいらないのですが……」

つまり、普段は馬鹿貴族として要職を与えられていないのに、今回は何故かフランへの使者を仰せつかってしまったというわけか？　王に賄賂でも渡したのだろうか？

新王とか言ってるし、国の方針自体が急に変わったのかもしれない。

チャート伯爵はエマートの馬鹿さ加減を把握していたんだろう。だからこそ、国外で問題を起こした子爵に全部の責任を押し付けてしまうことにしたに違いない。

というか、エマートみたいなクズが生かされているのは、何かあった時に責任を被せる生贄にするためのはずだ。

だってこいつ、欲望肥大っていう状態なのだ。たぶん、あえてそういう状態にして、罪を押し付けやすくしているんだろう。

ある意味、こういう場合に責任を全て負わせるのは正しい使い方と言えた。発言はなかったことにできないが、エマートのせいにすれば自分の首は守れるからな。

ただ、ここまで暴走するのは想定外だったようだが。

「こいつ、私を騎士にしてやるとか言ってた。王の言葉だって」

「いえ！　その、言葉のアヤといいますか、言葉がちょっと強すぎたと言いますか」

「？」

「我が国の王が、貴女様に興味を持ったことは確かでございます！　そして、騎士に迎えたいと考えたことも確かでございます！　ですが、無理やり騎士の役職を押し付けるようなつもりもございません！　断られれば、諦めるつもりでありました！」

最後の、断られたら諦めるという部分だけは嘘だった。ただ、無理やり騎士爵位を押し付けるつもりはないというのは本当らしい。

本来であれば何度も接触して、交渉を続けるつもりだったのだろう。

それをまだ腰を抜かしているエマート子爵が先走り、台無しにしたってことらしい。

隠された陰謀みたいなのはなさそうだ。ないよな？　ただの無理やりな勧誘だと思うが……。

こんな時にはアレだろう。

『フラン、アレを見せておけ』

（アレ？）

『獣人国でもらった勲章だよ』

（おお、なるほど）

あの勲章は、こういう時に使っていいと言われているのだ。ぜひ活用させてもらいましょう！

フランが次元収納から黄金に輝く勲章を取り出し、水戸のご老公の見せ場のように高々と掲げて見せた。

俺はフランに台詞指導を行う。

「この勲章が、目に入らぬか」

「そ、それは……！」

チャート伯爵は恐れおののいたような表情で、後ずさる。

良い反応だね！　俺は満足だよ！

チャート伯爵は黄金獣牙勲章のことをちゃんと知っていたらしい。今まで以上に顔色を悪くしていた。

「この勲章を何と心得る」

「は、はは～！」

すでに土下座状態なのでこれ以上頭を下げられないのだが、それでも必死に頭を床に擦りつけている。

ただ、少し大げさに反応し過ぎじゃない？　別にフランが獣人国の重鎮ってわけでもないんだし、そこまでせんでも……。

いや、弱小国にとって、大国である獣人国は敵に回せないということなんだろう。それに、失態を演じた直後だしな。もう、何を言っても土下座をしてくれそうだ。

これで、脅しとしては十分だろう。

「もう、行くよ？」

「は！　申し訳ありませんでしたぁ！」

チャート伯爵は最後まで土下座の体勢で、フランを見送った。エマート子爵の周囲に張ってあった消音結界を解いたことで、醜い喚き声が聞こえてきたが、チャート伯爵がどうにかするだろう。というか、しろ！

『まあ、これでもう来ないだろ』

「ん」

『ただ、一応冒険者ギルドに報告しておこうな。なんらかの対処はしてくれると思うし』

もっと有名になったら、あんなのがこれからも湧いて出るのかね……。有名税ってやつなんだろうが、全然嬉しくない。

少しゴタゴタしたものの、見たかった試合までには席に戻ってこれたな。

『次は、ビスコットと、デミトリスの弟子の戦いだ。あとはシビュラの試合も今日だな』

「楽しみ」

シビュラと一緒にいた大男、ビスコット。彼も相当な戦士であった。

背が高く、筋肉の付いた分厚い肉体から想像するに、かなりのパワーファイターだろう。

闘技場に出てきたビスコットからは、強い存在感が放たれている。それに、ビスコットも戦闘狂の気があるのかもしれない。オールバックにした金髪を撫でつけながら、楽しげに笑っている。その顔はまるでヤンチャな少年のようだ。実際は二〇歳は優に超えているだろうがな。

観客席からビスコットを鑑定する。だが、やはり鑑定が上手く機能しない。鑑定偽装の魔道具を今も使っているらしかった。

「おっきな盾」

『盾士か？　かなりの魔力を感じるな』

「ん。硬そう」

ビスコットの装備で目立つのは、大きなタワーシールドだ。軽く屈めば、ビスコットの巨体でさえすっぽりと隠してしまうほどに巨大である。厚さもかなりあるだろう。

武器は長柄の槌である。二メートル近い柄の先には、一抱えはありそうなサイズの巨大な金属製のヘッドが付いていた。

盾で守って、槌で一撃必殺。ある意味、盾士としては基本的な装備だ。盾も槌も、規格外のサイズではあるが。

どちらも、普通の人間では持ち上げることさえできないだろう。そんな重装備を片手で持ち上げているのだから、その膂力（りょりょく）は凄まじい。

同じことは、冒険者の中でも上位の戦士職じゃないと無理だと思われる。

しかし、対魔獣ならともかく、人相手であの重装はどうなんだ？　相手は素早い格闘者なわけだし。

『どう捌（さば）くのか、見ものだな』

「ん」

『対するデミトリス流だが……。一応、手甲を付けるのか』

「強い」

『そりゃ、デミトリスから出場を許されるレベルなんだ、当然だ』

名前はツェルト。黒い短髪の厳つい顔をした男性だ。ぶっちゃけ、ゴリラそっくりの顔である。能力も高い。現状で、封印状態のコルベルトに迫るだろう。というか、彼も状態が封印になっているな。

デミトリス流の免許皆伝試験を受けている最中らしい。つまり、コルベルトとほぼ同格ということだ。年齢も三〇歳で、経験的な面でもコルベルトに大きく劣っているわけではないだろうしな。

『さて、どんな戦いになるかね』

「ん」

「オン」

俺たちが見守る中、互いに綺麗に一礼する。

「よろしくお願いいたします」

「おう！　噂の超絶流派の技、楽しみにしてるぜ？」

最初に仕掛けたのは、デミトリス流の拳士ツェルトである。

「行きますよ！　盾士殿！」

「はっ！　えらい速いな！」

俺たちの予想した通り、序盤はツェルトがその敏捷性を生かして、ビスコットを翻弄していった。死角へと潜り込み、出の速い技でビスコットの体勢を崩そうとしていく。

華麗な戦いだ。すまん、ツェルト。完全にゴリゴリのパワーファイターだとばかり思ってたよ。喋り方といい、戦闘スタイルといい、メッチャスマートでした！

「せい！　はぁぁぁ！」

「ちょこまかと！　ゴキブリかよ！」

「ゴキブリほど速くはないと思いますよ？」

「え？　こっちのゴキブリってそんな速いの？」

なんとも言えないやり取りをしながら、両者ともに超高速で動く。相手の調子を崩そうとしているのか、本気で言ってるのかどちらも分からんな。

ただ、ツェルトがどれだけ攻めても、ビスコットの守りは堅かった。

その巨体で驚くほど素早く反転し、全ての攻撃を盾で防いでしまう。それでも数発は被弾したと思うが、その体勢は全く揺るがなかった。

「何か所か、蚊に刺されたかな？」

「想像以上に硬いですね！」

「もっと強く打ってこいよ！　じゃねぇと、俺は倒せねぇぜ？」

「言われなくても！」

ツェルトの速度がさらに上がった。高速のフットワークは遠目からでもその姿がブレて見えるほどであり、放たれる拳は一般人では見切ることが不可能だろう。

ツェルトの手甲とビスコットの大盾がぶつかり合い、巨大金属加工機の稼働音のような甲高い音が断続的に鳴り響く。その音の大きさからも、その衝撃の凄まじさが理解できた。

時折混じるやや鈍い音は、ビスコットの鎧に拳が撃ち込まれる音だ。序盤の様子見ではなく、倒す気で繰り出された本気の攻撃である。だが、ビスコットの足を止めるには至らない。

「ぐおっ！　か、軽い軽い！」

「やせ我慢をするなと言いたいけど、この攻撃を食らっておいて顔を歪める程度で済むなんて、頑丈過ぎじゃないかい？」

「頑丈さだけが取り柄でな！　一発二発程度で倒れる柔な体じゃないんだよ！」

「丈夫な体に産んでくれたご両親に感謝するんだね！」

「親の顔なんざ見たこともねぇよ！」

今度はビスコットが攻撃に転じた。鋭い踏み込みで、盾を叩き付けたのだ。

しかし、シールドバッシュはツェルトにひらりと躱され、攻防が目まぐるしく入れ替わる。

「それは済まないね！」

「はっ！　代わりに仲間たちがいたからな！　寂しくなんて思ったこたぁないさ！」

重い話をしながら、攻撃を応酬し合う二人。

しかし、ビスコットはスラムか何かの育ちなのかね？　まあ、こっちの世界じゃ珍しくもないのかもしれんが……。

「はあぁぁぁ！」

「まだまだ！　もっとこいやぁ！」

相変わらずの金属音が響く舞台の上だったが、異変が訪れていた。

ツェルトの攻撃の頻度が、僅かに落ちたのだ。よく見ると両腕に装着した手甲の隙間から、真っ赤な液体が流れ落ちていた。

ビスコットはただ受け止めるだけではなく、盾を拳に軽くぶつけることで、逆に拳にダメージを与えていたのだろう。硬い手甲の内部が傷つくほどに、ダメージを受けているらしい。

ツェルトの表情が悔し気に歪む。完璧なタイミングで盾を拳にぶつけるなんて芸当、完全に見切っていなくては無理だからな。しかも、互いの姿を完全に隠す、巨大な盾越しにだ。

力量差というよりは、戦略の差だろう。

ビスコットがツェルトを挑発していたのは、攻撃の速度を上げさせて、拳潰しの戦法を実行しやすくするためだったのだ。攻撃が速くなると、その分単調になるからな。

こう言ってはなんだが、脳筋っぽい雰囲気のビスコットがここまでクレバーな作戦を使ってくるとは思わなかった。それはツェルトも同じなのだろう。

彼が悔しげなのは作戦に引っかかったことよりも、相手を侮った自身の油断に対してだろう。

拳に大きなダメージを追ったツェルトと、未だに動きの鈍らないビスコット。

誰が見ても、ビスコットが有利となっていた。

会場の観客たちも、ダークホースの出現に歓声を上げている。

「……済まない」

「なんだ？　急に？　手加減でもしてほしいのか？」

「違うさ。君を侮っていた」

「ああ、そういうことか。何、俺が考えた作戦じゃねぇよ。拳殺しとかいう技をちょいと入れ知恵されてな」

あっさりと自分の手柄ではないと明かすビスコットに、ツェルトは苦笑いだ。だが、すぐに表情を引き締めると、血が滴り落ちる拳を静かに構えた。

「な、なるほど。だが、その作戦を見事実行して見せたのは君だ。誇っていい」

「そうかい？　ありがとよ。で？　まだやるのかい？」

「無論。もう、次の試合のことを考えるのは止めだ。君に勝つためなら、全てを出す価値がある」

ツェルトの雰囲気が変化した。

それまでは良くも悪くも明るい様子だったのが、完全に戦闘モードに入ったのだ。

そのゴリラ顔が引き締まり、殺気すら滲ませる。彼が言った通り、全てを出し尽くす覚悟を決めたのだろう。

ビスコットも、集中を深めた様子である。

両者の間にピリッとした緊張感が流れた。

観客がその緊張感を感じ取り、声援が自然と低くなった直後、ツェルトが一気に前に出た。

俺たちだから分かったが、観客たちにはその動きが見えていないだろう。踏みしめた床にヒビが入ったかと思ったら、その姿がビスコットの真横にあったように見えたはずだ。

それほどに、速かった。全ての力を、正面への加速につぎ込んだのである。

ビスコットも、ツェルトの動きを捉え切れていない。突然消えた相手の姿を、探している様子だった。

「どこに……！」

「はあああああぁぁ！」

「がっ！」

速度を一切落とさぬまま、すれ違いざまにラリアートのようなフックを繰り出すツェルト。その一撃がビスコットの脇腹を打ち、金属の鎧を削る様に破壊していた。

普通なら脇腹が抉り取られていてもおかしくない一撃を食らい、ビスコットが金属の破片を撒き散らしながら吹き飛ぶ。

「ぐがぁ！　ごぼっ……！　痛ぇなぁ！」

「仕留めきれなかったか！」

倒れることは何とか回避し、滑るように着地したビスコットが少なくない血を吐き出す。確実に、内臓までダメージを受けている。だが、即座に戦闘不能になるほどのダメージではなかった。いや、普通なら痛みでまともに動けないのだろうが、ビスコットは恐ろしく忍耐強かったのだ。

盾士として最前線に立ち、普段からダメージを食らうことに慣れているんだろう。

「へっへっへ、腕、逝っちまったなぁ？」

「ふっふっふ、そちらも内臓がマズいことになっているんじゃないかな？」

「さてなぁ？」

不敵に笑い合う両者だったが、どう見てもそのダメージは深刻だ。

ツェルトの右手甲は砕け、その下の拳は明らかに潰れている。金属片が幾つも食い込み、出血も酷い状態だ。攻撃に使用することは難しそうに見えた。

対するビスコットも、砕けた鎧の隙間から見える皮膚が、青紫色に変色している。肋骨が何本か折れていることは間違いない。血を吐くほどのダメージがすぐに回復するとも思えないし、こちらもダメージは相当蓄積しているだろう。

どちらも、長時間は戦えない。

次の攻防が重大な意味を持ってくるはずだ。

「そろそろ終わりだなぁ、おっさん」

「む？　老けて見られることも多いが、まだ三〇歳だ。おっさんと呼ばれる歳ではない」

「はっ！　やぱりおっさんじゃねぇか」

「さほど年齢は変わらんと思うがね？」

「俺も老けて見られることが多いんだわ」

両者ともに相変わらずの軽口を叩きあいながら、魔力を練り上げている。

この二人、何だかんだ気が合うだろ？

フランだけではなく、全観客が固唾（かたず）を呑んで見守る中、両者の選んだ行動は奇しくも開始時と同じであった。

「行きますよ」

「こいやぁ！」

攻めるツェルトに、守るビスコット。

どちらも自分が最も得意とするスタイルに、自身の命運を託したのだろう。

「はぁぁぁぁ！　せい！　どらぁぁぁ！」

「砕けた拳で、よくやる！　くぅ……！」

ツェルトの気合が迸る度に、赤い血が弾け飛ぶ。

砕けた拳で盾を殴っているせいで骨が皮膚を突き破って飛び出すような状態になってしまっている。

それでもツェルトは止まらない。この攻撃に、全てをかけるように。

鈍い音が鳴り響き、ビスコットの盾が変形し始めていた。表面が大きく凹み、その度にビスコット自身も顔を顰める。持ち手に衝撃が伝わっているんだろう。まさか、正面から潰しに行くとは思わなかった。しかも、狂ったように攻撃を続けているように見えて、しっかりとフェイントを織り交ぜている。緩急も付けており、ビスコットの拳殺しが機能しないように動いているのだ。

「でやぁぁぁぁぁぁぁぁぁぁぁ！」

「ちぃぃっ！」

『まじか！　ツェルトの奴、正面から盾をぶち壊しやがった！』

ビスコットの大盾にビキビキとひびが入ったかと思うと、下半分が砕け散っていた。

（すごい！）

（オン！）

左の前腕が途中で曲がり、拳が赤紫に変色している。硬い盾を本気で殴り続けたのだから、当然ではあるが。

しかし、ツェルトの攻撃はまだ終わっていなかった。

「もらったぁぁぁぁ！」

引き絞るように折り畳まれた右腕が、捻りを加えながら突き出される。

強い魔力が込められた右拳が、そのままビスコットの腹に――。

『なんだ？』

（なんか、変だった）

必殺の一撃であったはずの攻撃は、軌道を完璧に読んでいたかのようなビスコットの盾によって、ギリギリ弾かれてしまっていた。盾の大きさは半分になってしまっているが、全く使えないわけじゃないからな。

確かにビスコットの反応は凄かったが、それ以上にツェルトの動きがおかしかった。

なんというか、上半身が前に突っ込み過ぎて泳いでしまい、バランスを崩した状態で大振りのテレフォンパンチを放ってしまっていたのだ。勝利に逸り過ぎて、大振りになってしまった？　いや、ツェルトほどの武闘家が、そんな初心者みたいなミスをするはずがない。

ならば、ビスコットが何かした？　その可能性が高そうだが、何をしたのかは全く理解ができなかった。幻覚系の魔術か、念動系のスキル？　候補が無限にありすぎる。

「うらあぁぁぁぁぁぁぁ！」

「がはっ！」

攻撃を逸らされたことでたたらを踏んでしまったツェルトに、ビスコットのシールドバッシュを躱す余裕はなかった。残った盾が完全に砕けるほどの一撃が繰り出され、ツェルトが吹き飛ぶ。

その体は高々と舞い上げられ、肉厚の巨体が場外へと転がり落ちる。

勝負ありであった。

序盤はツェルトによる一方的な勝利かと思われたところからの、逆転勝利だ。

観客が大歓声を送っている。

どちらも強かったが、ビスコットの防御力が勝ったって感じだ。

『あの堅守は厄介だな』

「ん！」

フランは、自分だったらどう戦うか想像しているんだろう。やる気に満ちた顔でビスコットを見つめている。

その後、シビュラの試合も見たんだが、こちらは全く参考にはならなかった。開始五秒での瞬殺だったのだ。

『一応、剣を使うってのは分かったな』

「あと、スピード主体」

『軽鎧に盾無し。まあ、多分そうか』

次の試合に期待しておこう。次はシビュラとコルベルトだからな。どっちが勝つにしろ、絶対に良い戦いになるだろう。

その後、俺たちは冒険者ギルドへと向かった。シャルス王国の使者について報告するためだ。

ディアスやエルザはいないようなので、受付嬢さんに説明をする。すると、驚きの反応が返ってきたのだ。

「またシャルス王国ですか……」

「また？」

「はい、実はシャルス王国の人間の行動が問題となっておりまして」

なんと、他の有力参加者の下にも、シャルス王国の人間からの接触があったらしい。無節操に、有名選手を勧誘しまくっているようだ。

受付嬢が疲れたような顔で、溜息をつく。

「彼ら、方々で問題になっておりまして……」

「シャルス王国お断りにしたら？」

「無理ですよ。別に、悪事を働いているわけでもないし、強い冒険者を自国に勧誘するのなんて、どの国もやってることですから」

せいぜいが、選手に迷惑をかけるなと釘を刺す程度しかできないそうだ。まあ、酷い態度であっても、やってることは少し強引な勧誘だけだもんな。

「でも、少し変なんですよね」

「変？」

「はい。態度と条件がとても悪くて、どう考えても交渉を成功させる気がないとしか思えないんですよ」

エマート子爵が特別なのではなく、シャルス王国の使者は全員があんな感じらしい。そして、冒険者が怒り出すと、本人や仲間が土下座をして、大袈裟な態度で謝ってくる。

他国の貴族に土下座までさせて、それ以上怒り続けることは難しい。しかも、滑稽な姿で毒気を抜かれてしまう者が多いようだ。結局、交渉は有耶無耶になり、冒険者が怒って立ち去るという光景があちこちで繰り広げられていた。

「そもそも、国の使者を名乗っているのに、質(たち)が悪過ぎるんですよね。地方の横暴貴族のお遣いとかならまだしも、国から正式に派遣された人間が全員お馬鹿だなんて、ありえます？」

「実はシャルス王国の人間じゃない？」

成りすまして、評判を落とそうとしているとか？　だが、嘘看破系のスキルで確認したところ、本物のシャルス王国の使者であるらしい。

「……何かの陰謀？」

「分かりません。こんなことをする意味が分かりませんし……。でも、こちらはシャルス王国への対応でてんてこ舞いですよ。警備の人員も増やさないといけませんし。出場者が貴族を攻撃したなんてなったら、問題ですから……」

馬鹿でもクズでも、一応貴族だからなぁ。俺が同情していると、受付のお姉さんの強い視線がフランを見つめた。

「フラン様も、また接触してきても無視してください。お願いしますから！　ほんとぉぉぉぉにおねがいしますからぁっ！」

この受付、フランの過激な噂を聞いたことがあるな？　今にも土下座でもしそうな勢いだ。

「わかった」

「本当ですか？　本当ですね？」

「ん」

「お願いしますよぉ！」

ええい！　泣くんじゃない！　まあ、これ以上の騒ぎになったら可哀そうだし、フランが手を出しそうになったら止めてやろう。

シャルス王国、何が目的なんだろうか？

Side　？？？

「ぬぅぅぅ……！」

「ひひひひ。難しい顔をして、どうしたのですか？」

「アル・アジフが消えたのだ！　何か知らぬか？」

「ああ、あの方なら食事をしてくると」

「奴はアンデッドだぞ？　食事なんぞ必要とするかっ！　殺戮衝動が抑えきれなくなっただけではないか！」

「分かっておりますよ。ですが、私が止められるわけないでしょう？」

「今がどれだけ大事な時期か、分かっておらんのだ！　今回の作戦が失敗すれば、黒骸兵団全体が失敗作のレッテルを張られるかもしれんのだぞ！」

「まあまあ」

「高位冒険者がうようよいるというのに！」

「あれで隠密能力は高いですし、きっと大丈夫ですよ」

「くそ！　今からでも追え！」

「分かりましたよ。ですが、こちらも今は作戦行動中です。動かせる人数は多くありませんよ？」

「分かっている。だが、我らよりはマシだ」

「まあ、黒骸兵団が無暗に動けば、一瞬で見つかるでしょうねぇ」

「うむ。それにしてもアル・アジフめ！　あれだけ動くなと言ったのに！」

「都市内に強者が多く滞在していますからね」

「これだから戦闘狂の食人鬼はっ！」

「強い人間が立て続けに消えたりすれば、怪しむ人間が出るかもしれませんね」

「今露見するわけにはいかんぞ！　それに、お前たちの作戦にも影響が出るのではないか？　それはマズいぞ」

「まあ、今の時期、手駒にするための冒険者はいくらでもいますからね。多少警戒されるくらいなら大丈夫でしょう」

「ならばいいが」

「とは言え、派手な動きは慎むべきですがね」

「分かっている。隠蔽には十分気を遣っているさ」

「本当ですか？　あなた方の国は、妙に冒険者を下に見ますからねぇ。舐めてかかっては、本当に痛い目を見ますよ？」

「うるさい！　ともかく、アル・アジフをさっさと捜せ！」

「はいはい。分かりましたよ。とりあえず、私は試合に出場しなくてはならないので、ここで失礼しますね？　焦って、下手を打ちませんように」

「いいからいけ！　殺すぞ！」

「ひひひひ！」

＊

本日は一回戦二日目。C、Dブロックの試合が行われる。

「ヒルト出てきた」

「オン」

俺達は今日も、特別席で観戦中だ。

フランは自分の前にお座りするウルシを背後から抱きしめつつ、顎をウルシの頭に載せ、その毛のモフモフ感を全身で楽しんでいる。

『さて、どんな試合を見せてくれるかね』

「ん」

俺たちが見つめる先にいるのは、深緑色の髪の毛をサイドポニーにまとめた、長身の美女である。チューブトップのような胸当てに、短い袖を付けたようなドレスアーマーに、ショートパンツのようなシルエットのズボンを身につけている。ニーハイソックスに見える足装備は、伸縮自在で動きやすさ重視なんだろう。

丸見えのヘソが健康的な、スレンダー系美少女だ。

ただし、血で赤黒く変色したナックルダスターが、凄まじい物騒さを醸し出している。

鑑定すると、やはり強い。さすが、デミトリス流の後継者にして、ランクA冒険者なだけある。

名称：ヒルトーリア　年齢：23歳
種族：人間
職業：魔闘拳士
Lv：61／99

生命：６８２　魔力：５８２　腕力：４１０　敏捷：５８９
スキル：足裏感４、威圧６、怪力６、格闘技３、格闘術３、危機察知５、拳聖技４、拳聖術６、拳闘技１０、拳闘術１０、硬気功８、剛力１０、指導６、瞬発１０、瞬歩３、状態異常耐性５、精神異常耐性５、挑発４、投擲４、デミトリス流武技１０、デミトリス流武術１０、物理障壁６、魔術耐性６、魔力感知５、魔力放出８、眠気耐性５、オークキラー、コボルトキラー、美食、分割思考、気力制御
ユニークスキル：気力暴走、食溜め
固有スキル：魔纏拳
称号：オークキラー、コボルトキラー、ジャイアントスレイヤー、デミトリス流を継ぐ者、撲殺者、魔獣の殲滅者、ランクＡ冒険者
装備：螺貫の殴拳、天魔蚕の闘衣、天魔蚕の肌着、水龍骨の戦靴、魔力抑制の腕輪、回生のペンダント

ステータスも強いが、やはりスキルが凄まじい。デミトリス流がレベルマックスということは、ランクＳ冒険者であるデミトリスと同様の技を使用可能ということだ。

奥義的なものも使えるだろう。

威力まで同じではないだろうが、侮ることはできない。

去年戦った封印解除状態のコルベルトの上位互換という感じだった。

『デミトリス流の技が少しでも見れたら嬉しいんだけどな』

「……無理」

「オフ」

〈個体名・ヒルトーリアがデミトリス流の武技、武術を使う確率、2％〉

フランとウルシどころか、アナウンスさんまで！　まあ、俺もそう思うけど。

ヒルトの対戦相手は、斧使いの大柄な冒険者だ。顔は中々に厳つく、迫力満点である。町を歩けば皆が道を譲るだろう。

ただ、あまり強くはない。というか、弱い。その実力は、緋の乙女の三人と比べてもかなり低かった。

予選の組み合わせは完全ランダムなので、弱い奴ばかりのブロックを勝ち上がってくれれば、微妙な実力の人間が本戦に出場してしまうことがあるのだろう。これぱかりは運である。

まあ、実力不足で本選に出場することが、運がいいのか悪いのかは分からんが。

試合は、予想通りの結末だった。牽制っぽく放ったヒルトのジャブで、あっさりと決着がついてしまったのだ。

ヒルトの攻撃に反応すらできず、ジャブを顎に食らって、崩れ落ちる斧使い。ヒルトの実力の片鱗さえ見れなかった。いや、マジでもう少し頑張れよ！

『ま、まあ。次からはもう少しましな相手になるだろうし、そこでいろいろ見れるだろう』

「ん……」

そのまま観戦を続ける。次の試合には知人が出ていた。

「ラデュル」

珍しくフランが名前を憶えている。ウルムットの老魔法使いで、一緒にお茶をしたことがあるのだ。ランクはCだが、B並みの実力者で、オーレルとパーティを組んでいたこともあるらしい。

去年は試合を見ることはできなかったが、格下であるはずのクルスに敗北してしまっていたはずだ。多分、速さでかく乱されて、先に大技を当てられてしまったのだろう。

元宮廷魔術師なだけあって魔術のレベルは高くとも、高齢なせいで肉体的なステータスはかなり低かったからな。

今年はどうだろうか？

少し心配しながら試合を見ていると、ラデュル爺さんはメチャクチャ強かった。大地、暴風、大海の三属性を使えるという話だったが、その使い方が絶妙だ。

強力な術を使うのではなく、簡単な呪文を上手く組み合わせているのだ。

大地魔術で相手の足場を崩し、派手な大海魔術で気を引き、不可視の暴風魔術で静かに攻撃する。

詠唱破棄から放たれる多彩な魔術を前に、相手の盾士は何もできずに沈んだのであった。

『クルスみたいな、速度重視で相打ち狙いの特攻型は苦手でも、足が遅い相手だったらこんなに強いのか』

「ラデュルすごい」

「オンオン！」

フランも目を輝かせていた。決して派手ではないが、熟練の試合運びだった。モルドレッドと似たタイプだろう。こっちは魔術特化だけどな。

最終のDブロックは、知り合いがかなり多く出場していた。まず登場したのはエルザだ。一九〇センチを超えるムキムキマッチョボディに、赤いアフロ。それでいながら女性のようなメイクをしており、中世的な顔立ちも相まって性別がよく分らない外見をしている。

相変わらずの凄まじい存在感に、巨大なメイスを担いだ姿は、子供なら悪夢に見てしまいそうな迫力があった。その戦闘力も、一級品だ。相手の攻撃を笑顔で受けつつ、数度の攻撃であっさりと勝利をもぎ取っていた。ビスコットのように防御技術に秀でているわけではなく、ひたすらに肉体の強さでゴリ押すタイプだ。あれはあれで、厄介なんだよな。

エルザの試合の次に舞台に上がったのが、舞姫のシャルロッテである。踊るように舞いながら、手に持った鉄の輪で戦う、かなりトリッキーなスタイルを得意とする少女だ。常に有利に立ち回りながら、最後はその鉄輪で相手の槍を搦め捕って奪い、悠々と勝利を決めていた。

二人とも強かったが、次に登場した人物のインパクトも負けてはいない。それくらい、カマキリヘッドの半蟲人、ナイトハルトは目立っていた。

素手でありながら、鋼鉄の剣をぶった切って破壊してしまったのだ。剣に対して手刀で応戦した時には悲鳴が上がったが、次の瞬間には大歓声が起きていた。

名称：ナイトハルト　年齢：57歳
種族：半蟲人・蟷螂(とうろう)族
職業：双撃士

Lv：66／99
生命：897　魔力：214　腕力：588　敏捷：612
スキル：悪食：3、足裏感覚4、暗殺4、隠密4、歌唱3、観察4、危機察知8、弓技4、弓術6、急所看破4、宮廷作法2、計算5、気配察知6、気配遮断5、剣技5、剣術5、拳聖技3、拳聖術3、拳闘技10、拳闘術10、硬気功4、交渉10、剛力3、指揮7、指導4、瞬発10、瞬歩8、消音行動6、状態異常耐性7、精神異常耐性3、双剣術10、遠見4、疲労回復6、魔術耐性2、魔力感知3、暗視、脚力強化、脚力上昇、気力制御、痛覚無効、不屈、敏捷中上昇
ユニークスキル：韋駄天（いだてん）
固有スキル：鎌刃術、双撃、蟲化
称号：ジャイアントスレイヤー、戦場の王、千人斬り、双剣士、敗残者、百人斬り、蟲の絆
装備：銀竜の双剣、銀竜鱗の拳甲、三頭魔犬の衣、オリハルコンの軽甲、三頭魔犬の戦靴、気力補充の腕輪、生命超回復の足輪

鑑定すると、かなり強い。あと、年齢がかなり上だった。声がイケメン声優みたいだったから、てっきり二〇代だと思っていたのだ。長年戦場で戦い続けてきた故の強さなのだろう。

いくつか未見のスキルもあるし、本気で戦う姿を見るのが楽しみだ。

そんなナイトハルトの本気を引き出してくれそうなのが、最後に登場したフェルムスだろう。去年、

俺たちと三位決定戦で戦った元ランクA冒険者だ。

糸を使った変幻自在の戦法には、本当に苦しめられた。今も、糸で相手の動きを封じ、拳で決着をつけている。観客には、フェルムスの相手が急に棒立ちになったようにしか見えないだろう。

俺たちは、大技での力押しでなんとか勝利したが、次にやっても絶対に勝てるかどうかは分からない。あれから大分強くなった俺とフラン、ウルシであってもだ。いや、闘技場という限定された空間であれば、勝てる確率は高いだろう。

だが、森などでの殺し合いということになれば、正直自信はないのだ。気配を悟らせない糸の攻撃は、それだけ厄介だった。

『今年も簡単には優勝できなさそうだな……』

「ん！　望むところ」

「オン！」

フランとウルシはむしろ嬉しそうだ。参加者たちの熱い戦いを見て、戦闘狂の血が目覚めかけているらしい。

『まずは、モルドレッドに勝つぞ！』

「おー」

「オフー」

そして、翌日。

やる気満々の表情で、フランは舞台に上がっていた。

『さあ、やってきました！　武闘大会二回戦！　第一試合から熱いカードの実現だ！　先に現れたのは、ランクB冒険者のモルドレッド！　槍と溶鉄魔術を使いこなす、ベテランの試合巧者だぁ！』

相変わらずの大歓声の中、モルドレッドが観客に手を振っている。

だが、その眼はしっかりとフランを見つめていた。

フランもその闘志に応えるように、見つめ返す。

試合前から、バチバチだな。

(師匠。最初は私がやる)

『ああ、分かってるよ。フランにお願いされるか、敗北直前までは手を出さない。ウルシもそれでいいな？』

(オン！)

武闘大会は、フランにとっては腕試しの場である。去年と同じで、ギリギリまで俺は手を貸さないつもりだ。

『対するは、一回戦を瞬殺で決めた最強の一三歳！　次の試合ではどのような戦いを見せてくれるのか！　彼女からは目が離せなぁぁい！　黒猫族の英雄、フランの登場だぁ！』

互いに不敵な笑みを浮かべ、フランとモルドレッドが中央で向かい合う。

「久しぶり」

「そうだな。そう時間は経っていないはずなんだが、かなり強くなったようだ」

「そっちこそ」

フランが言う通り、モルドレッドはかなり強くなっていた。新たな力を手に入れたというよりは、全体的にレベルアップしたのだろう。

名称：モルドレッド　年齢：43歳
種族：人間
職業：巧魔槍士
Lv：47／99
生命：423　魔力：418　腕力：217　敏捷：237
スキル：隠蔽5、詠唱短縮5、隠密3、回避3、火炎魔術2、格闘術2、危機察知4、恐怖耐性4、採取3、指揮4、射撃4、瞬発7、水泳2、石化耐性2、槍技10、槍術10、槍聖技3、槍聖術4、属性剣5、耐暑6、追跡2、土魔術8、投擲3、毒耐性5、火魔術10、魔力感知5、麻痺耐性1、溶鉄魔術6、罠設置5、気力操作、サハギンキラー、鷹の目、方向感覚、分割思考、魔力操作
固有スキル：術装
称号：サハギンキラー、死地を越えし者、ジャイアントキラー、火術師、凡人の壁を乗り越えし者
装備：アダマンタイト合金の槍、ミスリル合金の軽鎧、硬魔鋼の手甲、亜水竜革の外套、砲撃亀の堅靴、状態異常遮断の腕輪、魔杖の指輪、結界石

見たことのないスキルなども手に入れている。固有スキルの術装なんかは、かなり強そうだ。

「なに、年下に負けたままではいられんからな。久しぶりに休暇を取って、魔境を巡ってみたんだ」

「魔境？　どこいったの？」

モルドレッドが渋く決めるのに、魔境という言葉を聞いてフランが眼を輝かせた。

戦いの前に、急にグイグイきたフランを見て、モルドレッドが苦笑している。

「そうだな、俺に勝てたら教えてやる」

「ん！　分かった！」

頷いたフランは覚醒スキルを使用する。さすがに素のままで勝てるような相手ではないのだ。

「勝つ」

「やる気だな」

魔力を全身に漲(みなぎ)らせながら俺を構えるフランを見て、モルドレッドも真剣な表情で槍を構えた。

両者の戦意がぶつかり合い、緊張感が舞台を包み込んだ。

『ともにランクB同士！　ベテランの老獪(ろうかい)さが勝るか！　若い勢いが勝るのか！　注目の一戦です！』

立ち上がりは共に静かだ。

フランが俺を構えながらフットワークを使って舞台を回り始め、モルドレッドはどっしりと構えてフランの出方を見ている。

フランは、隙を見つけて一気に跳び込むつもりだろう。

だが、中々大きな隙は見つけられず、無理にでも攻めるか悩み始める。

そんな中、先に動いたのはモルドレッドだった。

「こないなら、こっちから行くぞ」

フランが焦れて動こうとする直前を読んでいたのか、絶妙にフランの出鼻をくじくタイミングで前に出てきた。

「しっ！」

視線などを使った軽いフェイントを織り交ぜながら、モルドレッドが槍を水平に薙ぐ。

鋭い一撃ではあるが、その程度のフェイントでは今のフランは騙されない。冷静に対処できていた。

モルドレッドの放った横薙ぎを俺で受け止め、その勢いを利用して背後に回り込む。フランはそう考えていたようだが――。

「え？」

『うぉ！』

モルドレッドの槍がグニャリと曲がった。アダマンタイト合金の槍だ。こんな軽い打ち合いで、傷がつくことさえあり得ないだろう。そんな槍が、ゴムか何かでできていたかのように折れ曲がった。

『溶鉄魔術か！』

「っ！」

詠唱をしている素振りはなかったが、どこかで発動させていたんだろう。

俺と接触している部分を支点として、折れ曲がった槍の穂先がフランの頭部に襲い掛かる。咄嗟に身を伏せて躱したフランだったが、モルドレッドはすでに次の行動に移っていた。

「ふん！」

「むぅ！」

ロープのように俺に巻き付いた槍を元の硬さに戻すや否や、思い切り俺を引き寄せたのだ。ただ力任せに引くだけではなく、槍に軽く捻りを加えて、フランの体勢が微妙に崩れるように計算している。

同時に、モルドレッドの鎧がハリネズミのように変形した。

俺を手放すまいとフランが踏ん張れば、鎧の針で串刺しだし、俺を手放せば戦力低下。どちらにせよモルドレッドが有利になる。

これを最初から狙っていたのだろう。様子見をしているように見せかけて、複数の溶鉄魔術を準備していたらしい。

さすがに巧い。完全に虚を突かれた。だが、フランの対応力も負けてはいないのだ。

「はぁぁ！」

「ぐおぉ？」

なんとフランは、空いている左手でモルドレッドをぶん殴っていた。しかも、針の上から胴体を。顔面などに攻撃されることは想定していただろうが、わざわざ自爆する場所を、しかも素手で殴ってくることは予想外だったのだろう。

フランの拳が複数の針に貫かれ、大量の血が噴き出る。だが、フランは一切ひるむことなく、拳を振り切っていた。

モルドレッドが呻きながら、数メートルほど後退する。このままでは大ダメージを受けると感じ、自ら飛んだのだろう。

元の形に戻すことで槍は手放していないが、体勢が崩れているのだ。そこに、フランが突っ込んだ。攻守交替である。

フランが未だに血だらけの左拳を、宙を撫でるような仕草で振り払う。すると、大量の血がモルドレッドの顔面目がけて飛び散った。

血を目眩しに使ったのだ。だが、モルドレッドは冷静に外套で払い、さらに後退して距離を取る。

フランも、全く驚かせることすらできなかったのは予想外なのか、追うのを止めて歩を緩めた。

開始時とほぼ同じくらいの距離だ。

「無茶をする」

「そう？　でも、全然驚かなかった」

「血を武器にする奴はたまにいるからな」

フランが思いついた奇襲も、モルドレッドにしたらそう珍しいものではなかったらしい。

「だが、まともに正面からやり合うのはやはり分が悪いな。決勝戦と思って、俺の全てを出し切ろう」

「むっ！　させない！」

モルドレッドが腰の袋から何かを取り出した。見覚えがある魔法薬だ。あれは、以前依頼で一緒になった時に使っていた、モルドレッドの奥の手だろう。溶鉄魔術超強化薬だ。

この大会、回復薬は持ち込み禁止だが、魔法薬は禁止されていない。何が違うかと言われたら俺もいまいち分かっていなかったが、この大会で禁止されているのは回復薬全般であるそうだ。

つまり、強化系の薬や、毒薬の類はオッケーである。それを使った戦法を得意とする人間も多いからだろう。

この大会は強い人間を決めるお行儀のよい模擬戦ではなく、なんでもありの中で優劣を競う、冒険者向けの大会だからな。

フランが薬の服用を阻止しようと魔術を放ったが、モルドレッドの直前で防がれた。結界石の効果だ。これは使い捨ての障壁を張るアイテムだが、この時のために持ってきていたのだろう。用意周到なモルドレッドは、強化薬を素早く飲み干す。

直後、モルドレッドの魔力が格段に高まるのが分かった。

強化薬の効果がしっかりと発揮されたのだ。厄介な展開になっちまったな。

フランはその場その場でうまく対処しているが、常に相手に先手先手を取られていることは確かだ。何となく、相手の掌の内にいるようで、落ち着かなかった。

「これが、開発したばかりの俺の奥の手だ」

モルドレッドが、腰から取り外したアイテム袋を逆さにして、上下に軽く振る。すると、中からソフトボールサイズの金属球が落下した。ゴドゴドと転げ出る金属球は全部で一〇個。

鑑定結果では、魔操合金の球となっていた。魔力で操ることができる、特殊な合金の塊であるようだ。

足下に転がる金属球を足で軽く転がしながら、モルドレッドが槍を構える。

「術装」

固有スキルの名を呟くモルドレッド。すると、その全身から赤黒い色を帯びた光が立ち昇った。溶鉄属性の魔力だ。

属性剣の全身版か？　それとも他に能力が？　俺が疑問に思っていると、すぐにその能力が判明した。

「ウルカヌス・オーダー！」

「！」

驚くフランの前で、魔術が起動する。この術には覚えがあった。巨大な錨を思うままに操り、クラーケンや水竜を拘束してみせたのだ。範囲内の金属を意のままに操ることが可能となる、高位の溶鉄魔術である。

以前は長い詠唱を必要としていたはずだ。それを魔術名だけで？　試合前に鑑定した結果、詠唱破棄や無詠唱は所持していなかった。

術装の効果か？　そうとしか考えられん。

観察する俺たちの前で、金属球が乱舞し始める。未だ本気ではないだろうが、かなりの速度だ。この状態でも、当たれば骨折くらいはするだろう。

ウルカヌス・オーダーの効果により、高速で舞い踊る無数の金属球。これが、モルドレッドの新たな奥の手であるらしい。

「はあぁぁぁぁ！」

「雷鳴魔術への対策は万全だ！」

フランが、攻撃される前にと雷鳴魔術を放った。

金属球が五つ、盾のようにモルドレッドを庇う。すると、フランの放った雷鳴魔術は、見えない壁に阻まれるように弾かれ、消えていった。

金属球の周りに渦巻く魔力が、障壁の役割を果たしたらしい。

「潰れろ！」

「つぶれない」

再び攻守交代だ。

モルドレッドが軽く手を動かすと、宙に浮く金属球が一斉にフランに襲い掛かった。

直線的なものや、弧を描くように襲ってくるものなど、その動きは全てがバラバラである。それでいて、的確にフランを追い込んでいく。

一〇個の金属球を完璧に制御できているらしい。

フランが咄嗟に金属球を打ち払ったが、それすらモルドレッドの予測の内だ。俺にぶつかった瞬間、金属球がグニャリと変形した。切った感触はなく、ゼラチンでも叩いたかのような感触だ。

さっきの槍と同じである。鉄球がそのまま俺の刀身に絡みつき、離れない。フランにとってこの程度の重さは何ともないのだが、その部分だけ切れなくなってしまう。

しかも邪魔はそれだけではなかった。

「え？」

急に勝手な動きをした俺に、フランが驚きの声を上げる。

『俺じゃない！』

そう、俺の仕業ではない。刀身に巻き付いた金属が、モルドレッドの操作であらぬ方向に引っ張られたのである。

そのせいで再び金属球が俺の剣身とぶつかり、重りが増えてしまう。

しかも、俺は凄まじい違和感を覚えていた。形態変形を自分の意思に反して、無理やり使われそうになっているような？　多分、金属球を通して、モルドレッドの溶鉄魔術が俺自身に作用しているのだろう。

さすがに俺を直接操作することはできないようだが、集中力は十分に乱されてしまっている。今後、溶鉄魔術使いには要注意だな。

思い通りに動かない俺を腕力で無理やり操りながらも、なんとか回避し続けていたフランだったが、だんだんと逃げ場が減ってきた。

回避中に反対側に引っ張られ、何度か軽い被弾もある。まだ掠り傷の範疇だが、このままでは危険と判断したのだろう。

(先に、倒す!)

フランが、身を低くして前に出た。

行く手を塞ごうとした金属球を、障壁を張りつつ最低限の動作で躱していく。目指すは、モルドレッドだ。

そのまま金属球の包囲を抜ける——と思われたその瞬間だった。

「がぐぅ!」

『フラン!』

フランが不意に体勢を崩して、転びそうになる。右足が地面に埋まるように、沈み込んでいたのだ。

咄嗟に手を突いて、体を捻ることで転ぶことは防いだフランだったが、その右足の状態はかなり酷かった。焼け爛れ、所々が炭化していたのだ。

密かに地面の下を溶岩化させ、踏むと足が嵌まる罠のようなものを配置していたらしい。

魔力で全身を覆っているフランだからこの程度で済んだが、もっと弱い魔獣や人間であれば、足が焼け落ちてなくなっていただろう。

「くぅ」

咄嗟に回復魔術で回復するが、その間にモルドレッドは次の行動に移る。

「マグマ・フィールド！」

モルドレッドが舞台に両手を突き、魔力を流し込んだ。モルドレッドを中心として、地面が一気に赤熱し始める。

フランが慌てて上空に逃れざるを得ないほどの、凄まじい熱量が一気に立ち昇っていた。

その範囲はどんどん増え、闘技場内の地面は全て真っ赤に熱されてしまっている。石造りの舞台もドロドロと溶け出し、結界内の地面は完全に溶岩の海だ。立ち上る白い煙に触れるだけでも火傷してしまいそうなほどに熱い。

そんな灼熱地獄の中、モルドレッドは溶鉄魔術の効果によって涼しい顔で溶岩の上に立っていた。

「ライトニングボルト！」

「防げ！」

「むぅ」

フランの魔術はやはり金属球で防がれてしまう。攻撃面の優秀さが目についていたが、その防御力も厄介だ。

モルドレッドの周りを回る金属球。あれを破るにはかなり攻撃力が必要そうだった。

モルドレッドがフランを見上げる。フランを空中へ追いやり、機動力を奪う作戦か？　だとしたら、それは甘い。

「閃華迅雷！」

フランが奥の手を使用した。

空中跳躍と閃華迅雷があれば、宙でも地上と変わらない速度で戦える。いや、邪魔な障害物がない分、地上以上に速く動けるのだ。

フランはモルドレッドの動きにカウンターを合わせるつもりで、俺を構えたまま闘技場の空中を動き回っている。隙を見つければ、この状態から一瞬で神速に入り、モルドレッドに迫ることができるだろう。

だが、これすらもモルドレッドの想定の内だった。

「お前の速さが、俺の手に負えぬ領域にあることは分かっていた」

「？」

「だからこそ、そちらが様子見をしている間に全力を叩きつける！」

本気になったフランを、点で捉えることは不可能。ならば面で。モルドレッドはそう考えたのだろう。マグマ・フィールドはフランを空中へ追いやるためではなく、攻撃のための下準備だったのだ。

「ヴォルカニック――」

ダラリと降ろされていたモルドレッドの両手が軽く持ち上げられ、手首だけがクンと回転する。特撮好きの人だったら、シ○ゴジラのポーズと言えば分かってくれるだろうか。

天を向いた両掌に呼応するように、周囲のマグマがボゴリボゴリとうねり出す。

「――ゲイザー！」

そして、モルドレッドの魔術により、闘技場の地面を覆っていた溶岩が大爆発を起こしていた。

荒れ狂う溶岩の波が、俺たちの周りを囲む。さらに眼下からは、凄まじい熱を発する真っ赤な壁が迫ってくるのだ。

逃げ場はない。

このままでは、フランはあっという間に溶岩の中に飲み込まれるだろう。

『フラン？』

（まだ、へいき！）

転移を使えばなんとかなる。そう思ったのだが、フランはまだ自分の力だけでどうにかなると考えているようだ。

「ふぅぅぅ……りゃあああぁぁぁ！」

フランがやったことは単純だった。障壁を全開で張り、溶岩の中に突っ込んだのである。前方の障壁をやや厚めにし、後は全速力で駆ける。

速ければ速いほど、溶岩に埋もれている時間を短くできるからだ。

今のフランであれば、難しい話ではなかった。モルドレッドからの妨害がなければ、だが。

「うぐぅ！」

『金属球か！』

突如激しい衝撃に襲われ、フランの進路が真横に逸らされた。

モルドレッドがフランの進路を予測し、金属球を放っていたのだ。

溶岩と金属球は同系統の魔力を纏っているせいで、魔力感知で探すのが非常に難しい。物理的に察知しようと思っても、こちらも溶岩が邪魔して難しかった。

溶岩の中で足を止めれば、すぐに障壁に限界がくる。無理に突っ切ろうとすれば、金属球に攻撃される。

どちらにせよ、フランに不利だ。

完全にモルドレッドのフィールドに引きずり込まれたな。これが、ベテランの試合運びなのだろう。

さて、ここからどうするか？　俺であれば、転移でもいいし、ディメンションシフトでもいい。

フランは次元収納を試しているようだが、上手くいかないようだった。溶岩の支配権がモルドレッドにあるため、吸い込むことができないのだろう。

俺がハラハラしながら見守っていると、フランは再び前に出た。それこそさっきと同じ、一直線にモルドレッドへと向かうコースだ。

ダメージ覚悟で、突っ込むつもりなのか？

フランが再度、溶岩の海をかき分けて真下へと向かって駆け出した直後、金属球が襲い掛かってくる。俺でも、障壁に触れる直前まで気付けなかった。

そんなステルス性の高い攻撃だ。しかし、フランはその一撃を、障壁を使って受け流すことに成功していた。

障壁の形状を僅かに変形させ、往(い)なしたのだ。咄嗟に障壁を変形させるほどの時間はなかったと思うんだが……。

まぐれかと思ったが、フランは次々に攻撃を防ぐことに成功していった。

障壁の角度を完璧に調整し、飛んでくる金属球を受け流し、時には弾く。

明らかに金属球の動きを察知できている。

だが、どうやって？

俺も色々と試してみるが、溶岩の気配に邪魔されて、全く上手くいかない。

しかもモルドレッドは、魔術の気配や魔力の流れを隠蔽することが非常に上手かった。普段は気配に敏感な魔獣を相手にしているからこそ、磨かれた技術なんだろう。

いつの間にか魔術を発動させ、気づけば足下などに魔術が発動している。そんな感じなのだ。そのモルドレッド相手に、ここまで攻撃を察知し続けるのは、俺でも簡単ではなかった。

どうやっているのか聞きたいところだが、今は邪魔しちゃいかんな。後で教えてもらおう。

溶岩の壁を突き抜けた先は、僅かな空間があった。モルドレッドの周囲だけは、溶岩が避けているらしい。

「はぁぁぁ！」

「うおおおぉ！　ライジング・インパルス！」

フランは、即座にモルドレッドに斬りかかる。対するモルドレッドは、武技で応戦していた。

頭上に槍を突き出し、衝撃波を放つ対空技だ。

モルドレッドとしてはこの技でフランの勢いを殺し、金属球で防御。そういうつもりだったのだろう。

だが、空中跳躍で駆け下りてきたフランは、その勢いを殺さずにモルドレッドに斬りかかった。

衝撃波は障壁で最低限防ぎ、槍は体を捻って急所を外す。左脇腹の辺りが削られるが、致命傷ではなかった。

さらに立ちふさがる金属球には、連続で俺を叩きつける。

当然、モルドレッドは咄嗟に対応してみせ、俺には五つの金属球が絡みついた。外から見れば、歪な形の金属バットのようにも見えるだろう。

刃が完全に埋もれてしまった。モルドレッドからすれば、フランの武器を完璧に封じることに成功したはずだ。そのはずなのに、その表情は優れなかった。

フランが、あえて金属球を狙って攻撃したのが分かったのだろう。

そう。フランは金属球を避けるのではなく、わざと俺で攻撃していた。その結果、俺が凄まじい勢いで真下に引っ張られ、着地した後に体勢を維持できずに前のめりになっている。

対するモルドレッドはフランの意図が分からずとも、止めを狙って槍技を放っていた。

「クイック・ピアース！」

素早さ重視の技が、フランの頭部に襲い掛かる。しかし、これこそがフランの狙っていた瞬間だ。

「たあぁぁ！」

「誘われたかっ！」

フランはモルドレッドに対し、俺を突き出す。その刀身に、金属球の姿はなかった。

フランは、次元収納を利用したのだ。

一瞬だけ俺を仕舞い、そして取り出す。モルドレッドの支配下にある金属球は収納できないため、俺だけが仕舞われ、金属球から解放されるというわけである。

金属球も、槍も、鎧の変形も、フランの剣を防ぐにはもう間に合わない。

「らぁぁ！」

「ごふぅ……がぁ！」

モルドレッドの突きがフランの左頬を掠めると同時に、フランの刺突がモルドレッドの腹を貫き、黒雷がその身を内側から焼いた。全身から煙を上げ、モルドレッドが倒れ伏す。

意識はないだろう。フランの勝ちだ。勝ちなんだが……。

『フラン！　次元収納を使え！』

「ん！」

コントロールを失った大量の溶岩が、一気に降り注いできたのだ。このままではモルドレッドも巻き込まれる。

すでにモルドレッドの支配下から外れた溶岩は、俺たちの次元収納で片付けることができた。大量の溶岩が、収納の中に吸い込まれていく。

『おーっと！　闘技場が溶岩に包まれたかと思いきや、今度は溶岩が消え去った！　しかも、すでに決着がついているぅ！　中で何が起きたのか！　そして、土魔術師さん、治癒魔術師さん、いきなりお仕事ですよ！』

実況さんが叫んだ直後、複数の人影が舞台へと駆け上がってくるのが見えた。

舞台を修復する土魔術師と、怪我した選手を救護する治癒魔術師なのだろう。

ただ、フランは治癒を断っていた。次の試合を見るため、観戦席へと急ぎたいからだ。フランの場合、俺が治癒魔術で治せるからね。

それよりも、試合が始まる前に急いで移動せねばならないのだ。

ただ、その足取りはやや重い。閃華迅雷を使ったうえに、魔力も体力も相当消耗している。ダメージもかなり受け、血も流した。見た目の傷は癒せても、見えない部分の消耗がかなり酷いのだ。

できれば宿で休ませたいが、試合の情報集めも重要である。

明日はしっかり休ませることにして、今日は観戦しながら大人しくさせていればいいだろう。

黙々と歩くフランに、俺はモルドレッド戦で気になっていたことを尋ねた。

『なあ、フラン。一つ聞いていいか？』

「なに？」

『モルドレッドの操ってた金属球を、溶岩の中でどうやって感知したんだ？　魔力も隠蔽されてたし、気配も掴みづらかっただろ？』

「なんか、ビリッとした？」

『ビリッ？』

「ん」

ビリッと言われてもな……。何か野生の勘で察知したってことか？　それとも、他に何かあるのか？

『ビリッか～。もう少し詳しく教えてくれないか？』

「ん。私が使った魔術のビリッが、球に少し残ってた」

『ほほう？』

フランの魔術でビリッとくれば、雷鳴魔術だろう。

どうやら雷鳴魔術を防いだ時に、その魔力が金属球に残留していたらしい。帯電したってことかもしれない。

その僅かな雷鳴属性を、閃華迅雷で研ぎ澄まされたフランの感覚が捉えたようだ。黒天虎は雷鳴属性に親和性が高いことも、無関係ではないだろう。

俺も頑張ればなんとかなるかな？

『それにしても、俺が参戦しなくても、勝てたな』

「ん」

去年、同格であるランクB冒険者のコルベルトと戦った時は、俺が力を貸し、物理攻撃無効を使ってのごり押し勝利であった。

それが、今回はフラン一人での勝利である。フランの成長が実感できた。

ただ、フランはどこか浮かない顔をしている。

『……悔しいのか？』

「ん……。最後、運よく勝てただけ」

『まあ、相手はベテランだからなぁ。主導権を握られるのは、仕方ない部分もある』

「分かってる。でも、悔しい。それに、私ちょっと調子に乗ってた。次はもっとちゃんとがんばる」

最後の最後は出し抜いたものの、それまではモルドレッドに翻弄されっぱなしであった。

ただ巧いだけではなく、フランの戦闘を楽しむ性格まで見越した試合運び。

ある意味全てが伏線で、ヴォルカニック・ゲイザーまではモルドレッドの狙い通りに動かされていた。

多分、事前にいくつものシミュレーションを行い、フランがこう動いたらこうするというプランを複数用意していたのだろう。

勝ったとはいえ、フラン的には不本意な試合だったらしい。

「凄かった」

『だな』

閃華迅雷、剣神化、次元魔術、剣王技。それらを使って全力を出せば、試合開始数秒で勝てた可能性もある。だが、それは結局のところ、力ずくでのごり押しだ。もし同じレベルの力を持つベテランが相手だったら、通用しないかもしれない。少なくとも、簡単に勝てはしないだろう。

そして、そんな相手に心当たりがあった。

『ディアスは、もっとヤバいぞ』

「ん」

対策なんか練れそうもない。ただ、モルドレッドとここで戦えたのは、俺たちにとっては大きな経験だろう。少しでもこの勝利を、今後に生かさねば。

第二章　順当と波乱

モルドレッドとの試合後、観戦席へと急いでいると、前方で何やら騒ぎが起きているのが聞こえた。

「申し訳ありません！」

「ちっ！　謝るくらいだったら最初からふざけた態度をとるんじゃねーよ！」

冒険者と誰かが揉めている。一見、冒険者側が悪いようだが、駆け付けた兵士が怒っているのは土下座している方の男だ。

多分、シャルス王国の勧誘なのだろう。ギルドで教えてもらった通り、方々で騒ぎを起こしているらしかった。

警備の人間が苛立ったように注意しているが、シャルス王国の人間は反省していなかった。何せ、謝罪の言葉が全て嘘なのだ。これからも勧誘する気満々だろう。

『フラン、巻き込まれないうちに通り過ぎるぞ』

（わかった）

シャルス王国の人間の目的は本当になんなんだろうな。こいつらのせいで警備員がメチャクチャ大変そうだ。そのうち、出禁にでもなるんじゃなかろうか？

観戦席に戻ると、まだ試合は始まっていない。モルドレッドが試合場全域を溶岩に変えて、更地どころかボッコボコにしてしまったからね。

ただ、もう準備が完了しそうだった。整地と舞台設営を行う土魔術師たちの手際は、俺たちから見てもかなり良い。大会に出場したって、結構やれるんじゃなかろうか？

そうして第二試合が始まったのだが……。

『決まったぁぁ！　傭兵ビスコットが鮮やかな一撃で、勝利をもぎ取った！』

「終わっちゃった」

ビスコットが秒殺で終わらせてしまった。一回戦とはうって変わった秒殺劇である。

まあ、ツェルト戦で情報はかなり集まったし、今回はそれでも構わない。

それよりも、次の次の試合だ。無名選手同士のそこそこの試合が終わり、俺達にとっては必見の試合がやってくる。

フランもそれは分かっているらしい。ご飯やおやつをしまい込むと、モフっていたウルシから手を離した。背筋を伸ばし、静かに闘技場を見つめる。

何せ、次の対戦カードはシビュラとコルベルトなのだ。

『やってきたのは、ランクB冒険者、鉄爪のコルベルトォォ！　デミトリス流の門下から抜けたという話ですが、いったいどのような戦いを見せつけてくれるのか！　一回戦はほぼ瞬殺でしたが、次はどうでしょうか！』

さすがに破門というネガティブな言葉は使わないか。それでも、デミトリス流のスキルを失ったコルベルトがどう戦うのか、ぜひじっくりと観察しておきたい。

『対するは、赤髪の傭兵シビュラ！　コルベルト選手同様に、一回戦は見事な瞬殺劇を見せてくれました！　さあ、どこまでコルベルト選手に迫ることができるのか！』

その解説と観客の反応を聞けば、明らかにシビュラが格下に扱われているのが分かる。無名の傭兵の扱いは、こんなものなんだろう。

ただし、本人たちの感覚は違っているようだ。シビュラは面白がるように含み笑いを漏らし、コルベルトは厳しい表情でシビュラを睨む。

コルベルトのレベルになれば、シビュラの実力も分かるはずだ。その体内で練り上げられ始めた魔力は、最大限の警戒の証だろう。

「コルベルト、最初から全力？」

『ああ、多分な』

「シビュラは、私とおんなじ」

最初は様子見に徹するということだな。さて、どうなるか。

『それでは、試合開始！』

実況の言葉により、コルベルトとシビュラの戦いが始まる。

その構図は、どこかフランとモルドレッドの試合に似ていた。

動くコルベルトと、動かぬシビュラ。

コルベルトがフットワークを使い、一見様子見をしているように思える。だが、そのじつ隙を窺って一気に決める気なのがビンビンと伝わってきた。

それでも無謀に攻めかからず、待つことができるのがコルベルトの強みだ。

対するシビュラはあまり動かず、完全にコルベルトの動きを面白がっている。戦闘狂の立ち上がりとしては、予想通りだろう。

フランもモルドレッド戦でそうだったのだ。そして、その余裕を逆手に取られた。逆に言えば、相手が戦闘狂ならば、俺たちがその隙を突けることもありそうだった。

コルベルトが一定の距離を保ちながら闘技場の中をゆっくりと円を描くように回る。

「へぇ、格闘家かい」

「剣士とはやり慣れている。素手だからといって、油断していると痛い目見るぜ？」

「そうかい！　そりゃあ楽しみだ！」

楽し気に笑いながら、互いに言葉をかけていた両者だったが、次第に間合いが詰まってくる。

そして、試合が動いた。

「ぶっ潰れときなぁ！」

「それはごめんだ！」

コルベルトが攻勢に出る前に、シビュラが攻撃を仕掛けたのだ。

シビュラの放った大上段からの一撃が、闘技場の中央に小さなクレーターを生み出す。それが激闘開始の合図であった。

コルベルトは以前に比べ、レベルは二つしか上がっていないが、スキルが大分増えた。戦闘よりも、失ったデミトリス流を補うための自己鍛錬に費やしたのだろう。

シビュラはビスコットと同じで鑑定できない。コルベルトが鑑定妨害の魔道具を壊してくれたら見れるんだけどな。

そんなことを考える俺の前で、軽い打ち合いが始まった。基本はシビュラが攻め、コルベルトが躱しながらカウンター狙いだ。

シビュラのかなり速い斬撃を、時には躱し、時には手の甲で弾くコルベルトの防御は、以前よりも大分洗練されている。

シビュラの攻撃はかなり荒い印象だ。フェイントなどを織り交ぜているが、どちらかというと直線的で一撃重視の戦闘スタイルだった。対魔獣戦であれば大正解だが、対人では読まれやすい。

「うらあぁぁぁ！」

「くぉ！　なんつー馬鹿力だ！」

「ははは！　力だけには自信があってねぇ！」

「しかも、頑丈すぎだろ！」

「そっちも自信があるんだよ！」

本来であれば、シビュラのような力任せの相手は、コルベルトのいいカモであるはずだ。実際、時おり剣を弾かれて体勢を崩したシビュラに、コルベルトの攻撃が当たっている。

柔よく剛を制すの見本のような戦い方だ。

だが、シビュラのタフさは見ていて驚くほどだった。

コルベルトの放つ武技のフックがいい角度で腹に決まっているのに、呻く様子さえない。今の、顔面への攻撃もそうだ。

鋭いジャブが鼻っ面に入っているのもお構いなしに、前進して剣を叩きつけた。

コルベルトの打撃はどれも、ゴブリンくらいなら爆散させる程度の威力はある。

ダメージはあるはずだ。だが、それ以上に回復力、突進力が上回っているのだろう。苦痛無効も持っている公算が高かった。あとは、衝撃耐性や忍耐などのスキルもあるかもしれない。

まさか、シビュラがこんなパワーファイターだとは思わなかった。

ただ、シビュラの乱暴な戦闘スタイルに驚いていたコルベルトも、すぐに調子を取り戻してきた。効かないならば、効くまで。しかも、無防備に食らってくれるというのであれば、大技を急所に当てていけばいい。

一段階ギアを上げたコルベルトは、連続でシビュラの腹を打っていった。ボディを打って相手の足を止め、攻撃が鈍ったところを畳みかける。そういうつもりなんだろう。

しかし、シビュラの頑丈さはコルベルトの予想を上回っているようだった。見ている俺たちも、まさかここまでとは思ってもみなかった。

腹を十発も殴られたというのに、その動きに全く陰りが見られなかったのだ。相変わらずの獣じみた笑みを浮かべつつ、グイグイとコルベルトに圧をかけていく。

しかも、次第にコルベルトの動きが鈍り始めた。疲れたのかと思ったが、そうではない。

「はは！　その動きは見た！」

「くぉ！　あぶねぇ！」

「おらよぉぉ！　受けてみな！」

「まじかっ！」

シビュラの攻撃が、コルベルトの動きを先読みするかのように、厳しさを増し始めたのだ。

コルベルトの防御し辛い角度で剣を繰り出し、躱す方向を先読みして回り込み、カウンターで繰り出される攻撃を受け流してカウンターを返すことさえし始めた。

どうやらシビュラは、戦闘中にコルベルトの動きに慣れ始めたらしい。恐ろしいまでの戦闘勘と順応力だった。

そして、ついにコルベルトの体をシビュラの剣が掠める。それだけで、コルベルトの体勢が大きく崩れていた。やはり、単純な破壊力は相当なものがありそうだ。

「うごぉ！」

「はっはー！　いただきだぁ！」

「させねぇよ！」

「その状態でまだ反撃してくるとは、やるねぇ！」

コルベルトは、追撃にきたシビュラに、蹴りを放ってなんとか距離を取ることに成功する。左腕の傷は、筋肉を締めることで軽く止血をしたらしい。すでに血が止まっている。

だが、これで左腕を使い辛くなったことは確かである。対するシビュラは、まだまだ元気そうだった。

「シビュラ、凄い」

『ああ、あのタフネス……。ただステータスが高いだけじゃないだろうな』

（スキル？）

『だと思うが……』

障壁ではないだろう。魔力が動く様子はなかった。物理攻撃無効にしては、拳が当たった場所が赤く変色するのはおかしい。

コルベルトも、そのことには気づいているのだろう。

「……どんなカラクリかは分からんが、一定以下のダメージ無効……いや、軽減か？　ともかく、弱い攻撃を何発入れても無駄だってことは分かった」

「へぇ？　なかなかよく見てるじゃないか。だったら、どうする？」

「軽減されようが、問題ないほどの重い一撃を入れる！」

「はははは！　正解だ！」

おいおい、シビュラのやつ、認めたぞ？　嘘じゃないし、マジでダメージ軽減系のスキルを所持しているらしい。

哄笑を上げるシビュラに対して、コルベルトがゆっくりと歩きだす。構えもなく、ただ普通の歩行である。歩法すら使っていない。

だが、その体内では凄まじい魔力が練り上げられていくのが分かった。

一度丹田に集中した魔力が今度は体内を巡り、再び集中するという循環を繰り返し、次第にその全身に強大な魔力が浸透していく。

十数秒後。両者の距離が五メートルほどに近づく。だが、コルベルトはまだゆっくりと歩いているだけだ。

「しぃぃぃやぁ！」

そんなコルベルトに向かって、どこかワクワクした表情でシビュラが斬りかかる。コルベルトが何をしようとしているのか、興味津々なのだろう。こんな時まで、戦闘狂の悪癖が出ている。

そして、次の瞬間。凄まじい衝撃音とともにシビュラの姿が消えていた。

シビュラがいた場所には、さっきまでゆっくりと歩いていたはずのコルベルトが、直突きを繰り出した体勢で静止している。

『見えたか？』

（ん！　足の裏と背中から魔力を出して、凄い速く動いた）

魔力放出を使って、一瞬で超加速したのだ。

速度自体はフランよりもやや遅い程度だが、瞬間的に急加速をしたせいで、より速く感じた。観客の多くには、まるで瞬間移動したように見えたに違いない。

それに、攻撃の予備動作がほとんどなかったせいで、非常に察知しにくかった。静からの動。筋力をほとんど使わずに加速をしたことで、シビュラやフランでさえ虚を突かれたのだろう。攻撃の気配がほぼなかったのである。

凄いのは、殺気さえ感じなかったことだ。これは、精神をコントロールできなければ不可能だろう。

シビュラが凄まじい勢いで水平にぶっ飛んでいく。このままでは場外負けになる。誰もがそう思った直後だった。

「うるああああぁぁぁぁ！」

シビュラが獣のような咆哮を上げる。すると、その体が空中でピタリと静止した。空中跳躍ではない。魔力放出などでもなかった。勢いが一瞬で殺されたのだ。しかも、静かにその場に浮いている。強いて言うなら、俺の念動に似ていた。

「ぶっ……！　だあああああ！」

内臓を損傷したのだろう。シビュラが口から血の塊を吐き出す。やられたのは肺か？　呼吸音が大分苦しそうだ。

だが、シビュラは動きを止めなかった。その左手を、勢いよく前方に突き出す。両者の距離は二〇メートル以上離れているんだが――。

「ぐごぉ！」

今度はコルベルトが弾き飛ばされていた。念動に似ているというか、完全に念動だ。シビュラはかなり強力な念動の使い手であるらしい。

そして、空中に投げ出されたコルベルトに向かって、シビュラが飛ぶ。念動カタパルトのように力を爆発させて初速を得るやり方ではなく、全身を念動で浮かして運んでいるようだ。

まあ。人間の体では念動カタパルトのやり方は凄まじい負荷がかかるだろうからな。だが、込めている魔力が膨大であるからか、その速度は十分に速い。

「うらあああああああ！　ぶっ潰れなぁ！」

「ちぃぃぃ！」

魔力放出を使って空中で体勢を変え、シビュラの斬撃をなんとか躱したコルベルトだったが、その動きに精彩がない。

先程の攻撃の反動で、全身が悲鳴を上げているらしい。距離を取りきれなかったコルベルトの右腕を、シビュラがガシッと掴んだ。

「捕まえたぁぁらぁぁぁぁ！」

「くっ！　放せ！」

「放すかよ！　うらぁぁぁ！」

凶悪な笑みを浮かべるシビュラの頭突きが、コルベルトに炸裂した。そう、ただの頭突きである。

反動をつけて思い切り振り下ろされたシビュラの頭が、コルベルトの頭部とぶつかり合った。

ゴキャァァという耳障りな音と共に、コルベルトが落下していく。そして、受け身を取ることなく、そのまま舞台に叩きつけられるのであった。

「はぁはぁ……ごふっ……。いい、戦いだったよ……」

未だに口の端から血を流しながらも、シビュラが嬉し気に笑う。

『決着だぁぁぁ！　なんと、最後は頭突き！　凄まじい音が聞こえました！　コルベルト選手の頭は無事なのでしょうかぁぁ！　治癒魔術師さん！　急いでください！』

即座に治癒魔術師が駆け込んでくるが、コルベルトの奴は大丈夫だろうか？

ピクリとも動かんぞ？

「……コルベルトのとこ、いく」

『ああ、そうだな』

フランは素早く立ち上がると、医務室へと急いだ。

人の少ない廊下を速足で抜け、目的の部屋へと飛び込む。

医務室に入ると、頭に包帯を巻いたコルベルトがベッドに寝かされていた。

「コルベルト、だいじょぶ？」

「おお、フランか……」

声をかけると、普通に受け答えができている。あの凄まじい頭突きを食らってどうなるかと思ったが、治癒魔術で助かったらしい。

ただ、頭蓋骨陥没に、落下時の骨折。さらに、シビュラに対して放った必殺の一撃の反動で体中の筋肉にダメージを負い、一時は危険であったようだ。

しょんぼりとした様子で項垂れている。

「負けちまったよ」

「ん。見てた」

「はぁ。奥の手でも決めきれなかった俺が悪いんだけどよ。倒すのは無理でも、場外には持っていけるかと思ったんだが……」

「あの突き、凄かった」

「そうか？　一応、デミトリス流を破門になってから独自に編み出した、自己流の必殺技のつもりなんだが……」

「だが？」

「未完成なんだよ」

デミトリス流は、魔力放出を利用する流派だ。気を飛ばす遠当てや、肉体に纏う強化等、その用法は多岐にわたる。

だが、破門となってデミトリス流を封じられたせいで、コルベルトは今まで当たり前にできていた気の運用が大幅にレベルダウンしてしまった。

それでも、修行の中で身に付いた魔力放出スキルなどは残っていたので、なんとかそれを違う方向に利用できないかと考えたという。

「依頼で、魔力放出で高速移動する魔獣とやりあってな。あいつらって、動きの気配を察知しにくいだろ？」

「ん」

基本、背後に魔力を放出して、加速して突進っていう使い方だからな。筋肉や、体の動きを見ていても中々事前には気付けないだろう。

「それで思いついたんだよ。魔力放出を上手く使えば、俺でも攻撃の起こりを消せるんじゃないかとな」

「それが、あれ？」

「ああ。だが、その前の溜めに時間がかかり過ぎる。今回みたいな試合で、しかもこっちの攻撃を待ってくれるような相手じゃないと当てられん。実戦投入にはまだまだ時間がかかるだろう。それに、攻撃力もな……」

「シビュラをぶっ飛ばしてた」

「あれじゃ、ただ速く殴っただけだ。攻撃の時に、魔力を流し込むのが俺の描く完成形だ」

「なるほど」

無拍子からの神速の一撃。しかも内部破壊で確実に仕留める。それがコルベルトの理想なのだろう。

「それなら……フランにもダメージが通るだろ？」

コルベルトとしては、昨年俺たちの使っていた物理攻撃無効への対処法として考えていたらしい。

「デミトリス流は気の操作に特化している。遠距離にも武技、武術を行使できるというのは凄まじいメリットなんだが……。フランのアレは、拳だけでなく、気も無効化しちまう。そのせいで、デミトリス流の技が尽く意味をなさなかった。お嬢さんや師匠ならどうとでもするんだろうがな」

気と魔力はほぼ同じだが、微妙に違う点もある。体内や体表で作用する魔力が気。外部のものはそのまま魔力と呼ぶ。

何が違うと言われたら、俺やフランにはいまいち分からんが……。デミトリス流はその違いを明確にし、気を体外に放出することを基本にしているようだ。

遠距離に気を飛ばすことで、普通なら密着していなければ使えない拳技なども遠くに当てることができるらしい。気で作った拳を操作して攻撃するようなイメージか？

だが、俺たちの持つ物理攻撃無効化は、その気も弾いてしまう。そうでなくては、昨年の戦いでコルベルトの様々な攻撃を完全に無効化できたことに説明がつかないのだ。

「だからこそ、気ではなく魔力をぶつけるつもりだったんだがなぁ……」

コルベルトが言う通り、あの距離で体内に魔力を放出されれば、物理無効も効かないだろう。ただ、未完成の言葉通り、コルベルトもまだ使いこなせていないようだ。背後への推進力で魔力を使い切ってしまったらしい。

「ま、そのうち完成した姿を見せてやるよ」

「ん。楽しみにしてる」

「おう――」

ドバァァアン！

コルベルトがニッと笑って頷いた瞬間だ。医務室の扉が、弾け飛ぶかと思うほどの勢いで開いた。

「コルベルト！」

「うぉ！　ヒ、ヒルトお嬢さん？」

飛び込んできたのは、怖い顔をしたヒルトだ。ガン飛ばしと変わらないレベルの鋭い視線で、医務室の中を見回す。

「む。無事なようね」

敗北したコルベルトに怒っているのかと思ったら、焦って余裕がなかっただけであるらしい。フランと談笑するコルベルトを見つけて、明らかにホッとした様子を見せていた。

「あなたは、黒雷姫のフラン……。なぜここに？」

「お見舞い」

「そう。感謝するわ」

「なんでヒルトが感謝する？」

「え？　そ、それは、元とは言え同門の人間ですもの！　だ、だから、ちょっと手間だけど一応怪我の具合を確認しにきたの！」

「ふーん」

ヒルトがメッチャ焦っている。顔が真っ赤だし、分かりやす過ぎるんですけど。砂糖吐くわ！

だが、コルベルトはヒルトの気持ちに全く気付いていないようだ。

「お嬢さん、手間かけさせてすみません」

「あ……。そ、そうよ！　まったく！　あんな無名の傭兵に負けるなんて！　鍛錬が足りてない証拠よ！」

「はは、手厳しい」

「ま、また、私が鍛えてあげてもいいわよ？」

これ、遠回しにデミトリス流に戻ってきてほしいって言ってるよね？

だが、コルベルトは鈍感系主人公だったらしい。

「俺は破門された身ですから。おめおめと戻るわけにはいきませんよ」

「～！」

ヒルトは悔し気だ。自分の意図を読み取ってくれないコルベルトと、素直になれない自分自身。どちらに対しても苛立ちがあるんだろう。

ヒルトの好意はこれだけ分かりやすいのに、よく気付かないなコルベルト。まあ、自分の思い込みって、周りからなにか言われても中々気付けるものでもないよね。俺も昔やってたゲームの中なんかでは、思い込みのせいで失敗した経験がある。

多分コルベルトの中では、ヒルトは自分に手厳しい師匠の跡継ぎ。自分に惚れるなんてありえない。そういう図式が成り立っているのだろう。

「もういいわ！　フラン、必ず勝つから！」

ヒルトはそれだけ言い放って、嵐のように去っていった。最後にフランに向けた視線には、凄まじい敵意が籠(こも)っていたな。コルベルトが破門される切っ掛けになったうえに、今は自分の恋路を実らせるために絶対に勝たないといけない相手なのだ。戦うことになったら、あれ以上に気合が入っていることだろう。

「あー、なんかお嬢さんが済まんな」

負けるわけにはいかないんだけど、陰ながら応援したくなるぜ。

あとコルベルトは爆発しろ！

「師匠？　なんか震えてる？」

『い、いや、何でもないぞ？　別に嫉妬で荒ぶってなんかないからな？』

「ふーん？」

『と、とりあえず観戦席に戻ろうぜ？　次の試合まだ見れるかもしれんし』

「わかった」

展開が早ければもう終わってしまっていてもおかしくはないが、まだ間に合ったらしい。

舞台の上では、ランクB冒険者のアッバーブという男と、デミトリス流の門弟が戦っていた。

このアッバーブ、どうやら魔法剣士であるらしい。接近戦ではシミターを使い、遠距離では水と毒の魔術を使っている。

解説を聞いていると、なんとエイワースの弟子であるという。なるほど、戦い方が嫌らしいね。それに、性格も悪そうだ。

「ひひひひ！　動きが悪くなってきましたが、何かありましたぁぁ？」

「くそっ！　毒か……！」

「ひひひぃぃ！　その顔！　素晴らしい負け犬顔です！　あぁぁぁぁあ！　最高！」

毒で動けなくなった対戦相手を、弱い攻撃で嬲(なぶ)っている。

だが、強いことは間違いないだろう。

『性格は最悪だが、動きは洗練されている。それに、エイワースの弟子ってことは……』

（毒薬使ってくるかも）

『ああ、毒魔術以外にそこも気を付けないとな。アイテム袋を使わせないように牽制するとか、いくつか考えられるが』

（今度は失敗しない）

モルドレッドには、結界石などで牽制を防がれたからな。フランはその対策を色々と考えているらしい。

結局、最後までアッパーブの優位が覆ることはなく、盤石の勝利であった。

胸糞悪い発言の数々にフランが何とも言えない顔をしていると、近づいてくる人影がある。

「フラン、見事だった」

「モルドレッド？　もう動いていいの？」

「なんとかな」

試合が終わったのを見計らって声をかけてきたのは、先程までフランと激闘を繰り広げていたモルドレッドであった。

足取りは多少覚束ないものの、動くことは可能らしい。

その顔には悔しさや怒りはなく、さっぱりとした笑顔が浮かんでいる。

「最後、すまなかったな」

「溶岩？　でも、モルドレッドは平気だったんでしょ？」

「試合前に溶鉄耐性を上げる術を使っていたからな。俺の意識がなくなっても、一度付与した魔術は効果時間まで続く。だがあれでは、勝敗が決まった後も攻撃を続けたようなものだ。マナー違反だった」

そう言って、深々と頭を下げる。律儀な男である。

「分かった。謝罪を受け入れる」

「ありがとう」

「その代わり、少し話が聞きたい」

「いいぞ。なんでも聞いてくれ」

「さっきの試合のこと。まずは――」

フランがモルドレッドに、試合運びについて色々と質問をぶつける。モルドレッドも、その辺はキッチリ答えてくれる。

フランに教えることがあるのが、彼にとっても楽しいらしい。面倒見のいい男である。

ベテランに話を聞けることなんてそうそうないし、これは非常にいい機会だろう。

熟練の試合内容を間近で見せつけられ、その試合を本人と振り返る。ここでモルドレッドと戦えたのは、フランにとって大きな経験となりそうだった。

数十分にも及ぶフラン対モルドレッド戦の振り返りは終了し、今は他の出場者の戦闘についての分析に変わっている。

「モルドレッドなら、さっきのアッバーブはどう戦う？」

「情報が少ない相手であれば、まずは距離を取る。溶鉄魔術を主体に、隙を窺うだろう」

「なるほど」

「もしくは、自信があるのであれば近距離に持ち込むのでもいい。フランの場合は、剣での戦いは有利だろう。ならば、小細工をされる前に近づくのは有りだ」

その小細工によってフランを追いつめたモルドレッドの言葉は、重いな。

「奴は実際は毒魔術をもっと短い詠唱で放てるのだと思う」

「なんでわかる？」

「一度だけ毒魔術を通常よりも速いタイミングで撃った。相手の被弾覚悟の突進に慌てたのだろう。

その一回だけ偶然速いというのは考えられん」

「他の出場者に、自分の詠唱短縮スキルが大したことないって思わせようとしてる？」

「だと思う」

モルドレッドの分析を聞くだけでも、色々と面白い。

そうして盛り上がっていたんだが、モルドレッドのもとに部下がやってきた。フランは完全に忘れているが、以前に船の護衛依頼で顔を合わせたことがある男だ。

モルドレッドに勝ったフランに対しても、敬意を払ってくれているのが分かる。モルドレッドの教育がいいんだろう。

どうやら、なにやら用事があったらしい。

「もうそんな時間か」

「うっす」

「では、俺は行くとする。有意義な時間だった。魔境については、次回語ろう」

「ん。ありがと。私も楽しかった」

「ああ」

そうして一人になって、ウルシをモフリ出したフランに、また誰かが近づいてきた。

「あの、フランお姉様」

「ん？　ケイトリー、ニルフェも」

「こ、こんにちは……」

「オン！」

オーレルの孫である冒険者志望の少女ケイトリーと、デミトリスの孫である引っ込み思案なニルフェの、お子様コンビである。

貴族などだけが入れる貴賓席にいたようだが、フランを見つけて特別観戦席にやってきたのだろう。数分前から気配はあったのだが、モルドレッドに遠慮して声をかけてこなかったらしい。いや、単純にモルドレッドが怖かっただけか？

因みに特別観戦席は、出場者の関係者や、出資している人間などが入れる場所だ。

一般の観客の居る場所が自由席。特別観戦席は関係者席。貴賓席は招待者席。まあ、そんな感じの分かれ方である。招待者席の人間は特別扱いなので、こっちにも来られるのだ。

「先程お話しされていたのは、モルドレッド様ですよね？」

「ん」

「すごく仲が良さそうだったのですが……」

「ん。冒険者仲間？」

フランが疑問形で首を傾げる。確かに、モルドレッドとの関係はなんと言っていいか分からないからな。

友人というには付き合いも短く、年も離れている。ライバルとも違うだろうし、一番しっくりくるのが冒険者仲間なのだろう。

「さっき戦っていたのに、平気なのですか？　その、お互いに」

「なんで？」

「恨みとか、怒りとか……」

「ただ試合しただけだから」

いや、サバサバタイプのフランと、相手をリスペクトできるモルドレッドだからそう言えるだけだぞ？　中には勝ち負けで恨んだりする奴だっているだろう。

しかし、フランを尊敬してやまないケイトリーは、それが当たり前なのだと思ってしまったらしい。感心した様子で納得してしまった。ニルフェも同様だ。

「そ、そうですか。あれが、ただの試合……」

「冒険者って、凄いです」

「ん。勝っても負けても恨みっこ無し」

フランの言葉で、ここまできた理由を思い出したのだろう。二人は口々にフランの勝利を祝福してくれた。

「お姉様、ご勝利おめでとうございます！」

「おめでとうございます」

「ありがと」

「本当に凄かったです！」

ケイトリーたちが興奮した様子で、フランとモルドレッドの戦いを語る。

「その、途中からは何が起きてるかよく分からなかったんですけど……」

「でも、凄かったです」

「そうなんですよ！」

モルドレッドの溶岩によって結界内が覆い尽くされてからは、外からは何も見えなくなってしまったらしい。

しかし、観客は意外にもそれすら楽しんでいたようだ。

「ガラスのコップの中にオレンジ色の溶岩が満たされているような、見たことのない光景でした。溶岩というのは、あんなに美しい物なんですね」

「綺麗でした」

確かに、普通じゃ見ることができない光景だったろう。結界によって熱が遮断されているので、ただただ美しさだけが残ったようだ。

観客が飽きる前に、決着がついたのも良かったらしい。精々が数分だったからな。

「お怪我は大丈夫なんですか？」

「あのくらいはいつものこと」

「そ、そうなんですね……。私も冒険者になるなら、覚悟しないと」

「がんばって」

「はい！」

ケイトリーは怖がる様子もなく、むしろさらにやる気が出たらしい。フラン効果なのか、元々の資質なのか。アレを見て自分も頑張ろうと思えるのは、中々見どころがあるのだ。

案外、将来有名な冒険者になるかもしれなかった。

その後、フランはケイトリーたちと一緒に観戦することになる。フランの解説に、ちびっ子たちは真剣な顔で耳を傾けていた。

ニルフェも意外に興味があるらしく、時おり頷く。決して上手い解説ではないんだが、二人にはかなりの勉強になったらしい。

「お姉様のお友達のシャルロッテさんは、残念でしたね」

「ん。でも、去年よりも善戦してた」

一番の見どころだったのは、エルザとシャルロッテの試合だろう。去年と同じカードで、流れも去年と似ていた。

違うのは、よりシャルロッテが長く戦ったことくらいか。動きが格段に良くなっていたのだ。しかし、エルザの防御力を突破するほどの攻撃力はまだ身に付いていないらしく、最後はぶん投げられて場外負けであった。

「お姉様、次の試合も頑張ってください。応援してます！　次勝ったら、上位入賞確定ですからね！　色々な国から士官の誘いがあるような順位です！　頑張ってください」

「誘い？　シャルス王国？」

「もうお姉様のところに来たのですか？」

「ん」

「そうなのですね！　その人たちが騒ぎを起こすせいで、お爺様も凄く忙しいらしいです。注意しても直らないから、シャルス王国に抗議の手紙を送るって言ってました」

国に抗議文？　想像以上に大事になっているらしい。

「全然約束を守らないらしいです」

「へー。じゃあ、私のとこもまたくるかな？」

「たぶん……。あまりにもしつこくされて、殴っちゃった人もいるそうですよ。相手は貴族ですから、そうなるとギルドも領主様も庇いきれないって言ってました」

「相手が悪いのに？」

「その、勧誘するのは犯罪なわけじゃないですし、相手は貴族なので……」

結局、手を出した側が悪いということにされてしまうようだ。もしかしてそれが目的なのだろうか？　あえて暴発させて、有望な選手を失格にする？　それか、弱みを握って言うことを聞かせるとか？

「フランお姉様も、お気を付けください」

「わかった」

やはり、関わり合いにならないのが一番だな。


モルドレッド戦から二日。

今朝もフランは元気に会場へと向かう。その両手には屋台で買った串焼き肉が装備されているが、これも毎朝のことだ。

宿の朝食も勿論食べている。というか、寝起きに自分の次元収納から色々取り出して食べた。だが、それが何か？　フランにとっては串焼きくらい、一般人のクッキー一枚みたいなものなのだ。

「もぐもぐ」

「モムモム」

ウルシはウルシで、出汁を取り終わった後の巨大牛骨をもらって齧っている。スープ屋台のおばちゃんがくれたのだ。

一メートル以上ある骨の真ん中を咥え、甘噛みしているだけで楽しいようだ。その姿は、長い木の棒を咥えて歩くお馬鹿犬のようで、ちょっと間抜けにも見える。

昨日、フランが褒めてから客足が伸びたとかで、スープもタダでもらってしまった。一瞬でフランとウルシの腹の中に消えたが。

結構デカい具材が入ってたと思うんだけどね。

「もぐも……む」

『どうしたフラン』

「あれ」

フランが急に足を止めたのだが、その視線の先には見覚えのある男が立っていた。

「なんとか国のなんとか」

『シャルス王国のエマート子爵な。まあ、覚える必要はないけど』

「どうする?」

『うーん』

明らかに誰かを待っている。それがフランである可能性は高いだろう。

『とりあえずこのまま進もう。で、エマート子爵がこっちにきたら、転移で逃げる』

「わかった」

『ま、フランが気配消してれば、見つかることはないと思うけど』

競技場に入っていく観客たちに紛れて、エマート子爵とその従者らしき男性の前を通り過ぎる。

案の定、エマート子爵たちは気配を消したフランには気付かなかった。

「あの黒猫族の娘、まだこんのか？」

「もう時間だと思うのですが……」

「ええい！　よく捜せ！」

やっぱりフランが目当てか。まあ、今後もこうやって逃げていればいいや。どうせ、あと数日でこの町から去るわけだし。

それから三〇分後。

『今日も第一試合にこの少女が登場だ！　最強の黒猫族、黒雷姫のフラァァン！』

特に控室に邪魔者が現れることもなく、俺たちは闘技場の上で今日の対戦相手と向き合っていた。

つや消しの金属鎧に、巨大なタワーシールドを構えた巨漢の盾士。レイドス王国のスパイ疑惑のある男、ビスコットである。

守りが非常に堅い、重戦士タイプだ。

『フラン、今日はどうする？』

（……一人でやりたい）

『わかった』

（いいの？）

『なんでダメなんだ？』

（だって、モルドレッドにはそれで追い込まれた）

フランとしては、やはりあの試合には悔いが残るらしい。

勝った気がしていないのだろう。だが、俺からすればそれだっていい経験だった。明らかに、フランが成長できたからな。

フランに直接言えないが、勝ち負けではないのだ。勝てるに越したことはないが、負けたって成長できればいいと思っている。

『命がかかった実戦ならともかく、これは模擬戦だからな。フランがやりたいように戦えばいいさ。それに、盾士と戦ってみたいんだろ？』

（ん）

フランは、これまで高レベルの盾士とサシで戦ったことがない。経験しておきたいのだろう。

だからこそ、全力で瞬殺するのではなく、あえてギリギリの攻防を体験したいと思っているようだ。

『その代わり、慎重にな？』

「ん」

それに、この後の対戦を考えれば、奥の手を温存するのは悪いことでもなかった。

「よお、ダンジョンぶりだな」

「ん」

ビスコットがニヤリと笑いながら話しかけてくる。試合前の前哨戦というわけではなく、本当に楽し気だ。こいつもまた、戦いを楽しむ気質なのだろう。

ツェルト戦での傷は、完全に癒えたように見える。それに、破壊された盾も新調されていた。

むしろ、以前よりも良い盾に見える。

「これか？　ダンジョン産の盾だとよ。武闘大会参加者だって言ったら、メッチャ安く売ってもらえたぜ？」

特殊能力があるのではなく、ひたすらに防御力が高いタイプの盾であるようだ。

優秀な盾士が持つ装備としては、むしろその方が厄介かもしれんが。

「冒険者の強さってぇのを、見せてくれよ」

「そっちこそ、その盾が飾りじゃないってところ、見せて」

互いに殺気をぶつけ合う中、フランとビスコットの試合が始まる。

先手はフランだ。

覚醒済みのフランが、最初から全速力で切りかかった。

「はあああ！」

「ちぃ！」

その凄まじい速度に、ビスコットが焦った様子で慌てて動く。しかし、フランの全速力には、さすがのビスコットも対応しきれないらしい。

盾の横を一瞬ですり抜け、すれ違い様に攻撃が入った。金属鎧はかなりの逸品ではあるが、俺たちの攻撃を完全に弾き返すほどの強度はない。ビスコットの脇腹に、深い傷が穿(うが)たれていた。

鎧ごと肉が切り裂かれ、刻み込まれた隙間から血が溢れ出す。内臓まで切り裂かれているだろう。

どう見ても、致命的な傷だ。

これは期待外れか？　そう思ったが、ビスコットはここからがしぶとかった。

「浅ぇ！　浅ぇんだよぉ！」

「おらぁ！　まだ倒れねぇぞ！」

「浅いっつってんだろうが！」

どんな深手を負わせても、全く怯まないのだ。明らかに大量の血を流しているのに、回復を行う素振りもない。それでも、動き続けた。

どうも、自動再生系のスキルを持っているようだ。ツェルト戦で見せたタフネスの正体は、これか。シビュラのようなダメージ無効系のスキルではなく、ただただ頑丈で忍耐力があるタイプである。痛覚無効を持っていないのか、時折顔をしかめる。しかし、それだけだった。致命傷を与えたはずなのに、まだ動いてくる。

「普段は、巨大な魔獣相手にしてんだ！　このくらいの傷、日常茶飯事なんだよ！」

大型魔獣相手に、真正面からガチンコで殴り合いをしているってことか。そりゃあ打たれ強くなるだろう。

現状、フランは無傷なのだが、押しているという気がしない。やはり、ビスコットが全く堪えていないからだろう。

鎧はその機能を成さぬほどに傷だらけで、全身が血塗れだ。明らかに敗者の姿なのに、その眼は未だにギラギラと戦意に輝いている。

「地龍に噛み砕かれて飲み込まれた時の方が、数段ヤバかったぜ！」

「地龍？」

「おう！　うちの騎士だ――おっと、なんでもねぇ！　ともかく、こっから本番だ！　そっちも本気になれよ！」

「望むところ！」

ビスコット、うちの騎士団って言おうとしたよな？　やっぱ、レイドスの騎士なんだろう。

まあ、今は勝敗が重要だ。

「はぁぁぁ！」

「ちっ！　まだ速く……！」

フランは勝負を決めるつもりで、ギアを上げてビスコットを攻め立てる。まだ閃華迅雷は使っていないものの、覚醒、肉体操作法、各魔術を使って、凄まじい速度を実現していた。

命を削る奥の手を使わずに、これだけ動けるようになっていたんだな。

しかし、先程よりも格段に速いフランの攻撃に、ビスコットは反応し始めていた。

「ガードシフト！」

「ぐむ！」

フランが必殺を狙って放つ攻撃だけは盾で受け、それ以外の牽制は体で受ける。離れ際に放つ雷鳴魔術なども、ビスコットは耐えてみせた。麻痺などにもならないようだ。

本当に硬いな！

「スイングッ！」

「おそい！」

「そっちが速過ぎんだよ！　次は当てる！」

「むり」

「無理かどうか、試してやるさ！　ほら、こいよ！」

フランから受けるダメージの頻度も、量も、序盤とは比べものにならないはずなんだが、ビスコットの威勢は試合開始時と変わらない。

その巨体に似合わぬスピードで、鋭いカウンターを放ってくる。

シビュラといい、ビスコットといい、タフ過ぎだろう。戦闘勘の良さも似ているし、レイドス王国の戦士はこんな奴ばかりなのか？

タイプは全然違うが、総合力ではモルドレッドやコルベルトと同等だろう。場合によっては、彼らよりも厄介に違いなかった。

それでも、フランが有利であることに変わりはない。何せ、ビスコットの攻撃は未だにフランに当たっていないのだ。

高い盾の技術に、人外レベルのタフネス。その強気な性格で自身と仲間を鼓舞する。魔獣相手の盾役としては、完璧なのだろう。

そんな防御面に対し、攻撃は数段劣っていた。いや、十分に強力だし、技術も高い。

相手が魔獣であれば、問題ないはずだ。その完璧な防御で攻撃を受け止め、カウンターでダメージを与える。高い腕力から繰り出されるメイスの一撃は、どんな相手であっても当たればただでは済まない。

対人戦でも、ビスコットの強烈なカウンターは脅威になる。何せ、フランであっても気合を入れなければ回避できない鋭さだ。

しかし、結局はそこ止まりであった。

フランより速く動く魔獣はいる。だが、フラン並に動けて、フラン級の技術を持ち、フランと同じレベルで駆け引きが可能な魔獣など、そこらにいるものではない。

ビスコットも、戦った経験はないのだろう。どれだけ完璧なタイミングでカウンターを狙ったとしても、フランには当たらなかった。

「ちぃ！　そこだぁ！」

「あぶな」

「もらった！」

「くぅ！」

もう少しで当たりそうなのに、当たらない。だが、次第に、フランが武器で受け流す場面が増えてきた。回避が間に合っていない。

そんな攻防の中、ビスコットが微かに魔力を放った。魔術ではない。何らかのスキルだ。

何をした？　攻撃的な気配は全くなかったが……。

すると、フランがどこか戸惑った様子で、首を傾げた。

『フラン？』

（なんか、変）

もしかして、今の謎のスキルのせいか？　どうも、体の動かし方に何らかの違和感があるらしい。

〈時空系統の魔力を確認。個体名・フランの感覚のみが加速させられています〉

『なに？　感覚だけ加速？』

〈是〉

体の動き自体は加速していないのに、感覚だけが加速するというのはかなり厄介である。自分のイメージする体の動きと、実際の体の動きに乖離（かいり）が出てしまうからだ。特に、フランのような高速で動き回る者にとっては、僅かなずれでも相当大きく感じるはずだった。

ツェルトがビスコット戦で最後におかしな動きをしたのも、この感覚加速のせいだろう。

ここでフランの違和感の正体を教えて、時空魔術を使って解消するのは簡単である。

しかし、今はフランができるだけ俺の助言なしで戦う場だった。ここは、ギリギリまで見守ろう。

「しっ！」

「はっはぁ！　甘いぜぇ！」

フランの斬撃が盾で完璧に受け止められる。なるほど、感覚に違和感を与えて相手の動きを鈍らせるだけじゃないのか！　感覚加速状態で攻撃をしようとすると、本人はもう攻撃を仕掛けたつもりなのに、肉体は動き出したところだったりするわけだ。

その攻撃意識の先走りのせいで、攻撃の気配が読まれやすくなるらしい。目線や筋肉の動きがより顕著に出てしまうのだ。もちろん、ほんの僅かなことなのだが、ビスコット級の盾士であればその情報により完璧に防御を行える。

能力の出力は大したことはないが、使われてみると非常に面倒だった。

盾で攻撃を受け流され、フランの体が前に泳ぐ。ツェルトが負けた時と、同じ状況だ。

ビスコットはチャンスだと考えたのだろう。

「スパイラル・バッシュゥ！」

今まで温存していた、盾での攻撃を放った。意識の外側からの、鋭い一撃。

普通であれば、これに対応するのは難しい。

初見で、最速。緩急を利用した、必殺の攻撃なのだろう。

そんなビスコット渾身の攻撃は、フランを直撃――しなかった。

「なにぃ！」

「それは、見たことがある」

フランは盾を使う攻撃を最初から念頭に置いていたのだ。デュラハンや邪人など、盾を使う攻撃をしてくる相手と戦った経験が、フランにその予感を与えてくれていた。

それに、王都では天壁のゼフィルドという、盾を使うランクA冒険者と共闘したこともある。皮肉にも、ビスコットが使った盾技はゼフィルドが使っていた技と同じだったのだ。一度見た技は、フランには余計に避け易かっただろう。

しかも、感覚のズレも一切感じさせず。日ごろから時空魔術での加速に慣れているフランは、もう感覚加速に対応し、アジャストしたらしい。それどころか、振り回されているように見せてビスコットの攻撃を誘ってさえいた。

自分が感覚加速への対処に苦慮しているように見せれば、大技を見舞ってくると考えたのだろう。熟練者相手に対人戦の経験の差で苦しめられることは多いが、今回は逆にフラン有利に働いている。ビスコットは「してやられた！」とでも言いたげに、その表情を歪めた。自分がフランの術中に陥っていたことにようやく気付いたようだ。

それに、フランの誘いはその前から既に始まっていた。

感覚加速状態に陥る前のフランは、わざと攻撃を受けていたのである。ビスコットの大技を誘発するため、あえて攻撃をギリギリで受けて見せ、追い込まれていると勘違いさせたのだ。

正直、俺は通用するかどうか疑問だった。

ビスコット自身が似たような駆け引きを、ツェルト戦で使っていたからな。だが、仲間が考えていたと言っていたように、自分で駆け引きを見抜くような真似はできないらしい。
良くも悪くも魔獣特化なんだろう。

「すきあり」

「こいよぉ！」

盾で相手を吹き飛ばす攻撃、スパイラル・バッシュを完全に回避され、体勢が崩れているビスコット。それでもまだ余裕なのは、防御力への自信故だろう。

フランが放つであろう必殺の一撃に耐えて反撃。そう考えたに違いない。俺も、閃華迅雷を発動しての天断や、空気抜刀術だと思っていたのだ。

「はあぁぁぁぁ！」

フランの気合が迸り、ビスコットが覚悟を決めた顔をした。

しかし――。

「なんちゃって」

「は？」

緊張感を滲ませるビスコットに対し、フランはニヤリと笑いかける。フランが選択したのはビスコットの防御すら貫く全力攻撃ではなかった。

「おおぉい？　あ、足下を……！」

フランの大地魔術により、舞台が大きく変形する。フランからビスコットに向かって、下り坂が生み出されたのだ。氷雪魔術により、ビスコットの足下が凍りつくおまけ付きで。

攻撃を受けるために踏ん張っていたビスコットに、その突然の変化は最悪である。スケート初心者のように、つるつると滑る足場で何度も足をバタバタと動かす。

そこにフランが突っ込んだ。

魔力放出で急加速し、大上段からの一撃を見舞う。

ビスコットはフランの攻撃をなんとか盾で受けたが、それもフランの掌の上であった。

「ちっくしょー！」

「ばいばい」

フランに押し出され、ビスコットが氷の坂を下っていく。ダメ押しで風魔術を連続で叩きつけられ、もうどうしようもなかった。絶望的な表情で、舞台から押し出される。

『き、決まったぁぁ！　なんと呆気ない幕切れだ！　この人の試合で、このような決着があるとは思いませんでした！　黒雷姫フランの、頭脳勝ちです！』

俺でさえ、フランがこんな方法を選択するとは思っていなかった。ビスコットならなおさらだろう。

結果としては、フランの完勝に近かった。奥の手も大技も温存し、試合時間も意外に短かったのだ。

消耗は大きかったが、ダメージがあまりないのは大きい。ビスコットにとっては、相性が最悪過ぎたね。

『フラン、よくあんな方法を思い付いたな』

(ん。モルドレッドの真似してみた)

『まだまだ練習しなきゃならんし、経験も必要だろう。だが、それでもああいう勝ち方を選ぼうって思えるのがえらいぞ』

（ほんと？）

『おう！　相手をぶちのめすだけが、勝利じゃないからな』

（ん！）

モルドレッドとの戦闘は、俺の想像以上にフランに色々な影響があったらしい。

何せ、俺でさえ大技をぶち込むと予想していた場面で、搦め手を使ったのだ。すぐにそういう思考が身に付くわけではないだろうが、力押しだけではなくなったら、より戦闘の幅が広がるだろう。

これは、将来的にフランのプラスになるはずだ。

まだ付け焼刃の戦い方だが、いつか使いこなせる日もくるだろう。そんな日が楽しみである。

「……俺の負けだ」

「ふふん」

悔し気に話しかけてくるビスコットに対し、完全なドヤ顔のフラン。

搦め手で勝てたのが余程嬉しいんだろう。

「……シビュラの姐さんは、俺よりも数段強いぜ？」

「それでも私が勝つ」

「秒殺されたら笑ってやるよ」

ビスコットはそれだけ言うと、足早に去っていく。完全に捨て台詞だったな。

それに、次の試合がシビュラ相手とも限らないのだ。なんせ、まだ勝ち上がってもいない。

ビスコットは確信しているようだったが……。

『さて、次の戦いの相手が誰になるか、キッチリ見ておかないとな』

（ん）

次の試合の勝者が、フランと準々決勝で対戦することになる。

そして五分後。

「やっぱりシビュラ」

『だなぁ』

シビュラの相手は、エルザに憧れているという巨漢のメイス使いだった。メイスの破壊力は、かなりのものだろう。シビュラはそんな破壊力自慢相手に一歩も引くことなく、正面から攻撃を叩きつけ合い、一分もかからずに勝利していた。

まさか、あの巨大メイスを使った武技の直撃を受けて、一歩も後退しないとは思わなかった。

あれでは、ちょっとやそっとの攻撃ではビクともしなさそうだ。今度こそ、本気でいかねばならないだろう。それでも勝てるか分からない相手だ。

「……強い」

『おう』

その後、次々に試合は進んでいき、Bブロックの勝者はエイワースの弟子であるというアッバーブと、ウルムットのギルドマスターであるディアスだった。

どちらも危なげない勝利である。ディアスとエイワースは元パーティメンバーのはず。師弟対決とまではいかないが、この二人の対決も見応えがありそうだな。

その次が、ヒルトとラデュルの戦いだ。

『これまた対照的な者同士だな』

多彩な魔術で相手を翻弄するラデュルと、力押しの格闘家であるヒルトーリア。

さて、どんな戦いになるだろうか？

単純な腕力や魔力、速度で見れば、ヒルトの勝ちは当たり前に思える。

だが、それだけが勝敗を左右する要因ではない。経験や戦略性の差というのは、武闘大会ではかなり大きいのだ。その点では、ラデュルに軍配が上がるだろう。

『三属性の上位魔術を使いこなす、ラデュル翁が再び多彩な魔術で相手を翻弄し、封じ込めるのか！それとも、ランクA冒険者、穿拳のヒルトーリアが、その圧倒的な力で老魔術師を粉砕するのか！私には全くわかりません！』

簡単な解説の後、実況によって試合開始が宣言される。

その瞬間、ラデュル、ヒルトが同時に動いた。

「はあぁぁ！」

「むん！」

ヒルトが突進し、ラデュルが背後に飛ぶ。その速度はほぼ同じか？

ラデュルは試合前に、速度を上げる術を使っていたのだろう。多分、風魔術のウィンド・フットだ。風を足に纏い、速度を上げる術である。

「おぉー」

『ラデュル爺さん、スゲーな』

ラデュルがまるでスケート選手のように、試合場を滑って移動していた。ウィンド・フットの効果か？　多分、ホバークラフトのように浮いているのだろうが、あんな風に制御するのは相当難しいはずだ。俺たちだって、圧縮した風で足裏を押し出すようにして、直線的な動きを補助する程度にしか使えていない。

そんな超激ムズの魔術制御を行いながら、さらに次の術のために魔力を練り上げているのが分かった。凄まじいとしか言いようがない。

微細な魔術の制御という一点に関しては、ラデュルが出場者一かもしれなかった。

それにしっかりと付いていくヒルトもさすがだ。鋭い動きで、すぐに距離を詰めていく。

「アース・コントロール！」

「なにを——？」

ラデュルから膨大な魔力が発せられる。それを感じ、ヒルトが警戒を強めた直後であった。彼女の体が高々と宙を舞っていた。

ラデュルが大地魔術で生み出した僅かな段差に、足を取られたのだ。空中で体を捻ってなんとか着地することに成功しているが、体勢が崩れている。

「今の！」

『魔力を隠蔽するんじゃなくて、周囲をデカい魔力で覆っちまうことで細かい変化を見えづらくしたんだ。なるほどな！』

「すごい」

ラデュルが使ったのは、大地を操るアース・コントロールという術だ。

ヒルトレベルの人間であれば、魔力の流れで見破ることができただろう。普通の術であれば、だが。

ラデュルは数センチの段差を作るために、舞台全域にアース・コントロールを仕掛けていた。まるで、舞台全てを操って攻撃する大技を仕掛けると宣言するかのように。

だが、実際はほんの少し、パッと見では分からないほどに小さく変化させただけだった。これは、相手の意表を突くとともに、大魔力で少しの魔力を覆い隠すこともできる、非常に嫌らしい手である。

デメリットは、魔力消費が大きいことだろう。

それでもラデュルは、ヒルトの動きを僅かでも阻害できるのならば十分元が取れると判断したらしい。

「ほいさ!」

「ぺぇ!」

継続していたアース・コントロールを使い、着地したヒルトの足下を泥のプールへと変化させた。大きく跳ねた泥が顔にかかり、ヒルトが顔をしかめている。

どれだけステータスが高くても、踏ん張りが急に失われれば、バランスを崩すのは当たり前だ。ヒルトも例外ではない。

そこに、ラデュルが乾坤一擲(けんこんいってき)の攻撃をしかける。

「去年の轍(てつ)は踏まん! 主のようなタイプには、短期決戦じゃ! おおぉぉ! ハイ・ウェイブッ!」

「これだから老人って油断ならないのよ!」

ラデュルは弱い魔術を使いこなすことで有名だが、大技を使えないというわけではない。普段は、必要ないか、消耗を考えて無駄には使わないだけだ。

だが、勝負どころとなれば、当然その大技を使ってくる。

ラデュルが放ったのは、巨大な波を作り出す大海魔術だった。海などで使えば、船などを転覆させることも可能な術である。この狭い闘技場で使えば、相手を場外へと押し出すことができるだろう。

高い波の壁が、起き上がったヒルトに襲い掛かった。観客の多くは、このままヒルトが波に飲み込まれ、場外負けになると確信しただろう。

だが、次の瞬間にはその予想は大きく裏切られることとなる。

「るあああぁぁぁ！」

「ごがっ！」

ヒルトが放った魔力の弾丸が、波をぶち抜いてラデュルを吹き飛ばしていたのだ。

場外に落ちることは免れたが、舞台の端に倒れる老爺はピクリとも動かない。

『ノータイムで、あの威力。ヒルトの魔力放出は、コルベルトよりも数段上だ。あれだけでも、十分に厄介だな』

「ん」

波とぶつかり合ったせいでそれほどの威力はなかったはずなんだが、ラデュルはその一撃で意識を失っていた。やはり、肉体的には寄る年波に勝てないってことなのだろう。

『こ、これはぁぁ！　ラデュル翁の勝利かと思われたその時！　ヒルトーリアの謎の攻撃がその体を吹き飛ばしたぁぁ！　さすが、不動の後継者！　その強さは、底が知れなぁぁい！』

一見、ラデュルが善戦したように思えるが、ヒルトは全く本気を出していなかった。フランたちのように試合を楽しみたいわけではなく、自分の手の内をできるだけ隠すためだろう。

勿論、その相手はフランである。

「む」

『メッチャ見てるな』

勝利したヒルトの視線が、こちらを向く。やはりフランを意識しているようだった。

フランもジッと睨み返し、両者の視線がぶつかり合う。

離れていても、互いの闘志は伝わっただろう。ヒルトはにこりともせずに、視線を外して去っていった。

「……楽しみ」

『ただ、その前に勝たなきゃいけない相手がいるぞ？』

「分かってる」

そもそもヒルトが決勝まで勝ち上がってくるかも分からないのだ。次でまだ準々決勝だからな。

『次はクリッカ対ババロス』

どちらも聞いたことがない。

クリッカは傭兵。ババロスは冒険者だった。

無名の選手同士ということであまり期待はしていなかったんだが……。試合が始まると、フランが珍しく驚きの声を上げた。

「あれ、見えてる？」

『だろうな。察知スキルの効果か……？』

クリッカという女性は、不思議な戦闘方法を駆使している。探知、察知の特化型と言えばいいのか？

相手の攻撃を完璧に躱し、弓とレイピアで急所をグサリ。そんな感じである。

ババロスは名前の厳つさに対して、実際は細面の魔法戦士だった。手数も多いうえに、風魔術と短槍の連携はなかなか鋭い。

フランであれば回避できるだろう。だが、フランほどの身体能力を持たないように見えるクリッカが、全ての攻撃を回避するのは異様ですらあった。

観客はただ速いだけだと思っているだろうが、完全に後ろに目があるレベルの動きだ。先読みも凄まじい。周囲の情報を完璧に把握していなければああは動けないだろう。

最後まで、攻撃を掠らせもしなかった。斥候役として考えると、あの能力は凄まじい。

対して、攻撃力はさほど高くはないのだろう。軽戦士のババロス相手でも、数度の攻撃が必要だったのだ。

それに、俺たちが彼女に注目するのは、その戦闘が面白いという理由だけではなかった。

『だな。ウルシ、シビュラたちの仲間』

(さすが、シビュラたちの仲間)

(オン!)

クリッカがシビュラの部下の一人であると、ウルシが教えてくれていたのだ。

シビュラやクリッカのレベルであれば、自分たちが監視されていることにも気づいていそうだ。だとしたら自分たちの正体がバレていることも理解して、逃げ出す算段をもうつけている可能性もあるが……。

『ま、奴らの身柄に関しては、お偉いさんたちがどうにかするだろう』

ディアスが、俺が思いついたことに気付いていないわけがない。俺たちが下手に首を突っ込んで、ギルドの作戦を邪魔するわけにはいかないのだ。

『こうやって見ていると、レイドス王国の騎士っていうのは特化型が多いのかもな』

（なるほど）

壁役特化のビスコット。斥候特化のクリッカ。破壊特化のシビュラ。まあ、シビュラは防御面でも優れているが、やはり攻撃の方が得意そうなのだ。

個人個人としては色々と穴があるが、パーティや部隊として考えた時には、非常にバランスが取れている。

そう考えると、彼らの真価は個人戦ではなく、集団戦にこそあるのかもしれない。

「ナイトハルト、きた」

『エルザもだな』

次は知り合い同士の戦いだ。

蟷螂のナイトハルトと、美容オネエさんエルザの戦いである。

「あらん！　なかなかいい男じゃなぁい！」

「……？」

エルザが差し出した手を、ナイトハルトが反射的に握った。試合前の握手は、この武闘大会では珍しい。人との距離感が超至近距離なエルザと、基本善人っぽいナイトハルトならではだろう。

「どうしたのかしらん？」

「いや、適当に言っている様子もないので、少々驚いただけです」

「うふふ。声もいいわぁ。優しく抱きしめてあげたいわねぇ」

「は、はは。お手柔らかに頼みます」

百戦錬磨であるはずのナイトハルトが、試合前から戸惑っている。さすがエルザだ。

しかも、カマキリヘッドのナイトハルトを見て、エルザは本気で良い男だと言い放っている。ストライクゾーンが広いにもほどがないか？

別に蟲人を差別するわけじゃないけど、限度ってものがあると思うんだ？

試合前の妙に長い握手が終わり、いよいよ戦いが始まる。

「いくわよぉん！」

武器は、エルザがメイス、ナイトハルトが双剣だ。

エルザは頑丈なだけではなく、痛みを喜ぶという性癖の持ち主である。それ系統のスキルさえ所持しているのだ。そこを、ナイトハルトがどう抜くのか、期待していたんだが――。

「おぉぉ！　スパイラル・スラストッ！」

「え――」

試合開始直後。たった一撃であった。

一瞬で距離を縮めたナイトハルトの剣がエルザの腹を貫通し、その背中からは大量の血が噴き出す。

「あは……すごいの、もらっちゃったん……」

なぜ目が潤んで語尾が上がる！　そして、エルザは倒れ、動きを止めた。

試合終了である。

余りの瞬殺劇に、会場からは戸惑いの声が上がっているな。

「見えた？」

『かろうじて。遠くだったからだろうな。エルザの場所にいたら、一発貰っていたかもしれん』

「ん……」

多分、ナイトハルトは事前にエルザの戦闘方法や能力について、調査をしていたんだろう。その結果、高威力の攻撃を初手で叩き込むという戦法を選んだのだ。まあ、性格的な部分の情報は疎かだったみたいだが。

『ユニークスキルの韋駄天の効果だと思うが、恐ろしく速かったな……』

閃華迅雷状態のフランに比べても、さらに速いかもしれない。それほどの速度だった。超速度と、蟲人特有の腕力。それを一点に集中させた突き技を前にしては、さすがのエルザの防御力も防ぎきれなかったようだ。

治療を受けて立ち上がったエルザに迫られて、這う這うの体で逃げ出すナイトハルトからは、強者特有の迫力は感じられない。しかし、紛れもなく今大会でも指折りの実力者だろう。

(……戦ってみたい)

『そう言うと思ったけど、どうなるかね』

向こうのブロックにはヒルトもいるし、この後に登場するあの人もいる。

今日最後の試合の勝者と、一つ前の試合の勝者であるナイトハルトが次に戦うこととなる。そして、俺たちの予想通り、最終試合はフェルムスが完封で勝ち上がった。

「ナイトハルトとフェルムス！」

『これは、本気で勝者が分からんな』

フランは目を輝かせて、この二人の対戦に想いを馳せる。

自分で戦ってみたいという気もあるが、強者同士の対戦もまた楽しみなのだろう。俺も同じ気持ちだから、分からんでもないけどね。

次からは準々決勝。獣王から寄贈されたという時の揺り籠が登場し、死んでも復活する代わりに、場外負けがなくなる。ある意味、ここからが本番とも言えた。

『この二人の戦いを楽しむためにも、まずはシビュラに勝たないとな』

「ん！」

第三章　強者たちと激闘

『さあ、やってまいりました！　準々決勝！　ここまで前評判通りに勝ち上がってきた、黒猫族の英雄！　黒雷姫のフランが登場だぁ！』

実況の大音声が響き渡り、観客の歓声が最高潮に沸き立つ中、フランが舞台にゆっくりと上る。

普通に歩いているだけなんだが、声援が凄いな。

『相変わらず小さい！　しかしその強さは誰もが知るところ！　今日も小さな体で凄まじい戦いを見せてくれることでしょう！』

準々決勝ともなれば、観客のボルテージも開始前から最高潮だ。その凄まじい歓声で、地鳴りが起きるほどである。

『対するは、赤き傭兵シビュラ！　数々の強敵を退け、圧倒的な破壊力で勝ち上がってきました！』

しかし、その轟音のような観客の声も、舞台の上の二人には聞こえていない。

対峙するフランとシビュラは、互いだけを見つめている。

「よう。また会ったな」

「ん」

「ビスコット戦は見た。本気のお前は、あんなものじゃないんだろ？」

「見れば分かる」

「くくく。そうだな！」

『去年のダークホースと、今年のダークホース！　勝つのはどちらなのか！』

なるほど、言われてみるとダークホース対決なのかもしれない。

フランは試合が始まる前から、本気モード全開だ。

「閃華迅雷！」

「ははぁ？　本当に進化した黒猫族なんだね」

フランの周囲で弾ける黒い雷を見て、シビュラが心底嬉しそうに笑う。

フランについての情報は、事前に調べているらしい。有名な話だから、軽く聞き込めばすぐに判明する情報だけどな。

ある程度、こちらの戦闘力に関する情報を仕入れていると考えたほうがいいだろう。

「さあ、冒険者の中でも上位だっていうその力、見せてくれ！」

「言われなくても」

二人が剣を構え合った直後、戦いの幕が上がる。

『試合開始ぃ！』

「ちぇいぃぁ！」

「ん！」

同時に、シビュラが前に出た。

これは予想外だ。今までの試合では、まずは様子見をしていたんだが……。

向こうも、本気であるということなんだろう。

高速で突き出された剣が、フランの喉元に迫る。

だが、予想外であっても、この可能性を完全に排除していたわけではない。

『エア・シールド重ねがけ！』

今回は最初から俺も全開なのだ。風の盾を多重で生み出し、シビュラの攻撃を受け流した。

「無詠唱かっ！」

「ふっ！」

がら空きになったシビュラの脇腹に向かって、フランが斬撃を放つ。

完璧に捉えたはずだったが――。

「くはははは！　軽ぃんだよぉ！」

「むぅ」

切り裂く感触は一切なかった。

障壁に弾かれたというわけではない。こう、鉄パイプかなにかで分厚いタイヤを殴ったかのような、鈍い感触と音だ。

流し込まれたはずの黒雷も、シビュラにダメージを与えた様子はない。

(師匠)

『まだ分からん！』

やはり何らかのスキルにより、ダメージを軽減しているらしい。物理耐性と雷鳴耐性？　だが、そう都合よく、こっちの属性に合わせた耐性など持っているか？

「どらぁ！」

攻撃を受け流して隙を突いたつもりが、逆に反撃が飛んでくる。かなり速いが、フランを捉えるほどの鋭さはなかった。

最低限の動きで斬撃を回避したフランが、今度はシビュラの足に蹴りを叩き込んだ。内腿を狙ったローキックだ。

だが、それも効いた様子はない。

『だったら、弱点を探す！』

「ん！」

そこからは激しい斬り合いだ。

数十回の剣戟の応酬。だが、フラン、シビュラ、ともに大きなダメージはなかった。

フランは全てを回避し、シビュラは一切のダメージを食らわない。

そうなのだ。頭部から足先まで、どんな場所を斬って突いても、シビュラは全く血を流さなかった。眼球に放った突きですら、傷がつかない。

破邪顕正、魔毒牙、各種属性剣。やはり効果はない。

「いい狙いだが、無駄ぁ！」

『ならば魔術だな！』

俺は回避をフランに任せ、剣を振り降ろしてくるシビュラに向かって一気に複数の魔術を放った。

火炎、暴風、大地、水、雷鳴、氷雪、溶鉄、砂塵、毒、闇、光、時空。直接ダメージを与える術があるものをどんどん使う。

操炎、操水、操土、操毒、操風スキルによって、魔術ではない属性攻撃も放った。

だが、シビュラは避けるそぶりも見せない。全てを受け、なおかつ無傷であった。

やはり、耐性ではなく、ダメージカット系のスキルである可能性が高そうだ。さすがに、今放った全ての攻撃に対して耐性を持っているとは考えにくい。

「その程度じゃ、私を傷付けられないよ！」

「なら、これ！」

攻撃をその身で弾きながら迫るシビュラ。

横薙ぎの斬撃を身を伏せて回避しながら、フランが俺を腰だめに構えた。

全身のバネを使って伸び上がりながら、フランが風の鞘の中で俺を奔らせる。

神速の空気抜刀術が、シビュラの首に襲い掛かっていた。

普段の相手であれば、これで勝負が決まるはずの一撃である。だが、シビュラはこれすら意に介した様子がなかった。

ある一定以上のダメージを軽減する能力かと思ったが、今の一撃でさえ無効化するなんてありえるか？

物理無効？　いや、それだと黒雷も効かない理由が分からない。

そもそも、コルベルトとの一戦ではしっかりとダメージを食らっていたはずなのだ。最後にコルベルトが放った奥義は、確かに凄かった。

それでも、今の空気抜刀術が圧倒的に劣っているわけではない。むしろ、俺の攻撃力が上乗せされている分、ダメージは上であるはずなのだ。

それなのに、何故ダメージがない？

『どんな絡繰りだ！』

「いいねぇ！　いい一撃だ！　だが、それじゃあ私は倒せん！　そろそろ、私も体があったまってきたところだ！　ガンガン行くよ！」

そう叫ぶシビュラの放つ圧力が一気に増し、その全身から赤い魔力が噴き上がった。

その圧迫感は、今まで戦ってきた強者たちに勝るとも劣らないだろう。

その凄まじい魔力が伊達ではないと示すように、動いたシビュラの速度が一段どころか、数段上がっていた。

「しゃあぁぁぁ！」

「ぐ……！」

シビュラがフランの動きに慣れてきたというのもあるのだろうが、迷いがフランの動きを僅かに鈍らせている。

速度で上回っているはずのフランが、シビュラの攻めに押され始めていた。どれだけ攻めても、倒せないのではないか？　その思いが動きに影響を与え、回避が遅れ始めている。

このままでは、いずれ攻撃を食らうだろう。

『フラン。攻めるぞ。攻撃を回避し続けていても、事態は打開できん』

（……わかった）

空中跳躍を使ってあえて距離を取ったフランを見て、シビュラがその動きを止めた。こちらが切り札を使おうとしていることを察知したのだろう。

「くははは！　急に迷いが消えたな！　いいぞ、こいよ！　いくらでも待ってやる！」

この状況で笑ってやがる。だが、すぐにその笑いを引っ込ませてやるぜ！

「ふぅぅぅ……」

シビュラが待ってくれるというのであれば、その余裕を利用させてもらおう。

かつてないほどに、フランが集中する。自身と俺を一体化させるように魔力を循環させ、一撃に全てをかけるように研ぎ澄ませていく。

俺がフランの肉体の延長線上にあるかのような、不思議な感覚。自身が剣として、最大限のスペックを発揮できるかもしれないという、高揚感。振るわれる前から、歓喜にその身が打ち震える。

剣神化状態のフランに振るわれるときに、似ているかもしれない。

「はぁぁ……」

大上段に俺を構えたまま膨大な魔力を練り上げるフランを前に、シビュラは野獣のような笑みを浮かべて身構えるだけだった。

本気で邪魔をせずに、受けるつもりなのだ。

そしてフランが、ゆらりと前に出た。静かに間合いが詰まる。

「ふぅ……」

「っ！」

シビュラは反応しない。できないのか、しないのか。ただ、フランを見つめている。

「天断」

全ての音を置き去りにして、あまりにも静かに振り下ろされた神速の刃がシビュラの体を――。

「！」

『なにぃ！』

「凄まじいねぇ！　だが、まだまだ甘いよっ！」

馬鹿を言うな！　今ので甘いなら、シビュラを斬れるやつなんかいるもんか！

いや、全く斬れなかったわけじゃない。俺の刃はシビュラの肩口を一〇センチほど切り裂き、初めて血を流させていた。

閃華迅雷状態のフランが全力で放った、天断なんだぞ？　それで、この程度？

『今の攻撃、僅かに神属性を纏っていたのに！』

（？　ほんと？）

フラン自身も気付かなかったらしい。

しかし、神気操作スキルを身に付けた俺には、しっかりと感じ取ることができていた。

天断の先にあるのが剣神化だと考えれば、突きつめていけば神属性を纏うのはおかしいことではない。

フランがついにその一歩を踏み出したということだろう。

だが、シビュラは涼しい顔だ。あまつさえ、神属性で付けたはずの傷が、即座に再生し始めていた。

圧倒的な防御に、信じ難いほどの再生力。そこに目が行きがちだが、他にもおかしい部分があった。

切れなかったとしても、超高速の一撃だぞ？　かなりの衝撃があったはずなのだ。

切れずに受け止められたということは、その衝撃がシビュラに襲いかかっているはずだった。衝撃を逃がした様子もないのに、シビュラは吹き飛んだりもしない。完全に、無効化されている。

この姿に、覚えがあった。去年、武闘大会で物理攻撃無効を使っていたフランにそっくりだったのだ。

『やっぱり、物理無効なのか？』

しかし、神属性は通常のスキルを凌駕する力があるはずだ。物理攻撃無効スキルでも、神属性は防げないはず。なぜ、あれしか斬れない？　いや、神属性だからこそ、僅かなりとも斬れたのか？

それに、耐性スキルであるとすれば、魔術などが全て防がれた理由もわからない。

（師匠。神属性を引き出せる？）

『……いいのか？』

（悔しいけど、師匠の力を貸して）

『おう！　やってみよう』

フランも、自身の力だけでシビュラの守りを突破するのは難しいと感じたんだろう。

やはり、神属性が鍵になりそうだ。神気操作を使い、自らの魔力を神気に変換する。なかなか上手くはいかないが、俺は諦めない。

剣神化や、さっきの天断を思い出せ。俺なら、可能なはずだ。

すると、俺自身の存在感が急激に増し、力が溢れ出す感覚に襲われる。神気だ。俺の全体を、薄い神気が覆っている。

『きた……！　いけるぞ！　剣神化には及ばないがな』

（十分）

フランが再び動いた。

天高く構えた俺を、空気の鞘が包み込む。

「てやあぁぁぁぁ！」

天断ではなく、空気抜刀術だ。だが、天断並みに魔力を込めた一撃である。

「ふはは！　まだまだ甘いなぁ！」

天断よりも浅いが、シビュラの頬が傷ついていた。やはり神属性ならば完璧には防げないらしい。

「たぁぁぁ！」

さらに、フランの攻撃が続く。剣ではない。

フランの繰り出した拳が、シビュラの胴体を打ち据えていた。その拳には、俺の飾り紐が巻かれている。バンテージというか、メリケンサックの代わりだ。

「ごっ……」

『え？』

斬撃よりも遥かに劣る威力の拳で、シビュラがダメージを受けていた。打たれた肺から息を吐き出し、苦い表情で胸を押さえる。

痛みというよりは、内臓を揺さぶられた不快感があったのだろう。

「やっぱり。剣よりも、パンチのほうが苦手？」

「くく……気付いたか」

なるほど。どうやら全ての攻撃に対して、一律の防御力というわけではないらしい。

剣に対しては無敵とも思える防御力を持っているが、打撃にはそうでもないのだろう。コルベルトの攻撃でダメージを受けていたのも、単純に打撃が苦手だから？　もしくは浸透するダメージには弱い可能性もある。

それでも堅いことは確かだが、無敵ではないことが分かっただけでも十分だ。

斬撃も、神属性を搦めれば多少なりとも効くのだ。

『なら、斬って打って攻撃しまくる』

(ん！)

『神属性の維持は俺に任せろ』

(おねがい)

剣神化を使うのは最後の手段だ。長時間使えない剣神化で仕留められなければ、一気に不利になるだろう。

こちらが僅かながらもダメージを与えたというのに、シビュラは心底楽し気だ。

「はははは！　ここからが本当の戦いだ！」

「ん！」

そこからは、本当の死闘である。フランとシビュラの斬り合いは、さらに凄まじさを増していた。

「たあああぁぁぁ！」

「おるあぁぁぁ！」

閃華迅雷によって超高速で動き回りながら、シビュラに間断なく攻撃を仕掛けるフラン。その一撃一撃が全力であり、シビュラの肌を切り裂き、内臓に衝撃を与える。

無数に付けられる傷を即座に再生しながら剣を振るうシビュラの動きも、まったく鈍る様子がない。それどころか、彼女のテンションに呼応するように、速度が増し続けていた。

視認すら困難な、速過ぎる斬り合いに、観客は声援を忘れて息を呑んでいる。何か凄いことが行われていることは分かっているんだろう。

だが、これだけ激しい戦いであるのに、互いに目立ったダメージはない。こちらの攻撃は、多少深く入ったように見えても、すぐに再生されてしまう。一度、同じ部分に連続で斬撃を叩き込み、左手の指を千切ることに成功したが、それも即座に再生されていた。瞬間再生系の能力だろう。

シビュラの攻撃は、全部フランが回避している。一度、物理攻撃無効スキルを付けてみたんだが、やはり消耗が凄まじ過ぎた。相手の攻撃を透過する魔術であるディメンションシフトのほうが、多少マシだろう。ここまで直撃はなく、フランの受けたダメージは閃華迅雷による消耗だけだ。

それも、ベリオス王国で身に付けた生命魔術によって、以前よりも大分マシになっている。まだ、フランを追いつめるほどのダメージではなかった。

互いに、念動は使っている。だが、念動同士が打ち消し合い、効果はほぼなかった。

一見、膠着しているようだが、どちらかと言えば俺たちに不利だろう。消耗が続くことに変わりはないのだ。シビュラの防御力を支える謎能力もかなりの魔力を消耗するとは思うが、それがどの程度なのかは分からない。

俺の想像以上に燃費が良ければ、長引けば長引くほど俺たちに不利になっていく。

できるだけ早く決着をつけたかった。

今までと同じように戦い続けているが、俺たちにはまだ狙いがある。それは、シビュラの眼球だ。神属性を纏う今の攻撃であれば、目を貫通することができるはずだった。そこから頭蓋の内へと攻撃が通れば、どれだけ頑丈でもさすがに死ぬだろう。

それが分かっているのか、シビュラも顔への攻撃だけは回避する様子を見せる。獣のような勘の良さで、危険な攻撃を察知しているらしい。

『やっぱり、動きを止めないとダメだな！』

（師匠の糸？）

『奴のパワーは相当なものだ。鋼糸だと、拘束しきれないかもしれん』

物理攻撃無効で攻撃を受け止めた時、魔力消費が凄まじかった。昨年、コルベルトの奥義を受けた時以上だ。無造作に繰り出された連撃の中の一発を食らっただけで、それである。

シビュラの使っている魔剣は、頑丈さ優先で、攻撃力はそれほど高くはない。つまり、シビュラの高い攻撃力は、彼女の腕力の賜物なのだ。それ程のパワーを持った彼女を、糸や紐でどこまで拘束できるか疑問が残る。

（じゃあ？）

『ここまで温存してきた奇襲の、仕掛け時ってことだ』

（なるほど）

フランが突きを繰り出すべく、腕を脇に畳んで引き絞った。あえて見せつけるように。

こちらが大技を繰り出すと察知したシビュラが、ニヤリと不敵に微笑む。その意識は狙い通り、完全にフランに向いているだろう。

足下が、疎かだぜ？

『ウルシッ！　今だ！』

「ガオオォオッ！」

「うなぁ⁉」

戦闘開始からここまで、一切見せてこなかったウルシによる奇襲だった。初見でこれを完璧に躱した相手はほとんどいない。噛み付かれる前に反応したのはさすがであるが、足下から襲い来るウルシの噛み付きからは逃れられなかった。

「なんだ、このデカさはぁ！」

事前にウルシの情報も仕入れていたのだろうが、それは小型化している時のウルシの情報である。この都市で最大サイズになったことはないし、他でもそれほど大型化した姿は見せていない。知らないと思ったのだが、やはりこの情報は入手していなかったらしい。

ウルシの気配に気付いて後ろに飛んだシビュラは、予想外に巨大なウルシの顎にしっかりと捕らえられていた。

何せ、今のウルシは頭部だけで五メートル以上はあるのだ。多少跳び退いた程度で逃げられるはずもなく、シビュラが口の端にひっかかっている。

ウルシの牙をもってしても、ダメージはないようだ。だが、強靭な顎に両足を膝下からガッチリと咥えられ、身動きが取れずにいる。

「ちぃ！　こ――」

「黒雷転動！」

ウルシを攻撃しようとしたシビュラだったが、フランのほうが速かった。黒雷転動によって一瞬で目の前まで移動したフランが、その雷速を生かしたまま必殺の突きを繰り出す。

「くおぉぉ！」

シビュラが大きく仰け反ったことで、俺の切先は目ではなく、口元に向かう。だが、それでもいい。

『口から体内をズタズタにしてやる！』

他には、次元収納に仕舞ってある劇毒もおまけだ！　モルドレッド戦で偶然手に入れた溶岩も付けてやる！

そんなことを思っていたのだが――。

「むぐぁ！」

「！」

フランが驚きに目を見開く。それは俺も同じだ。

シビュラが俺の切先に噛みつき、突きを受け止めていた。歯による真剣白刃取りとでも言えばいいのか？　驚きの反応速度と、思い切りの良さだ。顎の力も凄まじい。

だが、真に驚いたのは、その後の行動であった。

ガリガリィィガギン！

『おおぉぉ？』

「むぅ！」

なんと、シビュラが俺の刃を噛み千切りやがったのだ。歯が強いとか、そんなレベルではない。いくらシビュラが規格外だって、魔力を伝導させている俺を噛み千切るなんて、絶対に無理なはずだ。

しかし、現実には俺の切先は欠け、シビュラの歯形が見事についている。

ゴリゴリゴリボギィ――。

しかも、ただ噛み千切っただけではない。

「もぐもぐ美味いな。いい剣だ。もぐもぐ毒系の能力があるのかい？」

俺が口の中に放り込んでやった毒ごと、食っていた。

まるで硬い煎餅を食べているかのように、口の中で俺の刀身を砕き、飲み込んだのである。これがパフォーマンスでないことは確かだった。

「はっはっはぁ！　さすがに魔剣は一味違うねぇ！」

シビュラの魔力が明らかに増している。俺を食ったことが原因であるのは、間違いがないのだ。そこらの人間なら一滴で殺せるような毒も、意に介した様子はない。

「いい加減、離しやがりな！」

「ギャウゥゥ！」

そのままシビュラが、未だに自分の足をホールドしているウルシの鼻先に噛みついた。そして、噛み千切ったウルシの肉を咀嚼し、嚥下する。

「こっちも美味いな！　しかも、いい力も持ってるじゃないか！　闇の魔力が濃いね！」

そう叫んだシビュラの魔力が、先程よりもさらに増していた。

食って、力を増す。そんな力を持っているらしかった。

「このまま食らい尽くしてやろうか？」

「クゥゥ……」

『ウルシ！　一度離れろ！』

ウルシが怯えたように微かに悲鳴を上げた。噛み千切った自分の肉を、目の前でグチャグチャと咀嚼するシビュラが怖かったのだろう。その尻尾は完全に股の間だ。

分からなくもない。美しい女が獣に食らいつき、噛み千切る姿は、異常に迫力があった。俺、ウルシと立て続けに食ったシビュラを前に、フランも戸惑っている。

『これは、想像以上にぶっ飛んだ相手みたいだな……！　俺とウルシを食いやがった！　何してくれてんだ！』

（師匠、だいじょぶ？）

『再生はしたし、異常はないが……。ありゃあ、やべーぞ』

まさか、おやつ感覚でバリバリいかれるとは思わなかった。

「ウルシは？」

「クゥン……」

俺もウルシも再生を持っている。ダメージ自体は大したことがない。しかし、精神的な衝撃は残っている。ウルシも未だに鼻を前足でかいているのだ。齧られた感覚が未だに残っているんだろう。

『奴の能力は、何なんだ……？　ただの悪食ってだけじゃないよな？　それとあの防御力に関係があるのか……』

〈個体名・シビュラの分析完了〉

『おお！　アナウンスさん！　まじっすか！』

〈是〉

突如聞こえた、アナウンスさんの声。それのなんと頼もしいことか！

アナウンスさんの研ぎ澄まされた観察眼が、何かを見破ったらしい。

〈観察、測定の結果、個体名シビュラは推定二七種類の耐性スキルを所持していると思われます〉

『二七種類？　耐性スキルを？　まじか？』

〈是。全てが高レベルであり、苦痛無効、瞬間再生などを組み合わせているのが個体名・シビュラの

防御能力の正体です〉

最初に排除した可能性が実は正解だったとは。

つまり一つの超強力なダメージ軽減スキルなのではなく、無数の耐性スキルを所持しているだけ？

そんなこと有り得るか？　耐性スキルを得る方法は、分かる。こっちの世界の人々だって、理解しているはずだ。

非常に単純で、耐性を得たい攻撃を延々食らっていればいい。だが、耐性スキルを無数に所持しているような人間、現実にはいない。高位冒険者でも、高レベルの耐性を何個も所持しているような奴は見たことがなかった。

それは当然で、狙って耐性スキルを得るのはあまりにも苦行過ぎるからだ。

耐性のレベルを上げたいのであれば、スキルレベルに合わせて攻撃のレベルも上げていかねばならない。いつまでも楽にはならない。

シビュラレベルに至るには、どれだけの時間と、苦痛が必要になる？

何十年間も朝から晩までありとあらゆる拷問を受け続ける。そんな生活でもしていなきゃ、無理なんじゃなかろうか？　いや、それでも無理か？　耐性スキルのレベルが上がってくれれば、攻撃役の確保が難しくなるだろう。

『まあ、今はどうやって破るかだな』

フランとシビュラが再び切り結び始める中、俺はアナウンスさんと情報のやり取りをする。

〈打撃に対しての耐性が、他よりも低いと思われます。また神属性が含まれている場合、耐性スキルの効果が低下する模様〉

『それだけ耐性スキルを持ってるんなら、攻撃しまくって魔力切れ狙いも手か？』

　耐性スキルは常時発動のパッシブスキルだが、効果が発揮された時には自動的に魔力が消費される。攻撃を幾度も受けていれば、耐性スキルが勝手に発動して魔力をドンドン消費していくはずなのだ。

　しかし、アナウンスさんにその作戦は否定される。

〈否。何らかの要素により、発動時の魔力消費が少ないと推測。また、体内に魔道具を所持しているようです〉

『魔道具？』

〈詳細不明。体内に魔道具を封印し、現状ではその莫大な魔力を引き出して運用している模様。その結果、強力なスキルを連続で使用できていると思われます〉

『俺の魔力を引き出せるフランみたいなもんてことか』

〈是。このまま戦い続けた場合、こちらの魔力切れが先である確率、５９％〉

　やや分の悪い賭けって感じだな……。

『どうすればいいと思う？』

〈現状、即座に実行可能な方法は四種類あります〉

『四つも？』

　さすがアナウンスさんだ！　頼りになり過ぎる！

〈一つ目は、全能力を解放しての攻撃です。潜在能力解放や剣神化、神気操作、魔法使いを最大限に活用すれば、耐性スキルを加味しても、仕留められる可能性が８８％〉

『いや、さすがにそれは……。特に潜在能力解放は使いたくない』

ここで勝利できたとしても、ボロボロの状態で準決勝に臨むことになるだろう。それに、命を落とす危険性だってある。

あ、時の揺り籠があるから平気なのか？　いや、シビュラに先に発動したら、フランには発動しないことになる。やはり賭けの要素が多すぎるのだ。

〈二つ目は、転移を活用し、シビュラを遠くまで運搬、置き去りにする方法。昨年からルールが改正され、結界外に三分以上出た場合、棄権とみなされます〉

昨年、フランが転移を使って結界の外に出たことが、ルール改正の原因だった。確かに、町の外にでも捨ててくれれば、三分以内に戻ってくるのはかなり難しいかもしれない。

『でも、それはなぁ……』

そんな勝ち方、フランは納得しないだろう。それに、観客たちも。勝っても、絶対にブーイングされる。それなら、正面からやりあって負けるほうがまだマシな気がする。

この三分ルールが面倒なのは、自分たちが外に出て結界内を水で満たすとか、真空状態にするような戦法も難しい点だ。フランもそうだが、シビュラがたった三分程度で窒息するとは思えない。

下手すれば、こっちが結界外への逃亡で敗北である。

次元収納に仕舞ってあるモルドレッドの溶岩も、異常なレベルの耐性持ちのシビュラには効かない可能性が高いのだ。

〈三つ目は、自己進化ポイントを使用し、打開策を模索する方法。相手の性能が不明なため、確実ではありませんが、現状所持している５２ポイントを使えば、可能性はあります〉

『例えば？』

〈未だに攻撃に使用していない属性。月光魔術や死霊魔術などにつぎ込むことで、シビュラが耐性を有していない。もしくは、レベルが低い耐性を探します〉

まあ、妥当と言えば妥当だが、確実性がないよな……。相手のスキル構成も分からないから、このスキルを強化すれば絶対に勝てるという確証はない。

ただ、一番無難ではあるだろう。

『最後の選択肢は？』

〈四つ目は、混沌の神の加護を使う方法〉

『え？　あれって、混沌に対する耐性が付くとかいう、意味不明な能力だったんじゃ……？』

〈シビュラの内からは混沌の力を感じます。その力の根源の一つが混沌の力であることは間違いありません〉

『まじ？　つまり、ダンジョン関係者？　それとも、混沌の神の加護に類する物を持っている？』

〈詳細は不明。ですが、加護の持つ混沌に対する影響力を攻撃に転化すれば、力を大きく削ることが可能であると推察します〉

『そんなこと、できるのか？』

〈是。加護とは明確な力の方向性ではなく、大いなる可能性。所持者の意思により様々な効果を発揮します。まずは、加護を自覚してください〉

アナウンスさんが言うなら、間違いないのだろう。

俺は、自分の中にあるはずの混沌の神の加護に意識を向けてみた。しかし、いまいち感覚がつかめない。

『……むぅ』

〈もっと深くを。個体名・師匠の根本を意識してください〉

『深く……』

俺は自分の奥深くを意識した。

少し怖い。

俺の奥深くには、色々な物が眠っているからだ。フェンリルに、邪神。獣人国で、それらが暴走した時の記憶が、蘇る。

狂鬼化スキルの影響だったせいだが、封印されているモノに不用意に触れてしまえば、何が起きるか分からないのだ。

しかし、アナウンスさんが俺を安心させるように、静かな声で語りかけてくれる。

〈大丈夫。私がいます〉

いつも通りの平坦な声なんだが、不思議と優しさが感じられた。

『ああ……』

アナウンスさんの声に導かれるように、俺は意識を集中させる。

深い部分になにか……。意識が温かいモノに触れる。

『これか……？』

〈そうです〉

なるほど、混沌の女神の放っていた力に、よく似ている気がする。これが、加護なんだろう。

あの混沌の女神様から貰った加護とは思えないほど、柔らかく暖かだ。

その力を、意識して引き出す。

するると、凄まじい力が溢れ出してくるのが分かった。

〈制御を補助します。個体名・師匠は、この力を個体名・フランのために、どのような力にするのかを意識してください〉

『くっ！』

『どんな力にするか……』

〈この加護の持つ、混沌に対する影響力を、攻撃の力に、混沌殺しの力に変えるのです〉

混沌の神の加護から溢れ出す力を、俺は内から外へと放出した。それだけでは暴れるだけの力を押し止め、自ら刃へと纏わせていく。

「師匠？」

『待たせたな。フラン』

いきなり出力が倍化した神属性に、戸惑いの表情を浮かべるフランだったが、すぐにその顔には不敵な笑みが浮かぶ。

俺が、新たな力に目覚めたことを理解したのだろう。対するシビュラの表情は、どこか引きつって見えた。

「ははは！　なんだそりゃ？　急に威圧感が増しやがったね！」

相変わらずの鋭い勘で、今の俺が自分に対して危険な物であると察したのだろう。僅かに後ずさった。

ほんの僅かではあるが、初めてシビュラが自ら距離を取ったんじゃないか？

だが、自らのその行為自体に怒りを覚えたのだろう。すぐに今まで以上に鬼気迫る表情で、フランを睨みつけた。

『この力で、奴をぶった切ってやれ』

「ん。斬る」

「ははははは！　やれるもんなら、やってみな！」

シビュラが凄絶な笑みを浮かべ、叫ぶ。それだけで、竜が目の前にいるかのような威圧感が放たれていた。

（師匠。いこう）

『おう！』

肌を刺すような圧力にも負けず、フランは前に出る。

混沌殺しの力を纏った俺を構えたフランが、シビュラに向かって突撃した。

「はあぁぁぁ！」

「こいやぁぁぁぁ！」

足を狙った振り下ろしの一撃と見せかけて、途中で変化した剣筋が、剣道の面打ちのようにシビュラの頭を狙う。

速さや鋭さはさっきと変わっていない。だが、握られている俺が、全く違う。

加護から引き出した、凶悪な力を放っているのだ。

俺の刃がシビュラの頭部に吸い込まれ、断ち割――らなかった。

「ちぃぃ！」

シビュラが咄嗟に俺を躱そうと、必死な様子で身を捩ったのだ。これまで大した回避行動をとろうとしなかった、あのシビュラが、である。

そのまま、シビュラの左肩口に俺の刀身が叩き込まれた。

先程までなら、浅く切り裂いて終わりであっただろう。

だが、今回はそうはならなかった。

「馬鹿なっ！」

「やった！」

『おう！』

シビュラの左腕が宙を舞い、傷口から血が噴き出す。この試合で最大のダメージだ。

失った腕が、肩からジワジワとゆっくり再生を始める。しかし、先程と違って明らかに再生速度が鈍かった。

「何が……その、剣か！」

『畳みかけるぞ！』

「ん！　たぁぁ！」

「くっそ！」

試合が始まって以来初めて、シビュラが逃げに回っている。攻撃を捨てて、回避に集中したシビュラの動きは、まさに動物的であった。当たると思った攻撃が、紙一重で躱されてしまう。痛みも感じていないようで、ダメージが蓄積しても動きに陰りは見えなかった。

それでも、ギアを全開にした俺とフランの攻撃を回避しきることは不可能だ。

『そこだっ！』

「しっ！」

「なっ？　転移かっ！」

ここまで温存してきた転移を使い、シビュラの虚を突いてダメージを積み重ねていく。一撃必殺とはならずとも、確実に再生しない傷が増えてきていた。ここでさらに圧をかけていくぜ！

『こいつはどうだ！』

「魔術まで妙な……！」

混沌の神の加護を、魔術に乗せるイメージで雷鳴魔術を放つ。あまりダメージは与えられないが、完全に無効化もされなかった。

シビュラの動きが一瞬だけ阻害され、フランの斬撃がその身を切り裂く。

このまま押し切れるか？

そう考えた直後、フランが大きく飛びすさった。

だが、正解だ。

「うるああああああああああああああああぁ！」

咆哮を上げるシビュラの全身から、赤い魔力が溢れ出す。いや、赤いのは魔力の色だけではない。なんと、魔力と一緒に、血が噴き出していた。

赤い血と赤い魔力が混ざり合うことで、強烈で鮮やかな赤い輝きを放っている。

シビュラの周囲を赤い液体が舞う姿は、どこか神秘的だ。しかし、その美しさとは裏腹に、危機察知が最大の反応を示していた。

血だけではなく、シビュラ自身の姿も変化している。全身の筋肉が一回りほど肥大化し、牙と爪が目に見えて伸びている。目も、まるで爬虫類のように変化していた。

それは以前見た、半竜人にも似ている。もしかして、純粋な人間ではなかったのか？

ともかく、やばそうだ。

「食らい尽くせ！」

シビュラがそう叫ぶと、蠢く血が生き物のようにうねり、フランに襲い掛かってきた。意思を持ったアメーバのような光景だ。

あれだけは絶対に食らってはいけない。

『フラン！　当たるなよ！』

「ん」

初撃を回避したことで、シビュラの血が舞台を直撃する。すると、その部分が溶けてなくなっていた。まるで、スライムにでも溶かされたかのようだ。

いや、シビュラの血には本当にそういう性質があるのか？

今度は鞭のように伸びて襲い掛かってきた血を、フランが斬り払う。さすがに、神属性を纏った俺が溶かされるほどではなかった。

しかし、耐久力がかなり削られている。このまま受け続けるのもまずい。

勝利を手繰り寄せたかと思ったら、こんな奥の手を持っていたとは。さすがだな！

『フラン、一気に決めよう。未知の攻撃に付き合ってたら、消耗がやばい』

（わかった）

コクリと頷いたフランが、俺を大きく振り上げた。俺はディメンションシフトと物理攻撃無効を使い、フランが準備する時間を稼ぐ。

すると、シビュラの攻撃がすぐに止んだ。諦めたのではない、今まで操っていた血を自らの周囲に集め、結界のように張り巡らせたのだ。

フランが勝負を決めようとしていると察し、それを防いでカウンターを決めようというのだろう。

「……」

「……」

フランもシビュラも、一言も発さずに、見つめ合う。

両者の緊迫感に、決着の時が迫っていると理解したのだろう。観客も、息を呑んで二人を見守っている。

会場の外の喧騒が微かに聞こえてしまうほどの、静けさ。

異様なほどの無音の中、俺とフランが動いた。

軽く身を沈め、突進するかのように見せかける。しかし、これは誘いだ。

(師匠)

『了解だ！』

俺が使用したのは、幻像魔術である。効果は、微かな音を遠隔で発生させること。ただ、それだけ。奥の手とも呼べない、稚拙なフェイントだ。幻像魔術のスペシャリストであるディアスなどに比べれば、下手くそもいいところだろう。

しかし、この試合初めて見せる幻像魔術に、シビュラが僅かに反応した。

刹那の間、意識が逸れる。一秒にも満たない隙だが、俺たちにはその一瞬で十分だった。

その隙を逃さず、俺たちは転移する。

背後を取られたはずのシビュラが、即座にこちらを振り向いた。恐ろしいほどの反射神経だ。

シビュラによって操られた周囲の赤い血が、フラン目がけて殺到してくる。

だが、この転移もフェイントだ。

「黒雷転動っ！」

「！」

転移で背後を取っておきながら、さらに黒雷転動で頭上に移動するフラン。

今度こそシビュラの反応を完全に遅らせることに成功した！

いや、僅かに反応できているかっ！

血がシビュラの頭上に集中し、盾を生み出そうとしているのが分かるのだ。

だが、俺たちのほうが速い！

「たぁぁぁぁ！」

『どりゃあああぁ！』

フランの放つ剣王技・天断が、今度こそシビュラの体を両断した。ギリギリ頭部は躱されたが、左肩口から入り、心臓を断ち、股間へと抜ける。

「が……」

シビュラの血がコントロールを失い、そのままバシャリと音をたてて舞台に落下した。遅れて、血の池の中にシビュラが倒れ伏す。

勝利？　だが、俺もフランも臨戦態勢を解いてはいなかった。時の揺り籠が発動しない。つまり、あの状態でもシビュラは生きている。

「あ……が……」

シビュラが、瀕死の状態でありながら何かをしようとしているのが分かった。頭部とは切り離されているはずの、左腕が持ち上がる。どうやら血を媒介にして動かしているらしい。

まだ、足掻くつもりか？

『フラン！』

「ん！」

魔術を放とうと、俺とフランが狙いをつける。

その間にも、シビュラの左の手の平から魔力が――。

「ちっ」

だが、すぐにシビュラの動きが止まった。その姿が元の人間へと戻り、悔しげに呟く。

「私の、負けだ……」

直後、時の揺り籠が発動し、シビュラの体が光に包まれるのであった。

Side　シビュラ

不幸自慢をするつもりはないんだ。だが、私ほど数奇に満ちた人生を歩んできた人間は、それほど多くはないいんじゃないかと思う。

いや、そもそも私を『人間』と括るなと言われるかね？　くっくっく、少なくとも国元のクソ貴族どもはそんなこと言いそうだ。

私が生まれたのは、今から数十年も前らしい。私自身はそれほど長生きした記憶がないので、実感はないが。

場所は、空に浮かぶ島。レイドス王国の秘密実験場だった場所だ。

そこでは、ありとあらゆる非人道的な実験が日々行われていたが、私もそんな実験体の一人だった。正確に言えば、実験の成果物だったのだ。

キメラという、人造の怪物がいる。

魔獣を複数体合成し、最強の魔獣を作り上げようという頭の悪い計画の産物だ。結局、暴走していくつもの国を滅ぼしたわけだが、自分たちなら大丈夫だという根拠のない自信の下、浮遊島では密かに研究を続けていた。

奴らは様々な研究の末、暴走するのは魔獣が主体だからだ！　人間を主体にすれば、きっと暴走しないに違いない！　そんな頭の悪い結論に達したらしい。

超人生産計画。

名付けた奴の安直さを笑えばいいのか、実際に実行に移した奴らの狂い具合を心配してやればいいのか。ともかく、そんなセンス皆無の名前の人魔合成実験が行われ、幾百もの失敗の末に、私が生み出された。

私が造られる前にも、体内の血液に魔獣の血を合成したり、心臓に魔石を埋め込んだり、色々と馬鹿なことを繰り返していたらしい。

唯一の成功例が私だけというのもうなずける愚かな行為。その私からして、最終的には失敗作扱いされたからな。

私が造られた方法は、成長した人間に魔獣の力を混ぜ込むというやり方ではなかった。母親の胎内で人の形になる前、その段階で龍とスライムの因子を混ぜ込むという方法が使われたそうだ。

龍の力と、スライムの再生力を期待されていたのだろう。

しかも、特殊個体の出産に耐えうる母体として選ばれたのが、特殊なアンデッドであった。生きた人間に怨念を注ぎ込むことで、知性ある強力な死霊を生み出すという狂気の実験。その産物として生み出された、アンデッドだ。

それが本当かどうかは分からんがな。私だって最初は完成品として報告されたし、その後の実験で失敗作と断ぜられた後も長らくその事実は隠されていたらしい。

要は、研究者どもの手前勝手な名誉欲や下らん自己正当化が横行し、末期の研究所は正常な報告が行われない状態だったのだ。

一応、素体になったのは生前は有名な人物だったらしいが、そこに関しても信用はできない。知りたくもないしな。

ただまあ、母体となることが可能な特殊なアンデッドがいたことは間違いなかった。

ギリギリ理性を保っていた特殊なアンデッドの腹を借り生み出された、人と龍とスライムの因子を持って生まれた赤子。

それは果たして人なのだろうか？

しかも、その子供には望まれていただけの力は宿っていなかった。生まれつき再生能力を持ち合わせていたものの、成長が多少早い以外は人とほとんど変わらなかったのだ。

数年の人体実験の後、失敗作と判断された私は、違う研究へと回されることとなる。それが、冷凍睡眠実験。なんでも、人間を凍らせることで、長期間でも老いずに眠り続けられるようにする実験であるらしい。

こちらも成功例はなかったそうだが、私の持つ再生能力に着目したようだ。僅かでも再生能力を持っていれば、冷凍からの復活が可能なのではないかと、そう考えたのだろう。

棺に入れられ、ヌルヌルする変な水を注ぎこまれた時のことは、微かに覚えている。

まあ、この当時のことは、ほとんど覚えてはいないけどな。恐ろし気な研究者たちと、地獄にあっても優しい同胞たち。それらを断片的に思い出せるくらいだろう。

その後の浮遊島のことは、私も知らない。ただ、集めた情報によると私が冷凍された十数年後、浮遊島はダンジョン化してしまったようだった。

その時、多くの研究者は死に、研究資料も失われたそうだ。だが、一部の研究者たちは死の間際に資料を確保し、それを地上の研究所へと転送したらしい。その僅かな研究資料の中に、私も混じっていたのだ。

だが、国の混乱の中で、私は長い間放置されることとなる。私がただの死体ではなく、冷凍睡眠実験のサンプルだと理解され、解凍が試みられたのは僅か一〇年前のことだった。

そして、そこでも私は失敗作扱いされる。内部の解凍が不十分だったせいで、生きる屍状態であったのだ。

結果として、私は廃棄された。どうも、解凍を行った研究者たちは功を独占するために秘密裏に私を持ち出したらしく、失敗作である私を手元に置いておくのは危険だと判断したようだ。世話も大変だし、見つかれば横流しがすぐばれるからね。

普通であれば殺して埋めれば済むことだが、その若い錬金術師たちは躊躇した。散々、切って開いて細切れにしておいて、殺すのは良心が咎めたらしい。馬鹿なのか？

大いに悩んだ末、馬鹿どもは私を捨てることにした。それも、ただそこらに放り出したのではない。元A級魔境『蟲の狂宴』。元なのは、レイドス王国に接収され、冒険者ギルドの管理下を離れたからだ。その危険度は、当時ではそれ以上となっていた。

簡単に言うと、幅が平均三〇メートル、長さ二キロメートル、最大深度一〇〇メートルほどの、深い大地の亀裂である。その中には、何十種類もの蟲型魔獣が生息し、入ったモノに群がり、食らい尽くしたという。

私はそこに捨てられた。捨てられたというか、放り込まれた。

とは言え、この時はまだ生きる屍状態。記憶もなく、後からその研究者共を見つけ出し、語らせたんだがな。

実際、私の記憶がハッキリしているのは、その直後からだった。

「っ！」

全身を苛む、凄まじい激痛。

それが私の意識を覚醒させた。

見ると、全身に何百という小さな蟲が纏わりつき、私の肉を食らっている。

なぜ？　私がいるのは、どこかの狭い隙間だ。上下をゴツゴツとした硬い物に挟まれ、身動きが取れない。確か棺に入れられて――。

「っっっ！」

しかし、痛みでそれ以上何も考えられない。

痛みにのたうち回る時間がどれだけ過ぎただろうか。多分、数日は経過しただろう。

なぜか私は死なない。食われた端から、肉が再生していくのだ。

そうしているうちに、次第に痛みに慣れてきた。相変わらず蟲どもが群がっている。奴らにとっては、無限に再生する餌のようなものなのだろう。

しかし、何故？　私の再生能力程度では、ここまでの高速再生は無理だと思うんだが……。血が止めどなく流れ出し、私の全身を濡らしている。生きているのはおかしい。

そういったことを考えることができる程度には余裕ができ、私は自分の状況をようやく理解することができた。

どうやら、岩にできた深い亀裂の中に入り込んでいるようだ。自分の血だと思っていた液体は、湧水であったらしい。

水か……。

そう思った直後、凄まじい渇きが私を襲った。そういえば、何日も何も口に入れていない。

それに気づいた途端、渇きが蘇ってきたらしい。我が体ながら、現金な物だ。

水に必死に手を伸ばし、手についた水を舐めとる。ああ、水だ。僅かに口が濡れただけで、凄まじいほどに活力が湧く。水というのは、これほど重要な物だったのか……。

まあ、結論から言うと、ただの水ではなかったのだが。それは、特殊な事情によって豊富な魔力を含んだ、マナポーションに近い魔水だったのだ。

私の再生が無限に発動し続けたのも、その水に体を浸すことで魔力を補給しつづけられたからだろう。

ただ、その時の私は水に感謝し、ひたすら舐め続けるだけだったが。

喉の渇きが癒えると、次は空腹だ。だが、食べられるものなどない。いや、あった。

私は自身の血肉を食らって丸々と肥えた甲虫に似た蟲を手に取ると、そのまま口に放り込んだ。硬い甲殻が口蓋に刺さり、血が出るのが分かった。それでも我慢して、臭くて不味い蟲を必死に咀嚼する。ああ、不味い。それに、凄まじい刺激臭がする。毒か酸か、他の何かか。

案の定、急激な腹痛だ。やはり食べてはいけないものだったか。それでも、私は死ななかった。再生様様だ。

死なないのであれば、食べられる。そもそも、死んだところで、どうということはない。毒で死ぬか、蟲に食われて死ぬか、餓死するか。どう死のうが、大して違いはないのだ。

そうして私は、蟲を食い続けた。

ムシャムシャと。一心不乱に。

私が蟲の巣窟に放り込まれて数年。いや、当時の私はそんなこと一切気にしていなかったので、自分でも正確な時間は分からない。だが、半年や一年ではないだろう。

私は魔境で生き続けていた。亀裂の外は、蟲に全身食われる方がマシだったと思えるほどの、地獄であった。

針で刺してくる蟲もいれば、翅が剣のようになっている蟲もいた。顎が異常に発達した蟲や、岩盤の中から回転しながら襲ってくる細長い蟲は本当に厄介だった。

特に面倒だったのが、魔術や属性を使う蟲だろう。何百種類もの蟲がいるのだ。大抵の属性は使ってきたし、そこらの魔術師よりもよほど器用に魔術を操る蟲さえいた。

他にも、何種類もの毒をその身に注がれたこともあれば、体の中に卵を産み付けられたこともある。それに気付かず、最近腹が痛いなどと思って便秘気味くらいにしか考えていなかったのも、今では笑い話だ。普通なら転げ回っているような激痛だったはずなんだが、痛覚軽減の弊害だろう。

自分の腹を突き破って無数の蟲が生まれた時には、生まれて初めて泣いたね。さすがの私も、あの光景以上に衝撃的なものはまだ見たことがない。

実験の過程である程度の教育は受けたものの、感情が希薄だった私が、初めて感情を爆発させたのもこの時だろう。

その頃に一番手を焼いた蟲は、時空属性を持ったタイプである。転移を使うだけではなく、顎に時空属性を纏わせることで、皮膚を透過して内臓を切り裂くのだ。まあ、時空属性への耐性が付いてしまえば、転移できるだけの雑魚だったが。

そう。耐性だ。

昼夜問わず繰り返される、蟲との生存競争。そんな地獄で生き続けるうちに、私は特異な力を得ていた。今なら分かるが、私は耐性を身に付けやすい体質であったようだ。

多分、龍とスライム、双方の持つ環境適応能力がそんな形で発現していたのだろう。

蟲共の攻撃を延々と受け続けることで様々な耐性スキルがレベルアップし続け、大抵の攻撃は無視できるようになっていた。後々判明するのだが、当時の私が持っていなかったのは月光耐性、死霊耐性の二種類だけである。それを考えれば、蟲共の攻撃の多彩さが分かるというものだ。今でもこの二つは低いままだからな。

もうひとつが、どんなモノでも食える能力である。

悪食の大食漢。こっちも、龍とスライム、双方に共通した特徴だろう。正直、私にとってはこっちのほうがありがたかったかな？

それに気付いたのは、本当に偶然だった。蟲が岩に群がり、何かを舐めているのに気付き、自分でも舐めてみたのである。

しょっぱかった。塩やらミネラルが含まれた岩盤だったのだ。それまで蟲しか口にしたことのなかった私は、その味に衝撃を受けた。魅せられたと言ってもいい。

塩の味が僅かについた岩。普通の人間なら口にするような物ではないが、当時の私にとっては最高の御馳走だった。

ペロペロと岩を舐めるうちに、もっと食べたくなり、私は思わず岩を食っていた。そして、気付く。

「ああ、岩も食えるな」と。

ただ噛む力が上がっていただけではなく、口に入れたものを脆弱化させる力がいつの間にか備わっていたのだ。魔剣すら砂糖菓子のようにボロボロにできる今と比べてもまだまだ弱いその力だったが、岩や鉄を食うにはそれでも十分だった。

そこから、私の食生活は大きく広がりを見せた。岩も食えるなら、砂は？　土は？　たまに岩の中から出てくる水晶の原石はスナックのようだし、鉄のような蟲の甲殻も問題ない。特に美味かったのは、魔水が湧き出る岩盤だ。そこは、一番の御馳走であった魔石に比べても、さらに魔力が豊富だったのだ。

私は湧水の周囲の岩を食い続けた。

毎日毎日飽きずに岩で腹を一杯にしていたら、いつしか巨大な穴が空き、そしてある場所に到達する。

正方形の部屋の中央に、光る玉のような物が浮かぶ不思議な空間だ。

そこはダンジョンコアルーム。

なんと、長年謎の魔境と言われてきたそこは、実はダンジョンだったのだ。ダンジョンマスターは一体の毒蟲で、特に知性はないタイプだった。

それでも本能でコアを操り、自分たちの住みやすい環境を作っていたのだろう。あの魔水も、蟲を呼び、育てるための仕掛けだったのだ。

当時の私はそんなこと知る由もなく、ただこう思った。

「うまそう」

凄まじい力を放つダンジョンコアが、ただひたすらに美味しそうだったのだ。私はダンジョンコアに食らいつき、貪り食らった。食らい、血肉とすることに成功してしまった。

最近思うのは、生まれた場所である浮遊島のことだ。私は棺に入って眠っていたとはいえ、転送されるまでの数時間はダンジョン化した後の浮遊島にもいたのだ。もしかして、そのことが何か影響を与えているのだろうか？

確実に言えるのは、ダンジョンコアをその身の内に取り入れたことで、私は劇的に強くなったということだ。それこそ、周囲に残っていた蟲共をあっさりと全滅させることが可能な程度には。

そこはダンジョンだったが、蟲は外部から呼び入れられた魔獣であったため、コアの破壊で蟲が消えなかったのだ。

ただ、ダンジョンコアによって得たのは力だけではなかった。どうやら、ダンジョンコアはなんらかの形で私の中に残っているらしく、他のダンジョンコアと干渉を引き起こすのである。

ダンジョンコアを核として生み出された、レイドス王国の秘宝のひとつ『赤の剣』。それを初めて使用した時のことだ。想定外の力を発揮した自身と赤の剣に引きずられた私は暴走し、甚大な被害が出てしまった。

私の肉体が巨大な地龍へと変異し、暴れ回ったのである。スライムの増殖能力と、地龍の因子が合わさった結果だろう。

赤の剣に込められていた魔力が切れるまでの数時間で、小さくも豊かな森と砦がひとつ消えていた。ビスコットをはじめとする団員たちが決死の覚悟で私を押し止めなければ、被害はもっと広がっていただろうな。

今はなんとか制御できるが、おいそれと使うことはできない。国外に出るにあたっては、宰相から封印措置が施されたほどだ。信用できる人間がいないからって私に依頼しておいて、それはないんじゃないか？　まあ、仕方ないこととは思うが。越境してきたクランゼル王国の騎士と傭兵を撃退した時、赤の剣で散々暴れ回ったのだ。

当時は龍人形態ではあったが、目立つ赤の剣を覚えている奴がいないとも限らない。

実際、アイツは覚えていた。自分の仲間を殺戮した私と、その剣を。それでも私たちに協力するっていうんだから、よほど仲間が大事なんだろうが……。

こんな場所で実物を見せてしまえば、他にも思い出す奴がいるかもしれない。

フランともっと殺し合うのは楽しそうだが、さすがに見せられるのはここまでだ。勝ちを譲ったと思われるかね？　まあ、向こうも何か奥の手を隠しているっぽかったし、お互い様だろう。

Sランク冒険者がクランゼル王国に所属した可能性があるという情報の確認と、その実力を探るという目的もある程度果たした。

ランクA相当のフランがこれだけやるんだ。ランクSは徒に手を出しちゃいけない領域だろう。

ああ、ヤバい、意識が飛ぶ。これが死ぬって感覚か。面白い……。

なんだ？　誰だ？　おやじ……？

これが、走馬灯ってやつなのか？　義父と初めて出会った日のことが思い返される。

飯がいなくなってしまい、亀裂を去るかどうか悩んでいた私の前に、一人の男に率いられた一団が現れたのだ。

「これは……。蟲どもが消えた原因を探りに来てみれば……。少女、だと？」

当時の赤剣騎士団団長アポロニアス。獣と変わらぬ生き方をしていた私にシビュラと名付け、人としての生活と、家族の温もりを与えてくれた義父。そんな、私にとって唯一親と呼べる人との、出会いの瞬間だった。ビスコットやクリッカと出会ったのも、この後だ。

キメラモルモット――私の研究データを流用して生み出された、魔獣の因子をひとつだけ持って生まれた子供たち。彼らを義父が保護していた。非人道的な研究をしていた機関をぶっ潰して。

そのせいで、義父が引退した後も、赤剣騎士団と南征公は仲が悪いのだ。

義父の何も考えていない底抜けの笑顔を思い出す。

ああ、後は任せろ……。私が、きっとレイドスのみんなを……。

はは、死にかけてるときに何を考えているんだか。

あーあ……。負けちまったか……。まあ、相手が強かったってことだ。

だから、そんな泣きそうな顔をするな、ビスコット、クリッカ……。

次は、負けないからさ……。

*

勝利したフランは、ゆっくりと控室に戻る通路を歩いていた。

その足取りは非常に重く、だるそうに体をガクンガクンと揺らしている。

『フラン、大丈夫か？』

「ん……」

相手から食らったダメージはほとんどない。剣は避けるか、物理無効で受けた。

シビュラは確実に分割思考を持っているな。激しい戦闘中に、常に念動でこちらを的確に攻撃していた。それこそ、俺が念動を攻撃に回す余裕が一切なかったほどだ。まあ、封じることができたと考えれば悪くはない。

大きな傷は負わなかったフランだが、閃華迅雷を長時間使い続け、自身で神属性を行使した。そのせいで、想像以上に消耗が激しいようだ。

全身を軋ませる痛みに、顔をしかめている。それに、ヒールを使っても疲労が抜けないらしい。一晩寝れば、なんとかなるか？

天断の先が見えたというのは、良い材料だろう。

いずれ、神属性を自分の意思で操ることができるようになるかもしれない。

だが、今はまだ、かなり難しいだろう。神属性を使うのはやはり反動が大きすぎるのだ。使い分けをできるようになればいいんだが……。

それに、消耗だけではない。フランは浮かない顔で、唇をかみしめている。

『どうした？』

(勝ちを譲られた)

『あー』

シビュラが最後に何かやろうとして、止めたことは確かだろう。力尽きたというよりは、奥の手を衆目に晒すことを嫌ったように見えた。

彼女たちがレイドスのスパイだとするのであれば、それも仕方ないだろう。しかし、フランとしては勝ちを譲られたように思えるらしい。

『真剣勝負ではあるが、そこは試合でもあるからなぁ。奥の手を使う場面じゃないと思ったんだろうよ。俺たちだって、人に見せたくない奥の手はあるだろ？』

潜在能力解放やスキルテイカーは、武闘大会で使う予定はない。こう言っちゃなんだが、最悪負けてもいい戦いだからな。

しかし、納得できないらしい。

「ん……」

『まあ、奥の手を互いに使わない状態で、勝ったんだ。それで良しとしておこう。あれだけの相手が負けを認めたんだぞ？』

シビュラはフラン以上の戦闘狂だった。きっと、かなり悔しいはずだ。今頃、悔しさに転げ回っているんじゃないか？

フランもそれを理解したのか、ようやく微笑んでくれた。

「ん」

『それよりも、次の対戦に向けて準備をしないと』

まずは、試合を観戦せねば。エイワースの弟子アッバーブ対ギルドマスターのディアスの対戦である。見逃せないのだ。

「ふぅ」

観客席に戻ると、フランが沈むように椅子に座り込む。やはり、体がだるいようだ。

『フラン。辛かったら、寝てもいいんだぞ？　俺が見てるからさ』

「へいき」

顔には疲労が滲み出ているのに、その目は爛々と輝いている。多分、戦闘の興奮が未だに収まらないのだろう。アドレナリン全開で殺し合った直後だからな。

『とりあえず、何か食べるか？』

「カレー。辛いの」

こんな場所で食べるには少々難がある食べ物だが、今はいいだろう。匂いは、俺が風魔術で散らせばいい。フランが出したように見せかけて、俺の収納から大盛のカレーを取り出す。

それにしても、辛口を所望か。珍しい。

「む。はじまる」

口の端にカレーを付けたフランが呟いた通り、眼下では第二試合がちょうど開始されるところであった。一定の速度で辛口カレーを口へ運びながら、真剣な目で試合場を見つめる。

ディアスの装備は一見して燕尾服のようにも見えるが、実際は魔獣革を使った軽鎧だ。いつものような悪戯っぽい笑みはなく、ただ静かに舞台の中央で佇んでいる。相手の出方を見るつもりなのだろうか？

そのディアスと相対するのは、死霊のような白い肌に、黒い髪をした痩身の男だ。元ランクA冒険者にして盗賊ギルドの秘密兵器エイワースの弟子、アッバーブである。

アッバーブはシミターを静かに構え、ディアスと向かい合う。強敵を前にしながら攻めもせずにニヤニヤと嫌みな笑いを浮かべているのは、余裕の表れなのだろうか？

「竜転のディアス様。一度あなたと戦ってみたいと思っていたのですよ」

「へえ？　それは光栄だけど、どうしてだい？」

「あの傍若無人な師が認める相手を、若輩者の私が下し、辱める！　ひひひひ！　考えるだけで、疼きますよぉぉ！」

「うわぁ。その笑顔、あの馬鹿にそっくりだ。弟子は師に似るのかねぇ？」

「ひひひ！　そのすました顔、グッチャグチャに溶かしてあげますよぉ！　それに、私があなたと戦いたかった理由は、もうひとつあるのですよ！」

「へぇ？　それはなんだい？」

「くくく。我が師のかつての仲間の中で、私が唯一勝てそうな相手ですからねぇ！」

そう叫んだ変態――もといアッバーブは、懐から一本の試験管を取り出した。

「ひひひひぃ！　死になさい！　師直伝の毒薬でねぇ！」

鑑定するとアッバーブが取り出したのは、『七瞬き』という名前の魔法薬だった。この毒に侵された人間は、七回瞬きする間に死んでしまうというところから名付けられたようだ。

その試験管が舞台に叩きつけられ、一瞬で凄まじい煙が噴き上がる。エイワースが使っていた魔法薬にそっくりだった。

アッバーブは毒耐性をレベル８で所持しているので、この毒は効かないのだろう。対するディアスは耐性スキルがそう高くはない。これは、平気なのか？

アッバーブは勝利を確信した顔で、高らかに叫ぶ。

「あなたは確かに強い！　当代随一の幻術の使い手だ！　だが哀しいかな、防御面は大したことがありません。それこそ、回避不可能な攻撃を食らった場合、どうしようもない！」

それは確かにそうだ。幻術や思考誘導、視線誘導を使いこなし、相手の攻撃を躱す技術はあっても、回避しようのない広範囲攻撃はどうにもならないだろう。

「ぐがっ！」

ディアスが血を吐きながら、膝を突いてしまった。

これはもしかして、アッバーブによるジャイアントキリングが――。

「ひひひ！　この毒は吸わずとも、皮膚からでも入り込むのですよぉ！」

「く……」

「竜転のディアス！　この悪辣剣のアッバーブが取りましたよぉ！」

天を仰いでそう叫んだ直後、アッバーブの体が傾ぐ。そして、白目を剥いてそのまま前に倒れ込むのだった。

「戦闘中に、敵から目を離すのは二流だよ？」

『こ、これはぁぁ！　何が起きたのか！　ディアス様が血を吐いて倒れたかと思いきや、そのすぐ後にはアッバーブの真後ろにいたぁ！　幻術でしょうかぁぁ！』

解説が叫ぶ通り、倒れたのは幻像魔術で作り上げた分身だったのだろう。思考誘導などを巧みに使い、アッバーブに一切気づかれることなく接近したのだ。そして、急所に拳を一撃である。

『分かったか？』

「……微妙？」

『俺も、この距離なら見破れたが……』

いや、最初は見破れなかった。だが、ディアスがあれ程簡単に毒を食らうとは思えず、舞台全域を集中して見たことで隠蔽を何とか見破れたのだ。舞台で向かい合っている状態で、ディアスの動きを察知できるかは未知数だった。そもそも、気配の殺し方も抜群に上手く、毒煙が効かなかった時点でディアスのために煙幕を用意してやったようなものだったのだ。

だが、毒をどうやって防いだ？　スキル？　それとも魔道具か？　毒煙に覆われたせいで、それも見えなかった。

『やっぱ一筋縄じゃいかないな』

「でも、勝つ」

『おう』

結果、ディアスの秒殺劇で第二試合は幕を閉じたのであった。

その次に行われたヒルトとクリッカの試合も、瞬殺に近い終わりであった。まあ、見どころは十分だったけどね。

ラデュル戦とは打って変わって、ヒルトがどっしりと構える戦法を選んだのだ。

それに対し、クリッカが舌打ちをするのが分かった。彼女の場合、相手の攻撃を躱してのカウンターが主体だからな。

互いに睨み合う。それだけなら、膠着状態とも言える。しかし、時間が経過するごとにクリッカが焦り出すのが分かった。

ヒルトの体内の魔力がドンドンと増していくのだ。デミトリス流に詳しくなくとも、このまま放っておけば危険であることは分かるのだろう。

それでも、クリッカは身構えたまま、ヒルトを見続けた。どんな攻撃でも、躱す覚悟を決めたのだ。

予選でこんな状態になれば、「早く戦え！」という野次の一つでも上がるだろう。しかし、観客は黙って闘技場を見つめるだけだ。クリッカの放つ緊迫感が、観客にまで伝播しているらしい。

「はぁぁぁ……」

「！」

ヒルトが一気に魔力を解放した。その魔力が舞台を覆う。だが、それ自体に攻撃力はない。この膨大な魔力は目晦ましだった。

闘技場内があれだけ濃密な魔力に覆われてしまえば、魔力感知は意味をなさないだろう。

直後、クリッカが吹き飛んだ。宙に投げ出されたその体が、何度か不自然に軌道を変える。ヒルトの気による攻撃だ。

同種の魔力に囲まれた中では、ヒルトの魔力放出攻撃も全く読み取ることができない。クリッカはなす術もなく、連撃を食らうしかなかった。

そして、最後に舞台に撃ち下ろされたクリッカは、ぐったりとしたまま動かない。決着である。

ヒルトは確かに強いが、それだけではない。今の戦法は、前の試合でヒルトがラデュルにやられたものだろう。クリッカの戦法を研究し、対策を立てたのである。

つまり、彼女もまた勉強し、成長しているのだ。

強くなっているのは、フランだけではない。それを思い知らされた。

これでまた一つ、強敵が上位に進んだというわけだ。

『次はいよいよか』

「ん。フェルムスとナイトハルト」

俺たちが見守る中、両雄が舞台に上がってくる。

どちらもこの大会で屈指の実力者であり、俺たちにとっての強敵だ。

『さあ、本日最終試合がやってまいりました！　試合場で向き合う両者。試合後に立っているのはどちらかぁ！　ここまで、下馬評を覆して圧倒的な勝利を重ねてきた、傭兵のナイトハルト！　今日もその双刃が相手の命を刈り取るかぁぁ！　対するは、元ランクA冒険者、竜狩りのフェルムス！　こちらもまた、圧倒的な強さでここまで勝ち上がっております！　その変幻自在の糸たちが、獲物を搦め捕ることになるのか！』

解説が煽っているが、観客席にいる男性客の雰囲気は先程と比べるとやや落ち着いていた。

ヒルトとクリッカという美少女対決に比べ、渋いおじ様と蟷螂男の対決だからだろう。

だが、俺やフランからすれば、この試合の方がより見応えがあった。勝敗が全く読めないからだ。

ディアスに敗北したアッバーブ。ヒルトに敗れたクリッカ。どちらも強かった。それは間違いない。

しかし、それ以上の強者が順当に勝利したのが、前の二試合であった。

それに比べ、こちらの試合はどちらもが強者なのだ。

「どっち勝つかな？」

「オフ……」

フランもウルシも、手の内を探るというよりも、純粋に試合を楽しもうとしているようだ。まあ、分析は俺――というか、俺の中のアナウンスさんに任せておけ。

「私は、フェルムス」

「オン？」

「糸凄い。狭いところじゃ、逃げ切れない」

「オフ……。オン！」

「ウルシはナイトハルト？」

「オンオン！」

ウルシが上体を起こすと、両前足を軽く構えた。手首が招き猫のようにクニッと曲がっているのは、カマキリの足を模しているのだろう。

ウルシはナイトハルト有利と見たか。確かに、その速さは凄まじいものがある。参加者中でも最高クラスだ。

しかし、俺もフランと同じで、フェルムスが有利なんじゃないかと思っている。

明確なビジョンがあるわけじゃない。ただ、糸と蟲っていう構図は、なんとなく捕食者と被捕食者を連想させる。いくら蟷螂でも、蜘蛛の糸に絡めとられては逃げることは叶わないのだ。

ただの勝手なイメージだけど。

試合の始まりを待っていると、巨大な人影が近づいてきた。

「フランちゃん、隣いいかしらん？」

「エルザ？　いいよ」

「ありがとん」

どうやら自分を負かした相手の試合を見にきたらしい。クネクネとした動きでいそいそと腰を下ろす。

その熱い視線は、ナイトハルトに注がれていた。そんなエルザを見て、フランが首を傾げる。

「ねえ。エルザは虫が苦手なんじゃないの？」

そう言えばそうだった。虫の死骸を見るだけで悲鳴を上げ、巨大な虫型魔獣を前にすると敵味方見境なく暴走するオネェ様だったはずだ。

ナイトハルトは平気なのか？　モロ昆虫だけど。

「ああ、ナイトハルト様のお顔？」

「ん」

「見た目は虫でも、中身は素敵な男性ですもの。問題ないわ。紳士なのに陰があるのもいいのん。私が苦手なのは、どう動くか分からない不気味さと、お腹のウネウネだから。あれがあると思うと、死体でもねぇ……」

どうやら、蟲人は問題ないらしい。さすがエルザ。中身重視ってことらしい。

俺たちが予想を話している中、試合が始まった。

「しいいぃいやぁっ！」

「糸壁！」

展開は、予想通りと言えば予想通りだった。開始直後から猛攻を仕掛けるナイトハルトと、それを往なしながら糸の陣地を構築していくフェルムス。舞台に糸が広がり、罠を生み出していく様は、本当に巨大な蜘蛛の巣が張られていくかのようだ。

フェルムスの陣地が完成すれば厄介だと分かっているナイトハルトは、序盤からエルザを仕留めた時の超高速で攻撃を仕掛けている。

足に膨大な魔力が宿っているのが分かった。あれがユニークスキル韋駄天なのだろう。長時間、超高速での機動を可能にさせる、地味だが非常に有用なスキルである。

それに反応してみせるフェルムスもさすがだ。周囲に無数の鳴子糸を張り巡らせることで、事前に察知しているんだろう。細い糸が切れた瞬間の振動で、相手の位置を捕捉し続けているのだ。明らかに見えていない攻撃も回避していた。

そうしてナイトハルトの双剣を回避しつつ、糸の罠でダメージを蓄積させていく。

一見すると双剣が当たっているようだが、フェルムスにダメージは入っていないはずだ。

俺たちも散々苦労させられた、糸の防御壁である。衝撃を吸収することで、斬撃も打撃も受け止めてしまうのだ。

「やっぱ、フェルムス強い」

「そうねぇ。ギルマスと同等と言っていい相手だもの、強いわよん」

だが、このまま押し切られるほど、ナイトハルトも弱くなかった。多少傷つきながらも前に出て、超高速の突きによって、フェルムスにダメージを与え始めたのだ。

斬撃が無効化されると一瞬で理解し、糸の隙間を狙える突きに切り替えたのである。韋駄天の脚力を乗せた突きは、それこそ一発一発の威力が桁外れなのだろう。一撃でかなりのダメージがあるようだ。

肉体の頑健さで劣るフェルムスとしては、これはかなり嫌なはずだった。同じだけのダメージを与え合えば、先に力尽きるのはフェルムスだからな。

それでも彼は焦ることなく、冷静に糸を繰り続け、そしてついにナイトハルトを捕らえていた。

「百糸の縛陣」

「む！」

それまで無数の糸の中に少しずつ混ぜ込み続けていた、無害に見える糸。しかし、そこに魔力を通すと、途端に粘着力を発揮するらしい。気付けば、数本の糸がナイトハルトの足に絡みついていた。

一瞬動きが阻害されるものの、ナイトハルトはすぐに剣で切り裂き、脱出する。が、その一瞬の間こそが、フェルムスの求めていた隙でもあった。

フェルムスは舞台中央で完全に足を止めると、手をダランと下げて無防備な状態になる。目すら閉じた。そうまで集中せねば、発動できない大技を放とうというのだ。

「ふっ！」

「ごっ――」

しかし、ナイトハルトは即座に反応する。右手の剣を投擲したのだ。彼ほどの筋力があれば、手投げでも凄まじい速度になる。剣を手放すことになったとしても、阻止せねばならないと決断したのだろう。

剣は見事にフェルムスを直撃した。

赤い血が、彼の服と糸を真っ赤に汚す。

一切防ぐ様子がなかったな？　集中していたって、事前に張り巡らせた糸が周囲を覆っているはずなんだが……。体に巻いた糸が多少威力を弱めたようにも思えたが、それだけだった。

剣は、フェルムスの胸に深々と突き刺さっている。

だが、フェルムスは倒れない。むしろニヤリと笑った。

「……万糸終操……死血の陣」

フェルムスの胸の傷から、大量の血が噴水のように噴き上がるのが見えた。最初に噴き出した血とは、勢いも量も桁違いだ。明らかに傷のせいだけではない。

その血は糸に吸収され、結界内の糸全てが一瞬で真っ赤に染まる。

その名の通り、自らの血を媒介に、糸を強化する技なんだろう。ナイトハルトの攻撃を予測し、あえて受けたのだ。それを理解したナイトハルトが、呻き声を上げた。

「読まれていたとは……！」

赤く色付いたことで、よく分かる。結界内にどれほどの糸が設置されていたのか。床だけではなく、結界の壁面にも、毛細血管が無数に走っているかのように糸が張り付いているのだ。

舞台上は、まるで不気味な怪物の体内のようだった。

観客が驚く中、結界内の全ての糸が、一斉にナイトハルトに殺到する。

ナイトハルトが剣で振り払おうとしたが、今までのように切り裂くことができない。どうやら、赤い糸は強度が格段に上昇しているようだな。

「くぅ！　これは、厄介ですね！」

「……」

糸に苦慮するナイトハルトに、フェルムスは何も言い返さない。というか、言い返せない。その様子はまさに半死半生。今にも死にそうなのだ。

多分、命を懸ける奥の手なのだろう。生き返ることが可能な武闘大会でしか使えない技だ。

フェルムスがこのまま、出血と魔力欠乏で衰弱して死ぬのが先か、ナイトハルトが仕留められるのが先か。

毎秒ごとにナイトハルトの体に小さな穴が穿たれ、ダメージが蓄積していく。対して、フェルムスはすでに立っていられず、片膝立ちだ。

「く、しまった……」

ついにナイトハルトの足に赤糸が直撃した。

赤い糸そのものはそれほどのダメージはない。しかし、赤い糸は舞台とナイトハルトの間でピーンと張り、その動きを僅かながらに阻害する。

動きが鈍れば、新たな赤い糸を躱しきれず、その糸がさらに動きを阻害した。赤い糸が当たるごとに、継続ダメージと敏捷低下が入るようなものだ。

しかも、ナイトハルトの体に刺さった糸たちの色が、より濃くなっていく。ナイトハルトの血を吸い、さらに強化されているらしい。

加速度的に体に刺さる赤い糸は増えていった。体に、足に、腕に、赤い糸が突き刺さり、ナイトハルトの体と舞台を赤く染め上げる。

「がぁっ！」

ついにナイトハルトは回避に大失敗し、その胸に赤い糸が直撃した。あの位置は心臓だ。赤い糸が一斉に胸元に群がり、ナイトハルトの体をゾブゾブと貫くのが見えた。その姿は、小さなワームに群がられているかのようだ。観客席から、血を見た以上の悲鳴が上がる。

「ひっ！」

隣のエルザも悲鳴を上げていた。

昆虫ではないが、ワーム系もあまり得意じゃないんだろう。

まあ、生きてた頃の俺でも、同じ反応しちゃうかもね。それくらい、エグイ光景なのだ。

圧倒的にフェルムスが有利。というか、もう勝利は確定的。そう思われたのだが……。

試合の勝敗は別であった。

フェルムスの奥の手が発動してからきっかり三〇秒後。

「はぁはぁ……。僕の、勝ちですね」

「そうか。負けましたか」

時の揺り籠によって復活したのは、フェルムスであった。ナイトハルトが耐えきって、先にフェルムスに限界が訪れたのだ。

回復したフェルムスが、ナイトハルトにポーションをかけてやっている。

それにしても、心臓を貫かれたはずのナイトハルトが、なんで死なななかったか？

多分だが、蟲化スキルのおかげだろう。途中で、鑑定で見えるナイトハルトの状態が、蟲に変化していたのが見えたのだ。てっきり全身が昆虫のようになると思っていたが、体内だけを蟲化することが可能なのかもしれない。

昆虫は人間のような心臓がないとは聞いたことがある。昆虫型の魔獣になると心臓に近い器官があったりもするが、蟲化が普通の昆虫準拠であれば、哺乳類のような心臓がなくなるということもあるだろう。

それに加え、上昇した生命力で、耐えきったのだろう。

分かったのは、ナイトハルトはまだ全力ではなさそうだということだった。

蟲化状態なら、ステータスも上昇するだろうしな。

「ナイトハルト、やっぱり強い！」

「オン！」

ウルシがドヤ顔をしている。ああ、自分の予想が当たったたからか。

「オンオン！」

「ん。ウルシの勝ち」

「オン！」

『今日の試合はこれで終わりだ。宿に戻ろうぜ』

「ん。エルザ、ばいばい」

「うん！　またねん」

最後の衝撃映像からようやく立ち直りつつあったエルザと別れた俺たちは、そのまま競技場を後にする。

手に汗握る試合を観戦し、腹が減ったのだろう。フランは少し速足だ。

しかし、すぐに足止めを食らうことになる。

「なんだごらぁ！」

「先に因縁をつけてきたのはそっちだからね？　もう謝っても許さないんだから？」

「やんのかおらぁ！」

「唾を飛ばさないでよ！」

冒険者たちが道のど真ん中で何やら言い合いをしていたのだ。

野次馬のせいで道が塞がれ、普通には通り抜けることができなかった。

片方は酒に酔っているらしい。禿頭に毛皮という、バーバリアンスタイルのいかにも荒事専門という装備の男たちだ。

そいつらと言い合っているのは、まだ若い冒険者たちである。こちらは正統派の冒険者だろう。先頭に立って言い合っているのは、まだ少女と言っていい年齢の弓師だった。

今のウルムットでは、よく見られる一場面である。間に入って止める役目の警備の手が、足りていないのだ。周りの人々も迷惑そうな顔で、彼らを見ている。

どちらもそれほど強くないし、普段なら関わることもなく放置するだろう。もしくは、どっちもぶちのめして喧嘩を止めるか。

神属性を使ったことによる反動で未だにだるそうにしているフランだが、こいつら程度ならどうとでもできる。

しかし、フランは攻撃に移ることもなく、彼らの前で足を止めていた。

言い争いをしているのが、知り合いだったのだ。

「ねえ。なにしてるの？」

「え？　フラン先生！」

若い冒険者はフランの短期弟子、ナリアやミゲールたちだったのである。こっちを見て、ナリアはばつの悪そうな顔をした。フランの口調に、やや咎める色があったからだろう。

「んだあおらぁ？」

「げっ！」

酔っ払いはフランにもガンをつけ、ナリアは露骨に狼狽する。フランが軽く眉をひそめたのが見えたらしい。

「周りの迷惑」

「は、はい……」

「あぁあ？」

フランの短い言葉に、弓師のナリアと大剣使いのミゲールは青い顔で意気消沈する。だが、酔っ払いにフランの実力など分かるわけもなく、フランに絡んできた。

「んだこらっ！　うっせんだよっ！」

短絡的に、手を伸ばしてくるが……。

「ふん」

「ごべぁ！」

まあ、こうなる。殴られた脇腹が真っ青だけど、骨は折ってないよな？

「ミゲール、そこら辺に捨てておいて」

「わ、わかりました！」

「フラン、先生。お手数おかけしました」

「ん。邪魔だったから」

ナリアやリディックに礼を言われるフラン。軽く話を聞くと、今年は特にトラブルが多いらしい。やはり人の手が足りていないのだろう。

「依頼帰りで疲れてるのに、ああいう見掛け倒しに絡まれるなんて最悪！」

「依頼？」

「はい」

今の冒険者ギルドには、町の外での討伐依頼が掲示されているらしい。特に多いのが、アンデッドの討伐だ。

まだアンデッドの出没が収まっておらず、町の周囲に姿を見せるらしい。そういったアンデッドを放置していると、それらを餌にする魔獣も集まってしまうため、早めに駆除する必要があるのだ。

「デュフォーたちもいなくなっちゃうし！　もう最悪ですよ」

「デュフォー、いなくなった？」

「はい。仕事手伝わせようと思ってたのに、宿を引き払ったみたいで……。一回負けたくらいで情けない！」

デュフォーとその仲間は、フランに負けたショックでさっさとウルムットから旅立ってしまったらしい。

ナリアとそんな話をしていると、不意に俺の気配察知にひっかかる影があった。近くにある建物の屋根の上から、こちらを見下ろしている。

（師匠？）

『……ウルシ、屋根の上の奴はいけるか？』

（オン！）

『じゃあ、フランはそこの路地の奴だな』

（わかった）

潜む相手は三人。明らかにこちらに対して殺気を放っている。抑えきれていないということは、そこまでの手練れではないだろう。

「先生。なんか、変な気配が……」

「しっ。分かってるからこのまま話す」

「わ、分かりました」

ナリアに勘付かれるくらいだから、やはり雑魚だな。

『よし、やれ！』

「ん！」

「ガル！」

俺の放った雷鳴魔術を合図に、フランとウルシが飛び出す。そして、直後には不審者を捕まえていた。やはりそこまで強くはなく、フランとウルシにあっさりと倒されている。

急に魔術を放ち、変な男たちを引きずってきたフランを見て、ナリアは驚きの顔だ。

「え？　えっと、先生？」

「こいつらは、暗殺者。たぶん」

「た、多分？」

「ん。私に殺気を放ってた」

ナリアが顔を引きつらせる。確定する前に気絶させて捕まえるのはやり過ぎだと思ったのだろう。

とりあえず邪魔にならないように路地に入り、そこで尋問を行うことにした。

俺が電撃で麻痺させた奴を癒し、威圧して心を折った後に質問をぶつける。

「お前らは、なんで私を狙った？」

「い、いい、依頼ですっ！」

暗殺者がベラベラと喋った。

結果、どこかの貴族風の人間に端金で雇われただけの、山賊崩れということが分かっただけである。

『とりあえず冒険者ギルドに連れていこう』

（わかった）

フランを狙う理由は、いくらでもあるだろう。有名人だし、武闘大会を対象にした非合法な賭けなんかが関わっている可能性もある。

ここまで残った他の参加者の手下という線はまずないだろうが、それ以外の可能性は無限大だ。

俺たちが暗殺者モドキを引きずって冒険者ギルドに向かうと、そこでも騒ぎが起きていた。

なんと、ディアスが襲撃されたという。まあ、あっさり取り押さえられたそうだが。つまり、準決勝進出者を狙った？

「あらん？　フランちゃん！　さっきぶり！」

「エルザ。これ、引き取って」

「こいつらは？」

「暗殺者」

「まあ！　フランちゃんのとこにも？　分かったわん！　私がきっちり対処しておいてあげる！」

「お願い」

「誰か、こいつらを牢に！」

フランが暗殺者を引き渡すと、エルザが何故か舌なめずりをしながら冒険者たちに引っ立てるように命じる。

「それにしても嫌んなっちゃうわ。ヒルトーリア様とナイトハルト様のところにも確認の人員を出さなきゃならないし……。他にも仲間がいるなら、そいつらも捕まえなきゃ」

「頑張って」

「フランちゃんに応援してもらったら、元気一〇〇万倍よ！　私頑張っちゃう！」

ほどほどにね？

それにしても、今年の武闘大会はトラブル続きっぽいな。レイドスのスパイに、アンデッド騒ぎ。シャルス王国の貴族たちに、暗殺者騒ぎ。

警備の手が全く足りていないらしい。本当に大丈夫なのか？　ま、俺たちは次の試合に備えて休むけどね。

フランの調子を少しでも戻さねばならないのだ。

第四章　頂への戦い

雲一つない、快晴の空。

爽やか風が吹き抜ける、気持ちのいい朝の空気だ。

フランは闘技場への道中も、本当にワクワクした様子だった。グーッと伸びをしながら空気を吸い込み、そして微かに笑う。

絶好の運動日和ではあるのだろうが、殺し合いをするにはどうだろう？

そもそも、殺し合いにいい日なんてあるかは分からんが。まあ、雨とかよりはいいのかな？

フランに言わせれば、強い相手との戦いはいつだってどんな天気だって楽しいのかもしれない。

『いよいよ準決勝の日がやってまいりました！　今年もまた、素晴らしい顔ぶれが揃っています！第一試合、すでに両選手が舞台に上がっております！』

観客席は満員だった。普通席だけではない。今までは多少の空席もあった特別席や貴賓席も、ギュウギュウ詰めである。

それだけ、観客の注目度が高いということだろう。

『第一シードから激戦を制して勝ち上がってきたのは、黒雷姫のフラン！　二年連続で準決勝に進出だ！　今年こそ優勝なるか！　すでに覚醒し、黒い雷を纏った状態での登場だ！』

実況の紹介に合わせて轟く歓声が、闘技場を揺らす。今までの試合でも十分大きい歓声だったのだが、今日は一段と凄まじい。

まさに音の津波という感じだった。

『対するは、ウルムットの冒険者ギルドマスターにして、現役ランクA冒険者！　竜転のディアス！　まさか、現役のギルドマスターが出場するとは思いませんでした！　その百戦錬磨の戦闘経験が、若い勢いを止めるのか！　それとも、若さが老獪さを凌駕してみせるのか！　大注目の一戦だぁぁ！』

盛り上がる外野以上に、フランとディアスもバチバチであった。

鋭い視線をぶつけ合い、両者ともに殺気を隠そうともしない。結界が張られていなければ、多くの観客がこの殺気に当てられて観戦どころではなくなっているだろう。

「直接対決だ」

ディアスがこの距離でギリギリ聞こえるくらいの声で、呟く。

「シンプルでいい。勝ったほうが、賭けの勝者だ」

「ん」

互いが交わした言葉はたったそれだけ。それでも、両者ともに最初から本気で殺しにかかるだろう。それが分かった。

ディアスは賭けに勝利し、自らの妄執にけじめをつけるために。

フランはゼロスリードとロミオを守るために。そして、去年は弾き返されたランクAという大きな壁を、今度こそ越えるために。

だが、俺たちには大きな不安要素があった。

『フラン。体の調子はどうだ？』

（ちょっと重い）

『そうか……』

シビュラ戦での消耗が、思った以上に回復していなかったのだ。自力で辿り着いた神属性は、フランの体に思った以上に深刻な影響を及ぼしたらしい。

だるさが抜けず、万全とは言えない状況だ。

しかし、体のマネジメントもトーナメントを戦う上での一つの要素だ。影響を残している方が悪いのである。

『作戦通り、いくぞ？』

「ん」

相手は搦め手を得意とする、技巧派の玄人。しかもこちらは本調子ではない。だからこそ色々と吹っ切って、作戦に全てを懸ける覚悟ができていた。

『それでは、準決勝第一試合、始め！』

「らあああああ！」

試合開始のまさにその瞬間、フランは動く。

フランが繰り出すのは、全力を込めた本気の天断だ。

練り上げた力と、スキルを全て動員した、今放てる最高の一撃。絶好調時の七割程度の速さしか出ていないが、十分に神速と呼べるだろう。

確かにディアスは強い。幻像魔術を使われれば、一方的に翻弄されるかもしれない。

だが、この瞬間。試合開始のその時だけは、ディアスの居る場所が絶対に確定していた。

ディアスは全く反応できていない。いくらディアスでも、この速度で繰り出された天断を躱すことはできないだろう。

前の試合でアッバーブも語っていたが、ディアスの防御力は決して高くはない。天断の直撃を完全無傷で防ぐことは不可能なはずだった。

ならば、この攻撃で決着がつく可能性も――。

「う？　えっ？」

『フラン⁉』

フランが突然に覚醒を解いてしまった。当然ステータスは下がり、急激に身体能力が低下してしまったことで発動中の天断は制御を失い、フランはバランスを崩してしまう。

遠心力に振り回されてその場で転びそうになるフランを、慌てて念動で支えた。

『大丈夫か！』

「ん……。でも、なんで？」

『ディアスの技能忘却スキルだ！』

まさか、覚醒にまで作用するとは思わなかった。

技能忘却：対象は一定の間、指定されたスキルの存在を忘れる。効果時間は指定スキルのレベル、レア度による。最大で一分間。再使用は指定スキルのレベル、レア度による。

「獣人が覚醒を強制的に止められると、行き場を失った魔力で自爆するんだ。最初に、何か狙ってくると思っていたからね！　その力の大本を封じさせてもらったよ！」

ディアスは反応しなかったのではなく、反応する必要がなかったのだ。大技の最中に覚醒が解ければ、こうなると分かっていたのである。

「ぐ……！」

『フラン！』

ディアスが言う通り、魔力が制御を失い、フランの内部で暴れている。なんとか制御しようとしているが、覚醒状態ではないフランでは上手くいかないようだ。

その間に、今度はディアスが突っ込んできた。その顔に浮かぶのは、いつものような悪戯っぽい微笑みではない。凄みの籠った、獲物を罠に嵌めた狩人の笑みである。

「しっ！」

「がぅっ！」

あっさりと一撃を貰った！　幻像魔術で作り出した偽の拳を躱した直後、フランの太腿が僅かに裂ける。

作り上げた幻像でフェイントをかけつつ、透明化した体で本命の攻撃を放つ。幻像魔術師のお決まりのパターンだ。だが、今まで戦った幻像魔術使いと比べ物にならないほどに、ディアスの幻像は精巧であった。

生命の気配も、風を切る音も、どうやら匂いさえも再現しているらしい。そのせいで、本物にしか感じられないのだ。

距離を取ろうと跳んだフランだったが、僅かに顔をしかめる。

「足、変」

『なに？』

フランの足を確認すると、ディアスに切り裂かれた太腿が再生していなかった。

〈生命魔術の痕跡を確認。短時間、再生を阻害する効果があると思われます〉

『まじか！』

ディアスの武器の特性か？　確認しようとしたが、鑑定することはできなかった。鑑定は、見たものの情報を知ることができるスキルだ。幻像魔術で姿を隠されてしまっては、スキル自体が発動しないのである。刃物であることは解るが、それがどんな形状なのか全く分からない。

試合開始前に鑑定した時には、いつもの竜牙の短剣だったはずだ。試合開始後、密かに入れ替えたのだろう。

『フラン！　ディアスの武器に気を付けろ』

「ん」

とは言え、形も長さも性能も分からないのだ。気を付けろと言っても、限度があるだろう。やはり、ディアスの老獪さは厄介だな。

そこから数度の攻防が行われ、フランの動きは目に見えて悪くなっていた。

元々のだるさに加え、覚醒を強制解除された反動によって一気に消耗してしまったのだ。

ステータス面――特に素早さでの優位はもう失われているだろう。

対するディアスの動きは流麗で、洗練されている。無駄がないわけではない。その無駄さえも、誘いとしてあえて残しているのだ。

隙と見て攻撃すれば、手痛いしっぺ返しが待っているだろう。

（師匠、すり抜けるやつ！）

『おう！』

フランの指示に従い、ディメンションシフトを発動する。これで攻撃を無効化し、一度仕切り直す。

そう思っていたのだが――。

ディメンションシフトを使った直後、フランがその首を思い切り捻った。

「ぐっ！」

同時に、フランの鼻から大量の血が噴き出す。どうやら鼻に向かって剣を突き入れられそうになり、間一髪躱したらしい。それでも完全には避けられず、鼻の穴の入り口を切り裂かれたのだろう。

危機察知で、当たることを理解したらしかった。

「その術は何度か見た！」

「むぅ……」

ディメンションシフトは対策済みか！　時空属性の武器はレアだが、ディアスなら用意できるかもしれん。時空属性と生命属性を持った短剣？　それとも二刀流か？　いや、傷は治らないし、同じ剣だろう。

『フラン、大丈夫か？』

「血、止まらない……ズズ」

再生が阻害されているせいで、回復が始まらない。ヒールも効かなかった。フランはボタボタと垂れる血をすり上げているが、その程度で血を止めることはできない。

再生阻害が有効な数分は、痛みと血の匂いで嗅覚が低下することは間違いないだろう。

幻像で誤魔化せるとはいえ、獣人の嗅覚を厄介だと考えたのかもしれないな。

それにしても、少女の鼻の穴に躊躇いなく短剣を突っ込みにくるとは……。改めてディアスの本気度が分かった。

覚醒を強制終了された影響で、フランの体内魔力は乱れに乱れている。この試合中は覚醒を再使用できないだろう。しかも嗅覚を奪われ、相手の武器の能力も分からず、すでに幻像魔術で翻弄されかけているのだ。

今のまま接近戦を行うのは、やはり分が悪いか？　フランもそう考えたらしく、魔術を放ってディアスを牽制しようとした。

だが、その魔術が大きくディアスを逸れていく。フランが放った雷鳴魔術と火炎魔術が大きく狙いを外れて、ディアスの真横を通過していったのだ。

「え？」

『フラン、どうした！』

（わかんない！）

ディアスが何かした？

だが、魔力の流れは……。いや、幻像魔術で幻惑されている今、感覚は当てにならないかもしれない。思考誘導、視線誘導は俺の耐性スキルで防いでいるが、それがなくてもディアスの幻像魔術は十分に厄介だ。

やはり、このまま張り付かれ続けるのは危険だろう。

フランだけではなく、俺も魔術を放つ。だが、今度も狙いが大きく逸れた。絶対に何かされている！　だが、なんだ？　何をされている？

その間にも、ディアスの攻撃によってフランの足に傷が増えていく。再度ディメンションシフトを発動させたが、同じだった。

ディアスが狙ってくるのは足か眼か、心臓、そこばかりだ。確実に有効なダメージを与えようというのだろう。

『転移で距離を取るぞ！』

（ん！）

俺は咄嗟に転移を発動させていた。追ってくるかと思ったが、ディアスが驚いた顔をしている。フランが転移するとは思っていなかったらしい。もしかしたら、転移封じの道具でも持っているのかもな。だが、俺は封印無効を持っているのだ。

ウィーナレーンの時のように、時空魔術を直接妨害されたりすれば意味はないが、封印系の能力や魔道具は俺には効かない。

ただ、今回もおかしい。俺は舞台の一番端に逃げたつもりだったのだが、空中に跳んでしまっていた。やはり狙いが逸れてしまうらしい。

まあ、ここのほうが次の行動に移りやすいし、結果オーライだろう。

『フラン。プランＢだ！』

（ん！）

『フランはアレを頼む』

（わかった！）

先日のディアス対アッバーブ戦。アッバーブは敗北したが、大きなヒントを残してくれていた。特にその戦法だ。

幻惑されて主導権を握られる前に、回避不可の広範囲技で勝負を決める。それは、俺たちでも有効なはずだ。アッバーブは毒対策をされていたが、それが難しい攻撃を放てばいい。

「たぁあ！」

フランが次元収納を開くと、そこからは赤熱した大量の液体が溢れ出す。それは、モルドレッド戦の最後に収納した溶岩であった。

ドバドバと流れ落ちる溶岩は、まるでパンケーキの上に垂らされたメープルシロップのように、舞台の上をあっという間に覆い尽くしていく。

ディアスは土魔術でバリケードを作って防いでいるが、俺たちの目的である足止めは成功していた。

それに、溶岩がもたらしたものは足止め効果だけではなかったのだ。

（なんか、消えた）

『幻像魔術を舞台や結界に仕掛けてたんだ！』

多分、幻像魔術を使って舞台の高低差を僅かに変化させたり、結界越しに見える観客席の光景を歪めていたのだろう。そうすることで、俺たちの遠近感を狂わせていたのだ。魔術が逸れた理由もこれだろう。

その距離感幻惑用の幻像が、溶岩によって破壊され、消え去ったのだ。

開始直後から、これほど大掛かりな魔術を使っていたとは思わなかった。ディアスの魔力隠蔽が上手過ぎて、全く気付けなかったのだ。

『フラン、魔術で牽制だ！』

「ん！」

よし！　今度は真っすぐ飛ぶぞ！

「む！　破られたのか！」

ディアスが魔術を剣で切り払いながら、顔をしかめる。嫌がっているな！　いや、相手はディアスだ。これさえ演技かも知れん。

向こうの得意分野には付き合わず、やるべきことをやるぞ！

『よっし！　いくぞ！』

「ん！」

『カンナカムイ多重起動だぁっ！』

そして、俺の放った三発の雷が弾け、周囲を白い閃光が覆い尽くした。

暴れ狂う白い極雷が、凄まじい閃光を伴って結界の内部を蹂躙する。

昨年、フェルムスを倒した黒雷と白雷の同時攻撃に匹敵する、超破壊力がディアスに襲い掛かっていることだろう。

防御力に特段秀でているわけではないディアスに、これほどの魔術を防げるとは思えなかった。ディアスの能力的に、得意としているのは囮と暗殺。本来は、狭い闘技場で正面切って戦うような能力構成ではないのだ。

去年は制御を途中で手放したせいで結界を破壊する事態になってしまったが、今年は大丈夫だ。俺がしっかりと制御をしている。威力が無駄に拡散しない分、内部の破壊力はむしろこちらのほうが上

だろう。

ただ、そのせいで結界の外には逃げられない。ディメンションシフトを使い、爆風や衝撃を逃さねばならなかった。

バチバチという雷撃の弾ける音が鎮まり、白い閃光が収まっていく。

そして、舞台の上には倒れ伏すディアスの姿があった。全身が炭化し、見るからに虫の息だ。

「ぐ……やる、ね……」

そう呟いた直後、その体が輝きを放つ。何度も見たことがある、巻き戻しの光だ。

「かった……ズズ」

『ああ。さすがのディアスも、カンナカムイの直撃は耐えられなかったか』

ディアスの術中に嵌まりきる前に、なんとか勝利を得ることができたらしい。

喜びよりも、ディアスに勝てた安堵感の方が勝っているんだろう。

フランは肩の力を抜き、短く息を吐いた。

とりあえず怪我を治さんとな。ずっと鼻血を流しっぱなしというのも可愛くないし。再生阻害の効果はいつ頃切れるんだろうか？

フランが自分に回復魔術をかけ始めると、実況席からの大きな声が響き渡った。

『これは、もしかして勝負が決まったのでしょうかぁ！　何が起きているのか、分かりません！　白い雷が収まった直後、ディアス様が倒れているがぁ！』

なんだ？　勝利宣言じゃない？

「ぐぅっ！」

解説者の言葉に違和感を覚えた直後、フランが真横へと身を投げ出した。

「逃がさない、よ！」

『ディアス！』

なんでだ！　あっちに――。

『幻像か！』

倒れていたディアスは幻像であった。ご丁寧に時の揺り籠が発動したように見せかけて、俺たちの油断を誘ったのだ。高度な死んだふりである。

解説者には、時の揺り籠が発動していないのが分かっているのだろう。それなのに、闘技場ではディアスが時の揺り籠で復活したように見えたので、戸惑っていたのだ。

死んだように見せかけてフランの真横に移動したディアスが、逆手で持った短剣をフランの首めがけて突き出していた。

フランはその攻撃を食らう直前、ギリギリで察知して直撃を避けたのである。

だが、完全回避とはいかず、肩口から血が溢れ出していた。頸動脈が切り裂かれることはなんとか避けたが、肩の傷は結構深い。もしかしたら腱をやられたか？　腕の動きが少し鈍いのだ。

血を撒き散らしながらも、ディアスに向き直るフラン。

「ぐ……。さすがディアス」

「渾身の、一撃を躱しておいて、よく言う」

「その怪我のせいで、僅かに気配が漏れた」

「はは……。この程度の傷で、乱れるとは、僕も耄碌(もうろく)したもん……だ」

ディアスが自らの失敗を皮肉るように笑う。

だが、その怪我でまともに動けているほうが驚きだ。

ディアスの全身は黒く炭化し、所々がひび割れて血が溢れ出していた。先程、幻像で作った贋物の負っていたダメージは、本体の怪我を再現した物だったのだ。

この状態で意識を保ち、気配を殺してフランの真横まで気付かれずに近寄ってきたことが驚きである。

「最後、道具に頼るの、は申し訳ないけど……」

『ウルシ！　やれ！』

息も絶え絶えなディアスがどこからともなく取り出した水晶玉を見た瞬間、ゾッとするような存在感に気圧された。恐ろしいほどの魔力だけではなく、もっと違う危険が感じられたのだ。

俺は思わず、ウルシに指示を出す。範囲攻撃に巻き込む恐れがあったため、今回は切り札としてずっと温存してきたのだ。

「ガアアアア――？」

「はは、幻だよ」

武器だけは本物であったらしく、舞台に一本の短剣が転がった。

いつの間に！　さっき攻撃してきた時は、絶対に本物だったよな？　幻像に、フランを傷付けることなどできるか？　だが、いつ幻像にすり替わった？

待てよ、攻撃を仕掛けてきたのは幻像だったのか？　実体のある幻である幻像は、想像以上に脅力があったのかもしれない。

新たに現れたディアスも、同じように全身が炭化している。このダメージは本物なのか？

いや、今はそこを考えるな！　こうして相手を混乱させるのも、ディアスの狙いなのだ！

「暴風よ。全てを、滅せよ」

もう隠す必要もないのだろう。ディアスの持っている道具を鑑定できた。精霊の玉。そのまんまの名前だな。効果は、精霊の力を込めておくことで、一度だけその効果を発揮できる。

精霊を封印して使役するのではなく、精霊使いに頼んで、力を込めてもらうような道具であるらしい。

精霊の玉から緑色の光が溢れ出す。それを見て直感した。このままだと、確実に負ける！

圧倒的な精霊の気配があった。これはもしかして、大精霊級の力なんじゃないか？

そうか、クリムトの大精霊！　ディアスとクリムトは知り合いだったはずなのだ！　だとしたら本当にマズいぞ！

『ウルシ！　フランを守れ！』

「オン！」

『おおおおおおおおおぉぉぉぉ！』

ウルシがその巨体で壁となり、フランを庇う。俺は咄嗟に精霊の手を発動していた。この力であれば、精霊の力にも干渉できるはずなのだ。

以前一度使ったことで、俺は精霊の手の使い方を理解できている。いつも使っている念動によく似ていることも、俺にとっては幸運だったろう。

精霊の玉を精霊の手で包み、その力を押し込める。いや、だめだ。これは抑えきれない。精霊の手が吹き飛ばされそうになるのが分かった。

　ならば、力の流れを操作する。もっと深く、干渉できるはずだ。

〈一部、演算を肩代わりします。力の流れを、個体名・ディアスに向ける形で改変。個体名・師匠は力の制御に集中してください〉

『頼む！　アナウンスさん！』

　ディアスの顔が驚愕に歪むのが分かった。

「まさか、精霊魔術、まで……？　はは、短期間で、どれだけ……」

　直後、精霊の玉が閃光と轟音を放って大爆発を起こした。

　精霊の力の巻き起こす爆風が、俺たちにも吹き寄せる。

　威力の半分以上をディアスに向けたとはいえ、余波だけでも高位の暴風魔術に匹敵するだろう。

「うぐっ！」

「ガボッ！」

　踏ん張ることができずに吹き飛ばされたフランをウルシが追い、その体をクッションにして受け止める。

『よくやったぞウルシ！』

「オ、オブ……」

　ウルシが悶絶しているが、頑丈なウルシなら大丈夫だろう。

　そして、数秒間にも及ぶ大爆風が収まった後、そこには肉塊という表現以外が思いつかない、酷い状態のディアスが横たわっていた。

手足がもげ、装備品もボロボロだ。

そんな、原型を留めていなかったディアスの体が白く光るのが見える。

さっきの轍は踏まないようにと、未だに警戒を解かない俺たち。

周囲の気配を探る。

あのディアスは本物か？

だが、その警戒心を余所に、解説者の勝利宣言が闘技場に響き渡ったのであった。

『時の揺り籠が、発動しました！　今度こそ、間違いなく黒雷姫フランの勝利です！』

Side　レイドス王国の三人組

「凄まじい試合だったな。やっぱ、冒険者は警戒しないといけないね」

「そうっすね、姉御。あの爺さん、やばいっすよ。全く見えなかった……」

「ああ。あいつが暗殺者だったとしたら、侵入を防げる人間はうちの国にどれだけいる？　正面から戦うならともかく……。クリッカはどうだい？」

「隠形を見破ることができても、勝つことはできないでしょう。あの老人の凄まじいところは、あれだけの技能を持ちながら、正面からの戦闘でも決して弱くないところです」

「はぁ。他の冒険者たちも一筋縄じゃいかない奴らばかりだしね……。南と東を大人しくさせないといけないか？」

「はい。このまま両国の仲が悪化し、大規模な戦闘に発展した場合、我が国の被害が馬鹿になりません」

「しかし、公爵たちが諦めますかい？　下手したら内乱になっちまうんじゃ……」

「侵略されるよりも、そのほうがましだ。うちの国も、変わらなきゃいけない時期にきたんだろうよ」

「しかし……」

「ビスコット。お前さんが国を大事に思っていることは分かる。あんたは、前団長に可愛がられていたしね。だが、レイドスには光もあれば闇もある。それは分かるだろう？」

「そりゃあ……俺も生まれは研究所ですから。でも、オヤッさんが潰したでしょう？　他の場所も、いくつも潰して回って……」

「中央に近いものはな。だが、東にも南にも、下手したら西や北にだって、似た施設はあるかもしれないんだ。その可能性から目を逸らしていたら、取り返しのつかないことになるかもしれない」

「……うす」

「早く国に戻りたいところだが……。監視はどうだい？」

「あります。ただ、離れての監視ですし、風魔術も使っておりますので私たちの会話は絶対に聞かれていません」

「そこは心配してないよ。脱出するのは、決勝の直後がいいだろう。式典やら何やらで人手も取られるだろうしね？」

「実は、そのことに関し、一つお耳に入れたいことが」

「なんだい？」

「どうも、私たち以外にも、この町に密かに入り込んでコソコソと動いている勢力があるようです」

「本当かよ？　てか、どうやって調べたんだ？　俺たち、監視されてるんだろ？　大っぴらに動けないんじゃないのか？　そのせいで酒場にもいけないんだぜ？」

「はぁ。あんた、酒を覚えたばかりなのにもう完全に呑兵衛だね」

「いやぁ。中はともかく、体はもうオッサンですからねぇ。オヤッさんたちが仕事の後に酒酒うるさかった意味が、ようやく分かったってことっすよ」

「この町にいる間はあたしの酌で我慢しておきな。で、クリッカ、どこからの情報だい？」

「例の彼からの情報ですね。この時点で裏切るメリットがない以上、間違いはないと思います。傭兵というのは、契約を重視しますしね」

「なるほど。アイツからの情報か。なら信頼できるか……。となると、そいつらの動き次第では逃げ出すタイミングが変わるかもねぇ」

「はい。最悪、バルボラから船を使うのではなく、北上して国境を抜ける方法も想定しておかなくては」

「大丈夫なのかよ？　フィリアースの勢力圏は厳しいだろ？」

「実家の商人を使えばなんとかなるわ。国外で活動している、数少ない組織だもの」

「いや、お前の家を巻き込むのはできるだけ控えたい。うちの支援者の一つだしね」

「ですが、父も母もシビュラ様のお力になれるのであれば、商路の一つや二つ放棄する覚悟はできております」

「ダメだ。長年行方不明だったお前を実の娘だと即座に見破り、跡取りとして迎え入れるとまで言い切ってくれた人たちだよ？　迷惑はかけられん」

「そうそう。俺たちみたいな研究施設産まれと違って、ちゃんとした親がいるなんて有り難いもんだぜ？　大事にしてやれよ」

「馬鹿のくせに……」

「くく、今回はビスコットの言う通りだよ」

「今回はってなんすか！」

「……ありがとうございます」

「なに。最悪、赤の封印を解けば——赤の剣を使えばいい。お前たち二人とアイツくらいなら、背に乗せて運んでやるさ」

「お？　そりゃあ楽しそうだ！」

「だろ？」

「……それは本当に最後の手段です。ですから、絶対に早まらないでくださいませ」

「分かってる分かってる」

「何度、その言葉に騙されたことか……」

「あっはっは。今度はマジだよ」

「……絶対にですよ？」

Side ????

「ひひひひ。そろそろこの町のお祭り騒ぎも終わってしまいますが……。そっちの進み具合はどうなのです？」

「うむ。ターゲット候補に挙がっていたのは、ギルドマスターのディアスに、獣人のまとめ役であるウィジャット・オーレル。元ランクA冒険者のフェルムス。それに、ランクS冒険者のデミトリス。この四名だったが……」

「絞れたのですか？」

「オーレルとデミトリスだ。やつらを狙う」

「それはそれは！　なんとランクS冒険者に手を出しますか！」

「ああ。この二人にはそれぞれ孫がいる」

「人質に取りやすいというわけですね？」

「そうだ。オーレルは戦闘力だけではなく、その知識も役に立つはずだ。そしてデミトリス。奴をこちらに引き込めれば、一国を手に入れたのと同等の価値がある」

「それは分かりますがねぇ。どちらにも強力な護衛が付いているでしょう？　特にデミトリスの孫ともなれば、相当な手練れが守っていると思いますが？」

「分かっている」

「ああ、私はシャルス王国の者たちへと掛かりきりになりますから、そちらを手助けはできませんよ？」

「アル・アジフがおれば、護衛程度どうとでもなる」

「おや？　そのアル・アジフ殿がおられぬようですが？」

「……気にするな。あやつとて、作戦開始前には戻ってくる……はずだ」

「だ、大丈夫だ！」

「大丈夫なのですよね？」

「それに、我が主から、戦力を借りてきておる。他にもこの町で揃えた戦力もあるからな。それを使う予定だ」

「ほう？　どのような戦力なのか、聞いても？」

「ひとつは、拉致した冒険者どもを死霊化した兵士たち。貴様の薬が役に立ったぞ？」

「ああ、あの薬ですか。死霊薬などと、珍しい薬を要求するとは思いましたが……。本当に生きたまま死霊化させることができるのですね」

「簡易的な儀式だったため、生前よりも大分性能は下がってしまうがな」

「それでも、肉壁くらいには使えるでしょう？」

「うむ。それと、少々イレギュラーではあるが、本来の町にはいない者たちの姿を見かけた」

「どういう意味です？」

「赤騎士どもだ。奴らは普段、レイドス王国から出ることなどあり得ん。自分たちこそ国の守護者などと思い上がっておるからな。そんな者たちが、何故かこの町にいる。仲良しこよしというわけではないが、同じ国の所属。要請すれば力を貸すだろう。あの戦力があれば、正面からでもこの町を落とせるやもしれん」

「ほほう？　それは興味深い。レイドス王国の秘密戦力というわけですな！　ですが、確証がない戦力を当てにするのは少々確実性に欠けるのでは？」

「分かっている。主力は別に用意しておるさ。元ランクC冒険者のグールたちだ。我らのように理性は残しておらんが、主が手ずから生み出しただけあり戦闘力は十分に高い」

「ひひひ。それは面白そうだ。それにしても、こうやって話していても不思議ですねぇ。アンデッドのあなたに理性が残っているのですから」

「我が主と、聖母様の力の賜物よ。デミトリスもオーレルも、アンデッドとなってしまえばあの方々の忠実な僕となる」

「ひひひひひ！　ランクS冒険者のアンデッドなんて、きっと凄まじい性能なのでしょうねぇ！　今から楽しみだ！」

「決行は明後日。オーレル、デミトリスが揃う閉会式。そこを狙う」

「了解しました。では、シャルス王国の方々への投薬量を調整するとしますか……」

「分かっていると思うが、シャルス王国にはまだまだ使い道はある。今回は、ただ騒ぎを起こさせるだけでいいからな？」

「分かっておりますよ。あなた方の国にとって、シャルス王国はいい場所に位置していますからねぇ。クランゼル王国を南北から挟撃も可能となれば、戦略の幅もかなり広がる。ここで使い捨てるには勿体ない」

「そうだ。彼の国の王は側近の言いなりよ。そいつが進言すれば、長年の仇敵とも手を組んでしまうほどに。それが、我らの送り込んだ工作員とも知らずなぁ。フィリアース、シードランでの工作は失敗したが、シャルス王国を引き込めたのであれば十分よ。やりようはいくらでもある」

「ですが、シャルス王国の貴族たちの中には、かなり不満を溜めている者もいるようですよ？　今回派遣された者たちの中にも、側近の傀儡となっている国王の指示に懐疑的な、まともな者たちがおりますしねぇ」

「そいつらをここで始末するのも、お前の仕事だ」

「承知しておりますよぉ」

「作戦決行までに準備を済ませておけ」

「試してみたい毒が色々とあるのですよねぇ。どれを使いましょうか」

「シャルス王国の者たちを使っての陽動作戦も忘れるなよ？」

「そちらも分かっておりますよ。しかし、デミトリスにオーレルですかぁ！　これは楽しいことになりそうですねぇ……ひひひひ！」

*

「ディアス」

「ああ、フラン君」

ベッドから身を起こしたディアスが、笑顔でフランを出迎えた。

その顔には裏表がないように思えるが、どうなんだろうか？

「傷は大丈夫かい？」

「ん。もう治った」

「そうか。それは良かった」

敗者のディアスが、勝者であるフランの体調を心配する。

あべこべの光景だが、時の揺り籠によって敗者が完全回復するこの大会においては、おかしい姿ではなかった。

いや、フランの傷ももう完全に癒えているけどね。ディアスの魔剣の持つ再生阻害効果は数分で切れてしまうらしい。試合終了後、すぐに再生が始まっていたのだ。

特に鼻の傷が治ってよかった。今後、ああいった治癒を妨害するような能力に対抗する力も、必要になるかもしれない。

アナウンスさん曰く、生命魔術のレベルを上げれば阻害を打ち消すような術も手に入るそうだ。取得しておくべきかもしれない。

それに合わせて、もう一つ気になっていたことがある。

『なあ、ディメンションシフトを無視してダメージを与えてきたのは、魔道具かなにかの効果か？ディアスが教えたくなければいいんだが……』

「別に構わないよ師匠君。あれは、僕のスキルの効果さ」

『スキル？』

ディアスのスキルに、時空系のスキルはなかったと思うんだが？

「僕を鑑定してみなよ」

『あ、ああ』

名称：ディアス　年齢：71歳
種族：人間
職業：幻奇術士
Lv：76／99
生命：239　魔力：670　腕力：122　敏捷：290
スキル：足裏感覚4、威圧4、隠蔽7、隠密8、解体8、格闘技3、格闘術4、感知妨害7、鑑定察知8、希薄化7、奇術8、急所看破4、宮廷作法6、気配察知8、気配遮断7、幻影魔術10、幻像魔術6、混乱耐性4、弱点看破10、瞬発8、消音行動3、状態異常耐性5、短剣技7、短剣術7、土魔術3、手品10、投擲7、毒魔術4、火魔術3、魔力吸収2、魔術耐性3、魔力感知6、魅了耐性4、木工4、遊戯7、罠解除4、罠感知8、罠作成7、気力操作、痛覚鈍化、不屈、分割思考、魔力操作
ユニークスキル：技能忘却7
固有スキル：思考誘導8、視線誘導8
称号：幻影術師、トリックスター、凡人の壁を乗り越えし者
装備：竜牙の短剣、竜鱗のスーツ、速足の靴、奇術師の指輪

お言葉に甘えてディアスを鑑定させてもらうが、やはり目立つスキルはない。

『鑑定妨害で隠してるのか？』

「いやいや、そうじゃない。奇術というスキルさ」

『はあ？　奇術？』

「ああ。このスキルのレベルを上げると、僅かに時空系の能力が身につくんだ。手元から手元への転移や、体の一部分を透過させるといった、本当に弱い効果しかないけどね」

奇術って、そういうことまでできるの？　ただの手品の延長線上のスキルというだけではなく、魔力を使って奇跡を起こすスキルであるらしかった。その奇術を利用することで、対時空魔術用の攻撃も可能になるらしい。

俺がそうしてディアスと喋っている間、フランはずっと黙ったままだった。やや俯き加減で、俺たちの話を聞いている。

そして、会話が一段落付いたところで、意を決したように顔を上げた。ディアスの目を真っすぐ見つめ、口を開く。

「……怒ってる？」

ディアスがずっと捜していた女性、キアラ。その仇(かたき)とも言える男、ゼロスリード。

フランはそのゼロスリードを見つけていながら、ディアスにその情報を教えることを拒否した。

その結果、武闘大会での勝敗で賭けをすることになり、勝ったことでディアスに情報を教える必要はなくなったのだが……。

フランはスッキリしないんだろう。

しかし、負けたはずのディアスは、スッキリとした顔をしている。

「はは、そんなわけないさ。自分でも不思議なくらいに、気分がいいんだ」

「……そう」

穏やかな声でそう告げるディアスが、ベッドの上に正座をする。神妙な表情だ。

「賭けは君の勝ちだ。もう僕がゼロスリードに復讐することはない」

そして、土下座するようにフランに対して頭を下げる。

「フラン君、僕に勝ってくれてありがとう」

数秒間下げられていたその顔が再び上がった時、そこには晴れ晴れとした笑顔があった。

「僕は、本気で勝ちに行った。そして、君に負けた」

「ん」

それは分かる。ディアスに手加減している様子は全くなかった。

「本当は、もっと悔しがるべきなのかもしれない。でもね、何故か、全くそんな気持ちは湧かないんだよ……」

「なんで？」

「さあ？　なんでだろうね？　僕にも……自分でもよく分からないよ。ただ、解放感みたいなものはあるかな？」

前獣王への恨みや、キアラを守れなかったことへの悔恨を抱えながら、何十年も生きてきたんだ。その想いが多少なりとも晴れたのであれば、解放感があって当然だろう。重石のようなものが取れた

ってことなのかもしれない。

「僕の記憶の中のキアラは、ずっとしかめっ面だった。彼女は、いつも戦っていたからね。でも、今は笑ってくれている気がするんだ。優しい顔でね」

ディアスはそう言って、優しい顔で微笑んだ。

「……さあ、もう行くといい。次の試合が始まってしまうよ？　君の次の対戦相手になるんだ。見ておかないと」

「ん。分かった。でも、ディアスはいいの？　ディアスも、負けたほうと三位決定戦」

「僕は大丈夫だよ。ギルマスとしての仕事もあるからね」

そう笑って、ディアスはフランを送り出した。今は人手が足りていないし、ディアスもゆっくりとはしていられないんだろうな。

客席に向かって歩きながら、フランがポツリとつぶやく。

「ディアス、笑ってた」

『だな』

「……よかった」

『ああ』

その「よかった」は、色々なことに対するよかったなのだろう。ディアスに嫌われなくて。ディアスが解放されて。ディアスとの賭けに勝てて。ディアスが笑っていて。

俺にとっては、フランにとって悪い結果にならなくて。

『さあ、客席に急ぐぞ。次の試合は絶対に見逃せないからな』

「ん」

『席があるといいんだが……』

ヒルトＶＳナイトハルト。フランやディアスがいなければ、決勝戦であってもおかしくはない組み合わせだ。

俺たちが客席に姿を現すと、周囲からの視線が突き刺さる。敵意ではなく、好奇心が強いだろう。まあ、この町の冒険者ギルドのマスターであるディアスに勝ったからな。今や時の人と言っても過言ではなかった。

何やら牽制し合っているようで、話しかけてくる者はいない。この後、対戦相手の試合を見なくてはならないと分かっているんだろう。観客も毎年大会を見ている、玄人ばかりなのだ。

そんな中、声をあげる勇者がいた。

「お姉様！　こちらです！」

「ケイトリー」

なんと、ケイトリーがフランの為に最前列の席を確保してくれていたらしい。隣にいた使用人を立たせて、その席を譲ってくれる。

ここは有り難く譲ってもらうとしよう。遠慮しても、席がゲットできるわけじゃないからな。

試合はまだ始まっていない。俺たちがメチャクチャにした舞台の修復に時間がかかったからだ。

今、ヒルトが闘技場に姿を現したところであった。ジャストタイミングであろう。

『すぐに始まるぞ』

「ん！」

フランが急いで客席に座った直後、解説者の声が響き渡った。

『デミトリス流の正統後継者！　穿拳のヒルトーリアの登場だ！　まだまだその実力の全ては発揮していないことは明白です！　この試合では、デミトリス流の奥義を見ることはできるのでしょうか！』

解説者の言う通り、ここまでの戦いでヒルトはデミトリス流の技をほとんど使っていない。魔力放出を使ってはいたが、その程度だろう。

だが、この試合でも手の内を隠し続けることは不可能なはずだ。どんな技を見せてくれるのか、楽しみである。

相変わらず、その視線はこちらを向いていた。

『睨んでるなぁ』

「ん」

ランクA冒険者のガン飛ばしも、フランにとってはご褒美だ。ワクワクした様子で、見つめ返している。

とは言え、次の相手がヒルトに決まっているわけではない。

「僕との楽しい一時の前に、違う人間を見つめられてしまいますと、少し嫉妬してしまいますね」

ナイトハルトが姿を現した。相変わらず歯の浮くようなセリフだが、嫌みにならないのは得だよな。

あのカマキリヘッドでなぜなんだ？

ヒルトの鋭い視線がナイトハルトを向く。

いくらヒルトが強いと言っても、ナイトハルトに勝つのは容易ではないだろう。それどころか、番狂わせも十分に有り得た。

「……キザな男も、蟲も嫌いよ」

「それは失礼しました。ですが、私はあなたにとても興味があるのです。最強の後継がどれほどのものなのか……」

「ふぅん」

視線だけではなく、その興味自体がナイトハルトに移るのが分かった。本人を目の前にして、その強さを改めて感じ取ったのだろう。

ナイトハルトはフェルムス戦と同じような、ピリピリとした雰囲気を放っている。

『さあ！　瞬刃のナイトハルトも登場しました！　元ランクA冒険者さえ斬って落としたその剣の冴えは、今日も健在かぁ！』

ナイトハルトに瞬刃という異名が付いたらしい。かなり活躍したから、それも当然だろう。

だが、俺は別のことが気になっていた。

『ナイトハルトの鎧が違うな』

前の試合まで装備していた鎧ではなくなっていたのだ。フェルムス戦で身に着けていたのは、傭兵団の紋章が彫り込まれたオリハルコンの軽鎧だった。

だが今は、装飾の少ないアダマンタイト製の鎧である。性能的には前の鎧のほうがかなり良かったはずだが、壊れてしまったのだろうか？

時の揺り籠が巻き戻すのは死亡した選手の時間だけで、勝者の時間は戻らない。そのため、勝者の武具が破損してしまい、次戦で使えなくなるということも十分に有り得た。

去年の対フラン戦でアマンダが天龍髭の魔鞭を壊してしまい、その後は代替の鞭を使うしかなかったのも、そのせいである。

「すぐに楽しいだなんて言っていられなくなるわ」

「ふふふ。それは楽しみだ」

「ふん」

ヒルトとナイトハルトが、開始前から構えを取る。それが必要な相手であると、両者ともに理解したのだ。

ヒルトは左拳を軽く突き出し、右腕を畳むように体に密着させている。アウトボクサーのような構えだ。

ナイトハルトは双剣を抜き放ち、眼前で切先を僅かに交差させる。あまり見ない構えだが、何か考えがあるんだろう。あえて隙を晒すことで、駆け引きをしているのかもしれない。

試合前から火花を散らす二人とは別に、観客席ではフランとウルシが睨み合っていた。

フランがグッと拳を握りしめて宣言する。

「……ヒルトが勝つ」

「オフ！」

対するウルシは、前回も見せた手首をクニッと曲げる蟷螂ポーズだ。

前の試合では予想を外したフランと、ナイトハルトの勝利を主張していたウルシの、第二回戦である。

フランはヒルト。ウルシは今回もナイトハルトの勝利を予想していた。

さて、どうなるだろうな？

『会場も舞台上も、ボルテージは最高潮となってまいりました！　この雰囲気を壊さぬうちに、始めると致しましょう！　準決勝、第二試合！　始めぇぇぇぇ！』

オオォォォォン！

試合開始の合図が下されたその瞬間、凄まじい音が闘技場内に響き渡った。

開始と同時に攻撃を仕掛けた両者の武器が、舞台中央でぶつかり合ったのだ。衝撃波が発生し、両者の前髪や服を揺らす。

「なかなか力が強いわねっ……！」

「そちらも……！」

ヒルトのナックルダスターと、ナイトハルトの剣が拮抗し、互いを押しのけようとしているのが分かる。

最初は互角の力比べに見えたが、すぐにそのバランスが崩れ始めた。ヒルトがナイトハルトを押し始めたのだ。

小柄で、ステータスでもナイトハルトにかなり劣るヒルト。これは種族差もあるし、仕方がないだろう。

だが、スキル面ではヒルトが遥かに有利であった。

剛力の上位スキルである怪力を高レベルで所持しているうえに、気を纏うことでさらに腕力を底上げしている。

一瞬の押し合いの後、二人が同時に距離を取った。

「腕力では負けそうだ」

「そう言う割には、涼しい顔ね？　まあ、蟲の表情なんてわからないけど」

「少し悔しいよ？　でも、力が強い者が勝つわけじゃないからね？」

「そうかしら？」

「ああ。力を軽視するわけじゃないけど、他にも重要なものがあるだろう？　例えば――速さとか！」

　そう言った瞬間、ナイトハルトの姿が消えた。俺たちであっても気を抜けば見失いかねない速度は、まるで瞬間移動をしているかのようだ。だが、ヒルトは明らかに見えているようだった。

　ギギィィイン！

「やるね！　まさか拳で正面から迎撃されるとは思ってなかった！」

「そっちこそ、速いわね！　でも、思ったほどじゃないわ！」

　一瞬で神速に達することができるナイトハルトも、それを見切って受けてみせたヒルトも、どちらも凄まじい。

　あのフランが手に持った串焼きを食べるのも忘れるほど、興奮しているようだ。前のめりになって、試合場を見つめていた。

『改めて、どっちも強いな』

「ん！」

　ヒルトとナイトハルトの準決勝は、開始直後の力比べから一転し、足を使っての高速戦に変化していた。

「しゃぁ！」
「甘いわよ！」
「そちらこそ！」

一般観客では何が起きているのか理解できないほどの速度で駆けるナイトハルトは、小回りも十分に利くらしい。

有り得ない間合いから一瞬で距離を詰め、一撃入れた直後には間合いを大きく離す。真正面にいたかと思えば、背後から斬りかかる。

舞台上全方向から、ヒルトに攻撃を仕掛け続けていた。

だが、ヒルトも一方的に攻撃され続けているわけではない。ナイトハルトにはやや遅れるものの、こちらも超高速で動きながら、デミトリス流の受け技を使って危なげなく攻撃を捌き続けている。しかも、時おりカウンターでナイトハルトにダメージを与え返してさえいた。軽く見えるヒルトの拳がナイトハルトに当たる度、硬い物同士がぶつかる音が鳴り響く。

被弾回数は圧倒的にヒルトのほうが多いが、一撃の被ダメージは浸透剄（しんとうけい）を食らうナイトハルトのほうが大きいだろう。総合的な消耗具合はほとんど変わらないように思えた。

ただ、体力は蟲人であるナイトハルトに軍配が上がるはずだ。このままでは、少しずつヒルトが不利になっていくだろう。

ヒルトがそれを理解していないはずがなかった。

突如、ヒルトの動きが変化する。それまでの腰をどっしりと落とした防御主体の構えを捨て、前に出たのだ。

被弾覚悟で攻撃を当てに行った？　ナイトハルトも俺と同じように考えたらしい。突っ込んでくるヒルトの無防備な胴体と顔を狙い、双剣を突き出す。

だが、その剣がヒルトに当たることはなかった。

「なにっ？」

双剣が何もない空間で突如弾かれたように軌道を変え、ヒルトの体を逸れていったのだ。力の流れが乱れ、ナイトハルトの動きに僅かな乱れが生じた。前のめりになって、一瞬たたらを踏んだような状態になったのである。

ヒルトがその一瞬を見逃すはずもない。

「はぁぁぁぁ！」

ここまで聞こえるほどの強い息吹と共に、両腕を引いて構える。

瞬時に攻撃から防御へと頭を切り替え、回避行動に移ろうとしたナイトハルトだったが、何故か後ろに飛ぶことができなかった。

「くっ……！」

ナイトハルトの両腕は、見えない何かに掴まれているようだ。宙に固定されたように動かない。

「せい！　せい！　せりゃぁぁぁ！」

「ぎぎっ！」

直後、その体がヒルトの拳によって数度に亘って僅かに跳ね上がった。

カマキリヘッドからは、硬いものが擦り合わされるような甲高い音が発せられる。口の牙が擦れ合わさり、異音が鳴ったようだった。

「がはっ……！」

観客の中に混じる冒険者たちが、ナイトハルトの不可解な挙動を見て騒めいている。だが、俺たちには何が起きたのか分かっていた。

『去年、コルベルトが使ったのと同じ技だ。たしか、デミトリス流武技・阿修羅』

（あれは、強かった）

『しかも、ヒルトの使う技は、発動前も後も隠形が完璧だ』

魔力の腕を四本生み出し、手数を増やす技である。しかも、身体能力上昇の効果もあるらしかった。

魔力の腕二本で双剣を防ぎ、残り二本でナイトハルトの腕をホールドして逃げられないようにしたのだろう。

コルベルトの場合は魔力の腕が見えていたが、ヒルトの場合は肉眼でその存在を見破ることは非常に困難だった。限りなく透明なのだ。

溜めが必要だったコルベルトと違い、発動が非常に早い点も凄い。しかも、発動するまで魔力の流れが読めなかったのだ。

その結果、俺やナイトハルトのように魔力感知を使用していても、使われてからようやく気付くことしかできなかった。

もっと集中して探れば予備動作の察知もできるだろうが、激しい戦闘中に感知だけに集中するのは難しいだろう。

『あれは、要注意だな』

（ん）

『さて、ナイトハルトはどう対処するのか』

俺たちならば転移が基本となるだろう。

少しわくわくしながらナイトハルトの対処方法を観察していると、驚いたことにあっさりと双剣を手放していた。さらに、追撃を食らいながらも両腕に魔力を集中させ、腕力任せに阿修羅を振り解く。

ヒルトほどの達人が生み出した魔力腕であっても、ナイトハルトの膂力を前にしては力負けしてしまうらしい。

口から青緑色の体液を吐き出しながらも、ナイトハルトが一気に距離を取る。

「ご、が……！」

無理やり神速で駆けたからか、内臓に負荷がかかっているんだろう。

舞台を削る様にブレーキをかけながら、舞台の縁で動きを止めるナイトハルト。

ヒルトはそれを追わなかった。ダメージがあっても、韋駄天を発動中のナイトハルトに追いつくことは難しいからだろう。

あの速さで逃げに徹された場合、かなり厄介である。

まあ、その間にもヒルトが静かに気を練り上げ、次の技の準備をしているのが分かった。

「さっき、感触が変だったわ。もしかして、体の中も普通の人間と違うの？」

「さあ、どう……かな？」

なるほど。追わなかったのには、ナイトハルトの肉体の異質さを感じ取ったという理由もあるのだろう。

いつの間にか蟲化を発動し、体を変化させていたのだ。あの青緑色の体液も、そのせいだろう。以前、彼の血は赤かったはずだからな。

その結果、人間の急所に打ち込まれたはずのヒルトの連撃が、思ったほどの効果を上げなかったらしい。

「まあ、いいわ。全部破壊すれば、変わらないもの」

ヒルトが、手をまっすぐ前に伸ばした。ナックルダスターが変形し、手の甲に装着されるような姿になっている。自由になった五指は開かれ――。

「空握」

力強く閉じられる。

「っ！」

その瞬間、ナイトハルトが横に飛んだ。

どうやらヒルトからなんらかの攻撃が放たれ、それをギリギリで回避したらしい。

(今の、ヒルトの攻撃？　魔力がなんか変だった)

『多分、阿修羅とかの応用だろうな。遠隔で一瞬だけ魔力の手を生み出して、それで攻撃したんだ』

空握って名前から想像すると、魔力の手で握りつぶすような攻撃なんだろう。握力によってダメージもあるうえに、相手の動きも阻害することができる。

ヒルトの師匠、デミトリスの異名である『不動』は、この辺から来ているのかもしれない。空握のような技を連続で放ち続けるのであれば、その場から動かずに敵を殲滅できるだろう。

実際、舞台上ではヒルトが両手を使って、空握を連続で放っていた。

それを、ナイトハルトが迎え撃っている。回避しつつ、自らの拳で迎撃もしているようだ。ナイトハルトの凄いところは、事前に全ての空握を察知できているところだろう。

俺やフランであっても、かなり集中せねば魔力の流れを見破ることは難しい。この戦闘中に、全てを察知してのけるには、想像を絶する感覚の鋭さが必要であった。

蟲化のおかげで、そういった感覚も強化されているとか？　それは有り得そうだ。

「さすがにやりますねぇ！」

「これを避け続けるあなたもねっ！」

序盤の、ナイトハルトが攻めまくる展開とは正反対の、ヒルトの猛攻が続く。

さて、このまま終わるとは思えないが、次はどちらが動くのだろうか？

「む」

『ナイトハルトの腕に魔力が集まってるな！』

見えない攻撃を回避しながら、あれ程の魔力操作を可能とするとは。

「しゃあぁぁ！」

叫び声を上げたナイトハルトの両腕が、五秒と掛からず大きく姿を変える。

それは、鎌だった。二の腕から先が、巨大な蟷螂のモノへと変化したのだ。ダラリと垂らせば、地面に余裕で触れるほどの長さがあるだろう。

しかも、自然界に存在する蟷螂に比べ、その造形はより凶悪だった。短く太い棘のような物が全体に生え、刃側は非常に鋭利で、まるで尖ったナイフが無数に連なっているように思える。

陽の光を反射してギラリと輝く緑の甲殻は、その鎌が金属の如く硬いであろうことを窺わせた。

やはり、蟲化で変化させられるのは、体内だけではなかったらしい。

ナイトハルトが自らの両鎌に魔力を纏わせると、連続で振り回す。一見すると闇雲に周囲を攻撃したように見えたが、そうではない。

どうやらヒルトの空握を察知し、攻撃される前に迎撃したようだ。さらに、その動作は攻撃にも繋がっていた。

腕から、魔力の刃が射出され、ヒルトに襲い掛かったのだ。

「ちっ」

攻撃を回避するために、ヒルトもその場から動かざるを得ない。ステップを刻んでナイトハルトの飛ぶ刃を回避しながら、ヒルトはそれでも空握を放つことは止めなかった。

両者ともに高速で足を運びながら、両手を使っての遠距離攻撃を飛ばし続ける。

空握は目に見えないのでナイトハルトが一方的に攻撃しているように見えるが、分かる者には両者のヒリヒリとした攻防が理解できていた。

空握の衝撃でナイトハルトの体が傾ぎ、魔力刃でヒルトの髪が数本舞い落ちる。数ミリ回避が遅れていれば、大ダメージを食らっている攻撃ばかりだ。

一時、互いに遠距離攻撃を打ち合う展開となったが、十数秒後には同時に攻撃を止めてしまう。

両者ともに、このままチマチマと攻撃し合っていても埒が明かないと理解したのだろう。

舞台の端と端から、視線をぶつけ合う両者。

一瞬の静寂の後、観客席から爆発が起きたかのような大歓声が起こる。

『す、凄まじい！　あまりにも速く！　我々には全てを捉えきれない！　ですが、とてつもない攻防が行われていたことは分かった～！　当初、デミトリス流後継者にしてランクA冒険者であるヒルトーリアが有利かと思われていましたが、傭兵団の団長である瞬刃のナイトハルトも負けていない！』

解説者の叫びの後、ナイトハルトが呟く。

「ふぅ。もう団長じゃないんだけどな」

「へぇ？　クビになったのかしら？」

「ははは、一応自分の意思かな。本当はこの大会に出る前に辞めたかったんだけど、皆が大反対してね。それでも、無理やり退任してきたんだ。昨日、全員の了承が得られたって連絡がきたから、晴れて僕はフリーランスの傭兵というわけさ」

その声は歓声にかき消されてしまい、観客には聞こえていないだろう。俺だから拾えている。

しかし、もう団長じゃない？

『ナイトハルトが、傭兵団の団長を辞めたとか言ってるな』

（？　なんで？）

『そこはよく分からん』

（ふーん）

俺たちと同じことをヒルトも考えたらしく、ナイトハルトに聞き返している。

「なぜ？　大会に出場するために、引退する必要はないと思うけど？」

「まあ、僕もいい齢だから。後進に席を譲らないといけないということだよ」

「いい心がけね」

デミトリスに後継者として鍛えられているヒルトは、ナイトハルトの言葉に思うところがあるのだろう。やや苦悩するような表情で、そう呟く。

一見すると世間話に花を咲かせているようだが、当然それだけなはずがない。

互いに隙を狙いながら、力を溜めていることが分かる。

「これ以上は、少々粗野になってしまうから、使いたくはないんだけどね……。仕方ない」

最初に動いたのはナイトハルトだった。

呟きから数秒、その背中がボゴリと盛り上がる。そして、衣服を突き破って大きなナニかが姿を現していた。

下に膨れた半月状の形をしており、頭部と同じ緑色の物が一対に、美しく透明なものが一対だ。

それは翅であった。昆虫の――カマキリの翅にそっくりだ。前のオリハルコンの鎧もそうだったが、この翅を生やす際に邪魔にならないように、背中が大きく空いているらしい。

さらに、首や鎧の隙間から見える胴体も、緑色の甲殻に覆われるのが見えた。下半身も大きく肥大化し、ゆったりサイズだったはずのズボンがパンパンに膨れ上がる。人の形状は保っているようだが、筋力は大きく増しただろう。

だが、一番の違いはその雰囲気だ。威圧感がただ増しただけではない。その身から放たれる鋭い殺気に混じって、明らかに獲物を前にした飢餓感のようなものが発せられていた。

それこそ、舌なめずりをする残虐な魔獣のような、暴力的な気配を纏っている。

「ギイィ……シャァアアァァァァ！」

「っ！」

まるで理性のない魔獣のような咆哮に、ヒルトが一瞬驚いた表情を浮かべた。紳士然としていたナイトハルトと、人間性よりも獣性が勝っている今の姿のギャップに困惑したのだろう。

観客も、その変貌ぶりに息を呑む。

静寂が闘技場を包んだその直後、ヒルトが結界に叩きつけられていた。

ナイトハルトがいつの間にかヒルトに接近し、その鎌で攻撃を仕掛けていたのだ。

速いという表現では足らないほどの、凄まじい移動速度だった。見ている者たちが気付いた時には、舞台の端から端へと移動していたのだ。

ナイトハルトの速度は、完全に蟲化したことで、俺やフランでさえも捉えきれないほどの領域に達していた。

「がはっ……」

ヒルトの左手が宙を舞っている。一方的に攻撃されたように見えるが、そうではない。あのナイトハルトの攻撃であれば、無防備な相手を一刀両断できるはずだ。

それが左腕だけで済んでいるということは、僅かながらに反応したということである。

しかし、そのことに驚く様子もなく、再びナイトハルトが動いた。瞬間移動したようにヒルトの真ん前に現れると、両手を繰り出す。

ヒルトは動かない。

今度こそ決まるのか？

いや、ヒルトは反応できていないわけではなかった。

「ギシィィッ！」

ナイトハルトがなんの前触れもなく、後方に弾け跳んだ。なんと、ナイトハルトの異次元レベルの速さに対し、気によるカウンターを当てやがったのだ。

ナイトハルトの動きを予測していたのだろう。

だが、ナイトハルトの攻撃を完璧に潰すことはできなかった。両鎌の先端が、ヒルトの肩口を抉っていたのか、大量の血が溢れ出す。

対するナイトハルトは、即座に翅の勢いを使って跳ね起きた。

「ギギ……ギイィィィアァァァァ！」

怒りの咆哮を上げ、その複眼でヒルトを睨みつける。

ナイトハルトの胸部には、深い穴が穿たれていた。アダマンタイトの鎧が貫かれ、その下の甲殻が陥没している。だが、それを気にする様子はない。

「蟲に痛覚はないということ？　なら、動かなくなるまですり潰せばいい」

左手を失い、血も多く流した。それでも、ヒルトに弱気になる様子はなかった。それどころか、不敵に笑ってさえいる。

自身の勝利を疑っていないのだ。自身の全てを出し尽くして叩きつければ勝てると、信じているのだ。

「はぁぁぁぁぁ！」

ヒルトの体内で、急速に魔力が練り上げられていくのが分かる。その強大さに、客席にいる魔術師たちが驚いて声を上げていた。

「デミトリス流奥義・天！」

そう叫んだヒルトの全身を凄まじい量の気が包み込んだ。まるで、気を圧縮して物質化した鎧を着込んでいるかのような姿である。

防御用の能力なのか？　そう思ったら違っていた。

「ギィィィィ！」

「はぁぁぁぁぁ！」

なんと、ナイトハルトに近い速度で動いて見せたのだ。

俺たちですら、全ては見えていない。それでも、感じることはできた。

デミトリス流の奥義は、身体能力全てを何倍にも跳ね上げる技であるようだ。

ナイトハルトの動きは、正直言って俺たちでも理解できないレベルにある。閃華迅雷を使用するフランをさらに超える速度。翅を使うことで可能となる急制動と急加速に、高速飛行。

もしあの場にいるのが俺たちで、なんの対策も無ければ、すでに敗北している可能性がある。いや、最初の一撃で負けている可能性が高いだろう。

そんなナイトハルトに対し、ヒルトの動きも負けていなかった。直線の速度はやや劣るだろう。しかし、その旋回速度や、敏捷性が異常だ。

どうやっているのか分からないが、翅を使ってトリッキーな動きを見せるナイトハルトに完璧に対応し、時にはそれ以上の不可思議な緩急自在の動きでフェイントまで仕掛けていた。

両者の攻防は激しさを増し、結界の内部を影が飛び回り、時おり姿を見せるかと思えば、再び眼では追えない次元の速度で動き回る。

ヒルトは腕を一本失っているにもかかわらず、手数で負けていなかった。拳だけではなく、蹴りの鋭さも尋常ではなかったのだ。

両者の攻撃時に放たれる衝撃によって、轟音が鳴り響き、舞台が破壊されていく。

超人同士の異次元領域の戦闘は、それから二分近く続いただろう。だが、その戦いに終わりが唐突に訪れた。

「ぐ……っ！」

先に、ヒルトに限界が訪れたのである。

全身を覆っていた気の鎧が消え、その場に仰向けで倒れてしまう。足の骨が折れているようだ。

延々と続く高速機動による負荷と、無理に使用していた蹴り技に、足が耐えきれなかったらしい。即座に立ち上がれる様子もなかった。

対するナイトハルトも、かなり消耗している様子だ。

自身の速度に耐え切れず、翅がボロボロである。あと十秒もあれば、先に動けなくなるのはナイトハルトであったかもしれない。

「ギギ……」

ナイトハルトがヒルトの前に移動すると、双鎌を振り上げる。その瞬間、元のナイトハルトのような落ち着いた気配を纏っているように感じられた。

理性を失っているように見えても、基本はナイトハルトなのだろう。

「ギシャ！」

ナイトハルトの腕が振り下ろされ、ヒルトの首が飛ぶ――ことはなく、その両掌が凶鎌を防いでいた。手で、しっかりと鎌を受け止めているのだ。

「え？　どうして？」

「オ、オン！」

フランとウルシも驚いている。一瞬でヒルトの腕が生えたからだろう。これは、ヒルトの装備する回生のペンダントの効果だ。

能力は単純で、一回だけ、四肢の欠損を含むダメージを回復する。ただし使い捨てで、使ってから数分は激痛に苛まれる。

ヒルトはこれを温存していたのだ。切り落とされた左腕を放置することで、フランもウルシも、ナイトハルトでさえも、回復する手段がないと思い込んでしまった。

そして、回復した両腕を使って渾身の攻撃を防いでみせたのだ。

ヒルトは自らの掌の半ばまで食い込む刃をさらに握り込んで、ホールドする。ナイトハルトは鎌を引こうとしたようだが、逃げることはできなかった。

より食い込んで血が流れ出すが、狙い通りに相手の動きを封じ込めたヒルトは、凄絶な笑みを浮かべている。

「迦楼羅（かるら）っ！」

驚く俺たちの前で、ヒルトが起き上がった。完全に寝ている状況から、起き上がりこぼしのような異常な動きで瞬時に直立する。

背中から魔力を放出し、その勢いを利用したようだ。迦楼羅という技の能力なのだろうか？

「あああぁぁ！　夜叉ぁぁぁ！」

ヒルトはその勢いを殺すことなく、自らの頭部を眼前のナイトハルトへと思い切り叩きつけた。

人と蟷螂の頭だ。一見すると、ヒルトが不利に思える。しかし、その頭部には膨大な気が渦巻いていた。どこから捻り出したのかと思うほどの密度だ。

これが直前に叫んだ夜叉という技の効果か？　それとも別のスキル？

ゴギャ！

鈍い音が鳴り響いた。ヒルトの額が深々と切り裂かれ、赤い血が舞い散る。

そして、ナイトハルトの頭部は、棒で叩かれた未熟な瓜のように、緑の欠片と液体をまき散らしながら粉々に砕けていた。

『け、決着！　決着だぁ！　勝負が決まったかと思われた直後の、大逆転劇！　これはすさまじぃ！　あぁーっと、ヒルトーリアも同時に倒れ伏したぁ！　医療班！　急いでください！』

頭部からおびただしい量の血を流してピクリとも動かないヒルトに向かって、数人の治癒魔術師が駆け寄っていくのが見える。本当にギリギリの勝負だったのだろう。

「どっちも強い」

明らかに、両者ともに格上だ。勝つには、こちらも死力を尽くす必要があるだろう。それでも、フランに怖気づいた様子は微塵もない。

『嬉しそうだな』

「ん！　次はヒルトと……。楽しみ」

「オン」

ナイトハルトが負けたことで、ウルシはちょっと残念そうだ。予想外れたからな。

ただ、フランは違うことが気になっているらしい。

「団長辞めたら、エリアンテたち悲しんでる？」

『ああ。それはそうかもしれんな。引き留められたけど、無理やり辞めたとか言ってたし』

「話、聞きたい」

『あー、どうかな？　聞ける状況ならいいけど……』

そもそも、見舞いに行くほど親しくもないのだ。

『とりあえず医務室に行ってみるか？　あの死に方だったし、今は話を聞けんかもしれない』

「ん」

復活したとはいえ、その死に方はかなりショッキングだった。

普通なら、起き上がって冷静に話をできるような状態ではないだろう。

だが、医務室に入る直前、扉を開けて出てきたナイトハルトとばったりと出くわす。

「ナイトハルト。もう平気なの？」

「おや、フラン殿ですか？　もしかして、僕のために？」

「ん」

「それはありがとうございます。ですが、もう大丈夫ですよ」

ナイトハルトの声は、本当に大丈夫そうだ。至極冷静な声色に感じた。頭が爆散するという死に方をしたのに、あまりショックはないらしい。これも経験故なのだろうか？　いや、そんな経験する人間いないか？　本人の冷静さ故なのかもしれない。

この状態だったら、気になっていたことを聞けそうだ。

「ねえ」

「なんですか？」

「団長、辞めたの？」

「聞こえていたのですか……」

「ん」

正確には、俺が聞いていていたんだが。どうやら本当のことであるらしい。ナイトハルトの声色がやや沈むが、すぐに明るい声で返してくる。

「ははは。まあ、そろそろ後進に席を譲る時期がきたということです。齢のせいか、最近は動きも鈍くなってきましたから」

もっともらしい理由を口にするナイトハルトだったが、それは全て嘘だった。他に理由があるらしい。

「ほんとに？」

「ええ、本当ですよ」

色々な事情があるのだろうし、あまり口にはしたくない理由なのかもしれない。

気にはなるが、隠し事を無理に聞き出せるほど、フランはナイトハルトと親しくはない。

そもそも、団長を辞めたという話が気になったのはナイトハルトを気にしてというよりは、王都で世話になったエリアンテや、他の団員たちのことが心配だからだ。

結局、当たり障りのない話しかできなかった。ただ最後に、背を向けて去ろうとしたナイトハルトが思い出したかのように激励の言葉を口にした。

「明後日、色々あるでしょうが、頑張ってください」

「そっちも」

「ええ、勿論です。では」

色々っていうのは、予想される激戦のことだろうか？　それとも、ヒルトのコルベルトへの想いを知っていて、絡み合う色々な因縁のことを指していたのか？

まあ、最後の激励は、本心だったな。


翌日。

明日は決勝戦だというのに、俺たちの姿は町の外にあった。

『フラン、本当に大丈夫なんだな？』

「ん。もうへいき」

本当は、明日に備えて体を休めるべきだろう。神属性を使い、激戦を繰り広げた消耗が僅か数日で治るはずがない。

しかし、フランが外に出たいと言い始めたのである。それは、対ヒルト戦の前に自らの戦闘感覚を研ぎ澄ませ、さらには新たな力の確認を行うためである。

特に、確認したいのは二点。

一つは、新たにレベルを上昇させた、肉体操作法スキルの習熟。

肉体操作法は、様々な肉体強化系のスキルが統合された、全ステータス強化が可能な上位スキルである。

現状、デミトリス流奥義・天を使用した状態のヒルトに対抗するには、潜在能力解放を使うしか策がないような状態だ。

あの速度は付いていくどころか、視認することすら困難なのである。

そこで、俺たちは肉体操作法のレベルを上昇させることにしたのだった。ただ、いきなりレベルマックスにしたところで、使いこなせなければ意味はない。

とりあえずレベルを二つ上げて、様子を見ることにした。

もう一つ確認したいのが、俺の加護についてだ。シビュラとの戦いで、俺は神の加護の使い方を覚えた。

あの時は混沌の神の加護の力だけを引き出したが、それも完璧ではなかったし、知恵の神の加護はまだ意識したこともない。

ならば、加護の力の使い方を覚えれば、少しは戦力の底上げになると思われた。他にも、剣神の祝福なども、もっとうまい使い方があるかもしれない。

それらの検証のため、俺たちは町の外のアンデッド退治にやってきたのだ。試し切りの相手にはちょうどいいだろう。

「オンオン！」

「ウルシ、見つけた？」

「オン！」

アンデッド――特にゾンビを探すならウルシの鼻に勝るものはない。俺たちの探知範囲の外であっても、すぐに発見してくれるのだ。

ウルシの先導で森の中を歩くと、すぐに目的の相手を発見していた。

「いた」

『数も数匹で、ちょうどいいな』

「まず、私がやる。いい？」

『わかった。でも、無茶はするなよ』

「ん」

そうして魔獣相手にレベルアップした肉体操作法スキルの試運転を行ったのだが、これがなかなか上手くいかない。

相手が雑魚過ぎて、瞬殺してしまうのだ。全然ちょうどいい相手ではなかった。

速度は間違いなく上昇しているが、腕力や動体視力などに関しては全く確認できていない。フランにとっては、巻き藁を斬るのと大して変わらないし、仕方ないのだろうが。

「もう少し強い奴がいい」

『うーん、あまり無理はしたくないけど、さすがにこれじゃあ意味がないしな……。ウルシ、もう少し強そうな相手を探せるか？』

「オフ」

ウルシが「やってみましょう」とばかりに、軽く吠えた。そして、集中するように目を瞑ると、天に向かって鼻をツンと突き出し、ヒクヒクとさせ始める。

十数秒後、ウルシがカッと目を見開いた。

「オン！」

北を向くと、自信満々に吼える。本当に強そうなアンデッドを感知したらしい。

「ウルシ、すごい」

『よくやったな！　案内を頼む！』

「オン！」

そうして走り始めたのだが、想像以上に遠かった。ウルシの足で五分近く走ったのである。小さな山を一つ越えてしまった。よくこんな距離がある相手を感知できたな。

『おいおい、こんな遠くなのか？』

「オン！」

『いったい――これか！』

ようやく俺にも相手の存在が感知できた。なるほど、かなり禍々しい魔力が発せられている。

『この山の先だな。ここからは慎重に行くぞ』

「ん」

これ、試し切りの相手にするにはちょっと強すぎないか？　少なくとも、ランクＣはありそうだ。まあ、ヤバければ転移で逃げればいいだろう。ここで強敵とやりあって、消耗してしまったら本末転倒だからな。

『さて、相手はどんな魔獣かね』

山の中を気配を消して進む。

数分後。山の稜線へと出たことで、ようやく件のアンデッドをその目で捉えることができた。

山を越えた先にあった谷間の一角に、複数のアンデッドが群れていたのだ。

『あの中央にいるアンデッド。あいつはかなり強いな』

（ん）

アンデッドを率いるボスだろうか。しわくちゃのミイラのような外見に、魔術師風のローブを着込んだ個体が、アンデッドたちの中央で悍ましい儀式を行っていた。

ボスの前にある祭壇。そこに、小太りの男が寝かされている。ただ、もう息がないのは明らかだった。

首が切断され、腹の上に置かれているのだ。すでに傷口から流れ出る血は止まっており、殺されてからそれなりの時間が経っているものと思われた。

ボスが杖を掲げると、憐れな犠牲者から魔力が流れ込む。そして、ボスアンデッドの杖から黒い魔力が周囲に放たれ、配下のアンデッドたちに流れ込んでいった。

ボス以外のアンデッドたちは全く動く様子がない。しかし、その体から発せられる力が、増していくのが分かる。

『あれ、放置するのまずいよな？』

（ん。アンデッド、強くなってる）

（オン！）

『だよな』

多分、生贄を使って、配下のアンデッドを強化する術を使っているんだろう。最近のアンデッド騒ぎは、あいつが原因かもしれない。

これで、放置するという選択肢はなくなってしまったな。

『奇襲を仕掛けるぞ』

（わかった）

『フランはボス、ウルシは周囲のアンデッドを攻撃しろ』

（オン！）

軽く作戦を立ててから、俺たちは行動を開始した。

転移で一気に近づくと、フランがボスアンデッドに斬りかかる。ウルシも影転移で奇襲を仕掛け、一体の頭を噛み砕いていた。

ここまで近づけば、相手の正体も分かる。鑑定の結果、マミーキングとなっていた。

キングという名前の通り、配下を生み出したり、強化する能力を持っているらしい。それでいながら、個体の戦闘力は雑魚と言えるほど低くはないのだ。

転移で背後を取ったフランの斬撃が、マミーキングに直撃する。だがそこには、ピンピンした様子のマミーキングの姿があった。

「冒険者かぁぁ！　我らを見た者はぁ、生かして帰さぬぅぅ！」

『奴のスキルの効果だ！』

マミーキングは『死霊の盾』というスキルを所持している。これは、自らに与えられたダメージを、自らが生み出した支配下の死霊に移し替えるという、盾技に似た効果を持つスキルだ。

常時発動型であり、油断していても発動するのが利点である。ただ、それは弱点でもあった。攻撃を何度も食らってしまえば、本人の意思に関係なく配下のアンデッドたちにダメージが移し替えられ続けるということだ。

「殺せぇぇぇ！」

マミーキングの命令で、アンデッドたちが動き出す。こいつらもかなり強く、脅威度Eはあるだろう。

グール系のアンデッドだ。種族はハイ・グール・ソルジャーや、ハイ・グール・マジシャンとなっている。生前はもっと強い冒険者だったんだろうな。

いや、所持する『汚染』というスキルがあれば、一体でも相当危険である。脅威度がDでもおかしくはなかった。これは、長時間毒性を失わない猛毒を常にまき散らし、生物や食物を汚染するスキルだ。

高位のグールであればその汚染範囲は半径二〇メートルを超え、グールが歩くだけで村が滅ぶこともあるらしい。

毒に耐性のある俺たちには効かないが、こいつらを逃すのは危険だった。

フランがさらにマミーキングに斬りかかるが、グールたちに、ダメージが移し替えられた様子はない。他の場所にも支配しているアンデッドがいるのだろう。

しかし、それも無限ではないはずだ。死霊の盾が発動するには、移し替え先のアンデッドを自らが生み出したうえに、支配下に置かなければならない。

この、『支配下』にあるというのが重要だ。召喚術や死霊魔術は、術者の力量によって支配できる数――キャパシティが決まる。強力な魔獣であれば、一体だけでキャパシティをオーバーすることもあるし、雑魚であれば一〇〇体以上を操ることも可能だ。

俺がウルシ以外の魔獣を召喚できないのも、ウルシだけで俺のキャパシティが一杯になっているからだ。

因みに、生み出して放置した場合、それは支配下にはない。契約を結び、きっちり配下に加えなくてはならないのだ。

周囲には強力なグールたちがおり、いくらマミーキングであってもこれ以外に何百体ものアンデッドを率いているとは考えられなかった。

『作戦通りに、フランはボスを攻撃！　ウルシは周囲のグールを片付けろ！』

（了解）

「オン！」

本当であれば光魔術などで広範囲攻撃を仕掛ければかなり有利になるが、フランは剣だけで戦う。

『フラン。俺も加護の力を試すからな？』

（わかった）

マミーキングは強いが、一対一ではフランに遠く及ばない。連続で切りつけられ、たまらず周囲のグールたちに助けを求めるが、ウルシに阻まれて駆けつけることはできない。

俺たちの奇襲から一〇分後。

「くそぉぉ！　このようなぁところでぇぇ！　申し訳ぇ……ぐあぁぁぁ！」

ついに死霊の盾の効果が発動しなくなったマミーキングは、フランの剣術で倒されたのであった。

一刀両断され、そのまま塵となって崩れ落ちる。魔石はなかった。最後の台詞と併せて考えると、ネクロマンサーが生み出した個体だったのかもしれない。

『周囲にこいつを作ったやつがいるかもしれん。少し探索しよう』

（ん）

（オン！）

『それで、どうだった？』

（まあまあ？）

本人が言う通り、マミーキングを斬り続けている間に、肉体操作法を使いこなせるようになってきていた。少なくとも、今まてよりはヒルトについていけるだろう。

延々と斬りつけることができる、それなりに強い相手。今さらながら、スキルの練習にはちょうどいい相手だったらしい。

（師匠は？）

『知恵の神の加護を意識して使ってみた。どうも、魔術やスキルの制御力が上がるらしい。ただ、その分消耗が倍化するけどな』

使いっぱなしは危険だが、要所要所で使うなら心強い加護だろう。

（なるほど）

『ヒルトは今まで以上に本気でくるはずだ。少しでも戦力強化ができたのはデカいぞ』

「ん！」

まあ、ヒルトが本気で勝ちに来るのは、ただ単に決勝戦ってだけじゃないけど。

恋する乙女であるヒルトは、コルベルトとの仲を進展させるためにも、賭けに勝ちたいはずだ。優勝してデミトリス流を受け継ぎ、伴侶を自分の意思で選ぶ。

そのためにも、どんな手を使ってでも勝ちたいだろう。

そんなことを話しながら周囲を歩き回ってみたが、マミーキングを生み出した術者は発見できなかった。

明らかに、悪意がある死霊術師が召喚したと思うんだが……。

ウルムット周辺ではゾンビなどが多く出没し、冒険者への討伐依頼が増えているという話がある。これまで偶然なのだと思われていたが、人為的な工作の可能性が出てきたのだ。

『ウルムットに戻ったら、ギルドに報告しよう』

(わかった)

『ウルシは、戻る途中も匂いに気を付けてくれ』

(オンオン！)

ウルムットの武闘大会は有名なイベントだし、各方面から注目されている。

陰謀や工作の対象になる可能性は、いくらでもあるだろう。

ただ腕試しにきただけなのに、変な陰謀とか勘弁してほしいんだけどな。

第五章　決勝戦

今日は、いよいよ決勝戦だ。

フランがウキウキとした様子で、舞台に続く通路を進んでいく。

会場の凄まじい熱気が通路に流れ込んでいるのかと錯覚するほどに、フランの体からは陽炎（かげろう）のように熱が立ち上っている。ウォーミングアップだけが理由ではなく、静かに燃やされる闘志のせいでもあるのだろう。

『フラン。体の調子はどうだ？』

（ん。ばっちり。だるさもない）

『そうか。ウルシはどうだ？』

（オンオン！）

激戦による消耗は、ほぼ回復したらしい。俺の状態も万全だし、ウルシもいつも通りだ。決勝戦は全力を出し切れるだろう。

『しかし、三位決定戦がなくなるとはな……』

（ん。残念）

なんと、ディアス、ナイトハルトともに棄権したことで、三位決定戦がなくなってしまったのだ。

精神的消耗が激しいというのが、理由であった。

肉体は回復するとは言え、精神面はそうもいかない。老齢のディアスと、激戦の末に衝撃的な死に方をしたナイトハルト。消耗が残っていても、確かにおかしくはなかった。

ただ、どうも納得いかない。どっちも、その程度で棄権するようなタマか？　無理してでも戦いの場に出ると思うんだが……。

とは言え、すでに決定してしまったことだ。今さらどうしようもないだろう。

『作戦の最終確認だ。潜在能力解放、スキルテイカーは使わない。初手は転移。それでいいな？』

（ん。ヒルトは強い。最初から倒すつもりで行く）

『ウルシも、今回は最初から頼む』

（グル！）

今までの試合を見て推察するに、ヒルトは様子見をしてくるだろう。ヒルトは戦闘狂ではないが、デミトリス流の後継者として、先手を譲るような傾向がある。

強者としての自負と、最強の看板を継ぐ者としての誇りがそうさせるのだろう。そこを突くのだ。

『さあさあ！　皆さま！　遂に決勝に挑む猛者がその姿を現しました！　最強のランクB冒険者！　最強の少女！　最強の黒猫族！　黒雷姫フラン！　今年も我々に大きな驚きを与えてくれましたが、決勝ではどうでしょう！』

今か今かと待ちわびていた観客たちが大歓声を上げる中、フランは舞台に上がった。その視線は、ちょうど反対側の通路から姿を現したヒルトに注がれている。

『おおっと！　これで役者が揃いました！　デミトリス流の後継者にして、自身もランクA冒険者！　今大会最大の優勝候補、穿拳のヒルトーリアが登場だぁぁ！』

観客からの歓声は同じくらいかな？　元々有名人のヒルトに対し、フランは去年今年とファンを増やしている。

どちらにも熱心なファンがいるのだろう。

ただ、どう考えてもオッサンの野太い声で「フランちゃーん！」って聞こえてくるんだけど。ただのアイドル扱いならいいが、それ以上の不埒な感情を持っていたら許さん！

「とうとう来たわね」

「ん」

おっと！　今は戦いに集中せねば！

「……今日は、勝たせてもらうわ」

「こっちこそ」

ヒルトの全身から、闘志が溢れ出している。自分の未来が懸かっているのだから、当たり前だ。

デミトリス流の当主の座――はあまり気にしていないかな？

やはり、コルベルトのことだろう。どう考えても、コルベルトに恋をしているし、当主になれば彼を自分の婚約者として指名できる権利が手に入るのだ。

個人的には応援してやりたいが、そうも言っていられない。何せ優勝が懸かっているのだ。

『フラン、ヒルトは本調子じゃない』

(ほんと？)

『ああ、ステータスが僅かに下がっている。多分、ナイトハルト戦の消耗が、回復しきってないんだと思う』

(そう……)

ディアス戦のフランと同じである。大量の血を流し、反動の大きい技を使ったことによる消耗が、二日では回復しきらなかったのだ。

本来ならチャンスのはずなんだが、フランにとってはそうではない。心底残念そうだった。これは、戦いの前にモチベーションが下がってしまったか？

『だからって、相手は格上なんだ。強敵であることに変わりはないぞ？』

（ん！）

よかった、すぐにやる気を取り戻したらしい。

『若き虎の牙が、最強の後継を噛み砕くのか！　はたまた、美しき武の化身の拳が、最強の挑戦者を穿ち貫くのか！　いよいよ、頂点が決まります！』

すでに覚醒しているフランが、俺を大上段に構えた。ヒルトも構えを取る。

「閃華迅雷」

「……迦楼羅」

二人が同時に呟いた。迦楼羅？　ナイトハルト戦でも使っていた技だ。ここで使うからには、攻撃よりも補助に向いた技に違いない。あの時は、起き上がる時に使っていたが、移動補助か？

『それではぁぁぁぁ！　決勝戦、はじめぇ！』

その開始の合図とともに、俺はショート・ジャンプを使用した。

転移と同時に天断。それが俺たちの狙いであったが、転移直後にはすでにヒルトの姿はそこになかった。

俺を振り被りながら誰もいない空間を一瞬見つめ、すぐに横に飛ぶ。

背後から気配を感じたのだ。

ボギュン！

フランの体を掠めるように、魔力の塊が空気を裂いて飛んでいった。

「！」

フランが首だけで振り向くと、凄まじい速度で接近してくるヒルトが目に入る。

想定以上の速さだ。先日のナイトハルト戦で見せた最高速に近いだろう。

足の裏から魔力を放出し、急加速を行っているのが分かる。これが迦楼羅という技の効果であるようだった。

未だにフランはヒルトに背を向けたままである。しかし、フランに焦りはない。

「黒雷転動」

ヒルトの攻撃に合わせて、フランが黒雷転動を発動する。雷の速度でヒルトの真後ろに回り込んだフランが、お返しとばかりに空気抜刀術を繰り出した。

腰だめに構えた俺が空気の鞘から奔り、撃ち出される。

鋭い斬撃がヒルトの首を狙ったが——見えざる手によって弾かれる。ヒルトの魔力腕だ。

ただ弾いただけではなく、明らかに力の流れを乱すような方向へと誘導されていた。

彼女の狙いは防御だけではなく、攻撃を往なしてフランのバランスを崩すことだろう。

普通ならヒルトに力の流れをコントロールされ、体勢を崩して隙を晒していたはずだ。しかし、俺たちはそれを予測していた。

俺の念動でフランの体を支えることで、堪えてみせたのだ。ヒルトは即座に反撃を諦め、その場から素早く飛び退いた。

「ガル⁉」

ウルシの奇襲も失敗だ。ほとんど動きを止めずに高速で動き回るヒルトに対し、ウルシの影からの奇襲も上手くいかないようだ。

多分、これまでの試合を分析し、転移からの奇襲を封じ込めるためにはどうすればいいか考えた結果なのだろう。

確かに、あの速度で移動され続けると、転移のラグのせいで逃げられてしまう。それどころか、その隙を狙ってさえいるかもしれない。

それに、今の奇襲は読まれていたな。探知能力も化け物級か！

「ウルシ。奇襲は止め。魔術に切り替える」

「ガル！」

(師匠は魔術で牽制と、見えない攻撃の察知をお願い)

『了解』

まだ序盤ではあるが、主導権争いは互角ってところかな。

「いく！」

「きなさい！」

そこからはさらなる激しい攻防が繰り広げられた。

「はぁぁ！」

『サンダー・ボルト多重起動！』

「ガルォォ！」

フランが物理、俺とウルシが魔術で、間断なく攻撃を仕掛ける。ウルシは常にヒルトの背後を取り続け、暗黒魔術で牽制を行っているのだ。

しかし、未だにヒルトはまともにダメージを受けてはいなかった。

シビュラのような、超防御力を持っているわけではない。いや、シビュラに比べたら誰だって紙装甲になってしまうだろう。一般的に考えれば、気を鎧のように纏うヒルトの防御力は、十分に高かった。

そもそも素手で戦う以上、自分の防御力を高める技は必須である。魔獣の中には火炎や雷、毒を纏うものも多いからだ。対策もせずに殴れば、それだけで大ダメージを食らってしまうだろう。

実際、俺を通して伝わっているはずのフランの黒雷も、まともにダメージを与えているようには思えない。今の俺は、強力なスタン警棒のようなものだ。掠っただけでも、ゴブリンくらいはあっさり昏倒させる。

しかし、ヒルトの気の守りを前にして、黒雷も効果を発揮しているとは言い難かった。多少なりともヒルトの魔力消耗を促すような効果は出ているだろうが、それだけである。

ただ、それ以上にその圧倒的な技量が厄介であった。俺たちの繰り出す全ての攻撃を、完璧に捌かれてしまっているのだ。

フランの斬撃は魔力腕を使って打ち払い、俺の魔術は空握で潰し、ウルシの牽制は背後に目でもあるのかという超反応で躱す。

高速で動き回りながら、こちらの攻撃に完璧に対処し続けるその技量は、敵ながら見とれてしまいそうになるほどだ。

ナイトハルト戦の消耗が残った状態で、これだけやるとは……。肉体操作法を使いこなすフランのほうが、最高速は上だ。そんな自分よりも速い敵を相手にしていても、崩れる様子は見せない。

「せっ！」

「あぐっ！」

しかも、時おりカウンターを放ってくる。体内まで響く浸透勁は、スキルや魔術で身体能力を高めているフランであっても、動きを鈍らせざるを得ない厄介な攻撃だ。まだ回復が追い付いているが、危険な攻撃である。

ヒルトもなんらかの武技によって傷を癒しているようで、互いに目に見えたダメージは残っていない。

これだけの激戦で互いのダメージがほとんどないというのは、珍しかった。

「たぁぁぁ！」

「ちぇりゃぁぁ！」

互いの武器がぶつかり合うたびに、凄まじい轟音が鳴り響く。

ヒルトのナックルダスターもかなりの業物だな。俺と幾度も打ち合わされているのに、大した傷も付かないのだ。

（師匠、ヒルトの足を止められる？）

『やってみよう。ウルシはその後、フランに合わせろ』

（オン！）

俺は、知恵の神の加護から力を引き出しながら、形態変形を発動した。

『よし！　やっぱりだ！　今まで以上に、使いやすい！』

魔力の制御が向上することで、形態変形の制御もまたやりやすくなっている。これなら、今まで以上に精密に俺自身を操ることができるだろう。

『おおらぁぁ！』

俺の飾り紐が二〇本に分裂する。太さは綱引きの綱と同じくらいだ。細い鋼糸では、ヒルトの防御を突破できるとは思えない。そこで、俺がイメージしたのは槍であった。

変幻自在の二〇本の槍が、四方からヒルトに迫る。これだけ太ければ魔力も十分に伝導させることも可能だし、フランの黒雷も纏っているのだ。威力は相当なものだろう。そこらの駆け出し槍士の技なんか目じゃない。

「こんなことまで！」

ヒルトは一目でその危険性を看破し、俺の槍を回避する。紙一重で避けたのはさすがだが、本当にそれでいいのか？

『ここだぁ！』

槍でありながら飾り紐でもある槍は、直後には大きくしなり、鞭のように変化した。イメージは、アマンダの鞭術である。まあ、鋭さも威力も、足下にも及ばんが。そこは数でカバーである。

俺の操る二〇本の槍は、二〇本の鞭と化してヒルトに襲い掛かった。

「くぅ！」

鞭術スキルも持たない俺の攻撃では大したダメージではなかったが、遂にヒルトのバランスが崩れた。しかし、念には念を入れよう。

『アース・ホール！』

俺はヒルトの足下に大地魔術で大きな穴を空けた。突然、足下の大地が消え、ヒルトの目が軽く見開かれる。それに加え、俺は念動と風魔術でヒルトの体を穴に落ちるように押さえつけていた。当然、鞭もまだヒルトを追っている。

しかし、ヒルトが穴に落ちることはなかった。

足の裏から魔力を勢い良く吹き出し、一気に後方へと跳んで落下を回避したのだ。かなりの勢いがあり、俺の念動も振り切られてしまった。迦楼羅の効果だろう。

素晴らしい動きだ。だが、ほんの僅かな俺とヒルトの攻防の間に、フランとウルシの準備は終了していた。

フランが強烈な殺気を放ち、まるで必殺技を放つかと思わせる。

危険を感じたヒルトの意識が、ほんの僅かにフランに偏る。しかし、それはフェイクだった。

「ガルオオオォォォォオォッ！」

ヒルトがフランに気を取られた直後、その背後からウルシが襲い掛かったのだ。一部の濁りもない深い闇を全身に纏ったウルシが、フランすら上回る速度で、ヒルトに突進した。

暗黒魔術ダーク・エンブレイスの効果で、今のウルシは脅威度Bの魔獣の中でも上位に位置するレベルの身体能力を得ている。その攻撃が直撃すれば、ヒルトであってもただでは済まない。

「っ！」

この状況でも、ヒルトは焦ることなく対応しようとしているのが分かった。ウルシに背を向けたまま、何かしようとしている。

しかし、フランがそれを黙って見ているわけがない。ヒルトを追うように跳んだフランが、俺を大きく振りかぶった。ここから繰り出すのは、必殺の天断だ。

「はぁぁぁぁ！」

前門の黒天虎、後門の暗黒狼。天断も巨大な牙も、直撃さえすればランクA冒険者の命を奪うだけの威力がある。

絶体絶命の状況だ。そのはずである。

しかし、この期に及んでヒルトの顔に焦りの色はなかった。それどころか、どこか晴れやかとさえ思える表情で、自分に向かって振り下ろされる俺を見つめていた。

諦めた？

そんなわけがない。

そうではなく、これは覚悟を決めた表情だった。

「るああああぁぁぁぁぁぁぁっぁぁ！」

ヒルトの全身から、凄まじい量の魔力が噴き上がった。ナイトハルト戦で使った、奥義・天か？

だが、もう遅い！

どれだけ速かろうとも逃げることはできないし、どれだけ障壁を厚くしようとも防げる威力ではないのだ。

ウルシの突進とフランの天断が、同時にヒルトに直撃――。

『えっ？』

「！」

「ガルッ？」

確かに捉えた。そう思った直後、俺は妙な感触を感じていた。フランは手応えを失ってたたらを踏み、目標を見失ったウルシが凄まじい速度で俺たちの脇を抜け、結界に叩きつけられるのも見える。

何が起きた？

必殺の同時攻撃のはずだった。しかし、予想していた手応えはなかった。回避された？　それともすり抜けた？

『くっ！』

悩む暇もなく、攻撃の気配を感じた俺は、慌てて転移を発動した。俺たちがいた場所に、魔力弾が突き刺さるのが見える。

ヒルトがさらに追ってくることも警戒したが、その様子はない。

改めて確認すると、そこには半身の構えでこちらを睨みつけるヒルトがいた。右腕は深々と斬り裂かれ、左腕は半ばから圧し折れている。

さらに、その両目と鼻からは、おびただしい量の血が流れ出しているのが分かった。

しかし、立ち位置は先程までと全く変わっていない。あれで、どうやって俺たちの攻撃を躱した？

〈個体名・フラン、個体名・ウルシの攻撃を見切り、体を半回転させながら攻撃を往なしたと思われます〉

やったことは単純で、体を反時計回りに回転させながら、右手で俺の刀身を受け流しつつ、左肘を使ってウルシの突進を逸らしたらしい。だが、言うは易し行うは難しの典型だろう。

〈デミトリス流奥義・天による身体能力強化があれば不可能ではありません。成功率、推定２０％〉

『ヒルトは賭けに出て、勝ったってことか』

〈是。ただし、完全に往なしきることはできず、腕にダメージが残った模様〉

とは言え、俺たちの必殺の攻撃をあの程度のダメージで回避されるとは……。

『あの血涙と鼻血は、見切りの代償か？』

〈デミトリス流奥義・天を使ったことによる反動と推測〉

『ナイトハルト戦で、あんなことになってたか？』

〈消耗、代償が非常に大きい技である可能性が大。二日間では消耗が癒えておらず、その反動が前の戦いを上回っていると思われます〉

どうやらデミトリス流の奥義は、俺たちの潜在能力解放に相当するような、諸刃の剣であるらしい。短期間で連続で使えば、寿命が削れていてもおかしくはないだろう。それでも、ヒルトは勝ちたいのだ。凄まじい執念だった。冒険者としても、武闘家としても、女としても、負けられないんだろう。

フランもそう感じたらしい。

「……すごい」

覚悟と技量、双方を併せ持つヒルトに尊敬の念すら感じている声で、静かに呟いた。

両者の視線が絡み合う。だが、ヒルトは、動かない。

奥義の消耗で動けないのか。それとも待ちの戦法に切り替えたのか。未だにその身には、奥義による莫大な気を纏っているが、ダメージは大きい。

特に、天断によって深く斬り裂かれた右腕は、ほとんど再生していなかった。神属性の効果である。

必殺の攻撃を回避された俺たちだったが、まだ有利なことに変わりはない。フランが気合を入れ直した表情で俺を構える。

(師匠、カンナカムイ！)

『了解！　ウルシは影に！』

(オン！)

俺は勝利を手繰り寄せるべく、カンナカムイを多重起動した。ディアスさえ瀕死に追い込んだ、切り札の一つだ。白い雷が絡み合いながら、ヒルトに降り注ぐ。

だが、ヒルトは回避する様子を見せなかった。半身で構えたまま、降り注ぐ雷に対して傷ついた右腕を振り上げる。

あれで防御しようというのか？

「あああああああ！」

ヒルトの右手から放たれた気の塊が、カンナカムイとぶつかり合う。ほんの一瞬、拮抗したかと思われたが、すぐに雷鳴の勢いが勝り、白い閃光がヒルトを飲み込んでいた。

ディアス戦と同じ様に、爆風と轟音を伴い、雷鳴が結界内を荒れ狂う。

爆心地にいて、タダで済むはずがない。これで勝利したかどうか分からないが、確実にダメージはあるはずだ。

(いく！)

『おう！』

ここで決める。フランの顔に決意が浮かんでいた。勝利を掴むため、雷鳴と爆風を割って駆け出そうとした、その時である。

　ゴキャ！

「うぐ！」

　鈍い音とともに、フランの足首が唐突に潰れた。そう。潰れたのだ。まるで、目に見えない巨大な万力で挟み込まれたかのように。

　フランがバランスを失い、つんのめるように前に倒れ込む。

　俺は咄嗟に念動で支えつつ、さらに障壁を全開にした。同時に凄まじい衝撃が障壁を揺らす。

『ヒルトの空握だ！』

　間違いなかった。この状況で、攻撃し返してきたのだ。それだけではない。

『くる――』

　未だに暴れ狂うカンナカムイの余波の中、ヒルトの気配が一直線に向かってくるのが分かった。凄まじい速度だ。

「はぁぁぁ！」

「！」

　俺の注意喚起も間に合わず、気付いた時にはヒルトが真正面にいた。

　鬼気迫る表情のヒルト。その全身は、満身創痍と言ってもいい状況だ。

　爆発による火傷。飛散物による打撲や裂傷。その美しい顔の右側三分の一ほどは焼け爛れ、右の目蓋も眼球も焼け落ちて存在しない。それでいながら未だに美しいと感じてしまうのは、彼女の発する圧倒的な存在感故だろうか。

カンナカムイに対して突き出されていた右腕も、すでに肩口から先がなくなっていた。

あれは、カンナカムイを防ごうとしたのではなく、もう動かない右腕を盾にして、自身を生き残らせるための行動だったのだ。

命さえあれば、逆転の目はある。そう考えたのだろう。あえて相手の大技を食らい、油断を誘う。

格上のヒルトが、格下のフランに対して仕掛けるとは思えない、なりふり構わない作戦だった。

ナイトハルト戦での消耗で全力を出せないヒルトは、最初から押し込まれる展開も覚悟していたのかもしれない。

全ての治癒力を左腕に集中させたのだろう。すでに骨折は治っている。

今日一番の速さを前にして、フランが息を呑むのが分かった。

「デミトリス流奥義・龍っ！」

奥義という割に、その動作はシンプルだ。全身を連動させ、引き絞っていた左の掌底を螺旋を描くように捻りながら突き出す。

ただし、全てが超神速であり、突き出す手の平に神属性が集中していたが。

奥義・天による強化から繰り出す、全身全霊をかけた神属性の一撃。単純にして、最強。それがデミトリス流奥義・龍の正体だった。

もしかしたら、天の消耗の激しさも、神属性のせいなのかもしれない。

ヒルトの掌底が俺の障壁を容易く破壊し、フランの腹部にめり込む。

ドゴン！

人間を殴ったとは思えない重低音が響き、悲鳴すら上げる間もなくフランが水平に弾き飛ばされていた。音速を超えたとさえ思うような速度で飛んだフラン。

結界に叩きつけられれば、それで死んでしまうかもしれない。しかし、結界とフランの間に、黒いモノが割って入る。

「――！」

「ギャゥ……ッ！」

ウルシであった。その身を盾にして、フランを守ろうとしたのだ。堅い結界よりはマシだったろうが、フランもウルシもタダで済むはずがない。

声にならない悲鳴を上げるフランの全身から、骨の砕ける音が聞こえていた。口からは血液と胃液を噴水のように噴き出す。

ウルシも同様だ。いや、衝撃を受け止めたウルシのほうが、より酷いかもしれなかった。四肢を折って蹲り、不規則な呼吸を繰り返すことしかできない。内臓も骨も、グッチャグチャだろう。

「ガッ……ブフ……」

『ウルシ！　これ以上は危険だ！　影で傷を癒せ！』

（クゥ……）

これで、ウルシは戦線離脱。高速再生があれば数十分程度で回復するだろうが、この戦いの最中に戻ってくるのは難しい。

フランも即死しなかっただけで、瀕死だ。

しかし、フランは倒れはしなかった。

「ぁ……ぐ……」

焦点を失った目が、それでもヒルトの気配がするほうを見ている。フラフラとした足取りで、前に出るフラン。

俺を握る手には僅かながらに力が入る。

『フラン！　瞬間再生を使えるか！』

（まだ……まだ……）

しかし、俺の言葉が聞こえていない。意識が朦朧としているようだ。

治癒魔術を使うが、神属性のダメージは治りが遅い。再生も併せなければ、危険域を脱するまでにかなりの時間がかかるだろう。

（か……っ……）

それでもフランは、歩みを止めない。

掌底を突き出した体勢で固まったままのヒルトが、ゾンビのように揺れながら歩くフランを見つめる。その顔には、驚愕の表情が浮かんでいた。

奥義で仕留めきれなかったからだろう。神属性は、ある意味必殺の攻撃だ。特に、魔獣よりも生命力が劣る対人戦であれば、当てれば勝利できると考えていたに違いない。

だが、俺たちだってただ棒立ちでいただけではなかったのだ。フランは僅かに後ろに跳んでダメージを軽減しようとしていたし、俺は溜めていた念動を発動して咄嗟にヒルトの勢いを弱めたのである。

ほんの僅かなことであるが、それがフランの命を守ったのだろう。

俺は治癒魔術を唱え続けるが、フランの意識は朦朧としたままである。覚醒と閃華迅雷は既に解けてしまっていた。ダメージが大きすぎて、維持できなくなったらしい。

こんな状態になっても失わない闘志が、その体を突き動かしている。

「末、恐ろしい、わね……」

息も荒く、ヒルトが呟く。

一流冒険者のヒルトから見ても、今のフランは感嘆に値するのだろう。

「でも、負けられない、の……！」

ヒルトの戦意も、まだ消えていはいない。フランをグッと睨みつける。

しかし、ヒルトは動かない。正確には、少しずつ動いている。まるでスロー再生でも見ているかのような、ゆっくりとした動作だ。

奥義の反動とダメージで、まともに動けないのだろう。動きは緩慢で、身に纏っていた膨大な気は鳴りを潜めた。

今のヒルトに勝利するのは、難しくはない。俺が単体で突撃し、攻撃を仕掛ければいいのだ。激戦によって魔力を消費しているが、念動カタパルトに加え、カンナカムイ一発くらいならなんとかなる。

しかし、それをしようとは思えなかった。

勝つにしろ負けるにしろ、この試合はフランが決めるべきだ。

「……」

「……」

息を整えることに全力を傾けているヒルトと、左右に揺れながら覚束ない足取りで前に出るフラン。

舞台の上は、驚くほど静かだ。

最初に大きな動きを見せたのは、ヒルトであった。

未だに顔色は悪いが、息は多少落ち着いてはきた。今までは過呼吸になるのではないかと思うほどに荒かった息が、全力ダッシュの後くらいにはなっている。

「はっ……はっ……」

苦し気に呼気を吐きながら、残った左の掌をこちらに向け軽く突き出すヒルト。腰を落とし、スタンスを広く取る構えだ。

攻撃ではなく、カウンターや受けを主体に置いた構えに見えた。よく見ると、ヒルトの足が軽く震えている。もう、こちらに駆け寄る力も残っていないのかもしれない。

フランが相変わらず、ふらりふらりと定まらない足取りでヒルトに近づく。

少しずつ彼我の距離が縮まっていく中、突如俺に変化が起きた。

『なっ……？』

俺の形態変形が発動したのだ。剣から刀へ、姿が変わる。

俺が驚いたのは、自分の意図とは違うからだ。だが、無理やり操作されたわけではない。

フランの意思が俺に流れ込み、俺の体がごく自然にその意図を受け入れ、その結果形態変形を発動した。

そんな感じである。

変形した後に、自分がスキルを発動したのだと気付いた。

不思議な感覚だ。以前、剣神化したフランに使われた時に似ているかもしれないが、あの時よりも一体感を覚えている。

多分、剣神化状態のフランに振るわれている時は、圧倒的な技量を持った格上の何者かに使われているからだろう。

しかし、今はフランに必要とされているのが分かる。従属ではなく、共闘。剣と使い手として、絆のような物が感じられた。

『これは……』

フランと俺から、強烈な青い光が放たれる。

俺とフランが通じ合った時に発揮される、温かい力。この力には、何度も救われてきた。

今回も、フランのダメージを僅かに癒してくれたらしい。

(しょ……しょう……)

『フラン！　気付いたのか？』

(……いこう……かつ……)

ダメだ。傷は少し癒えたようだが、未だにフランの意識ははっきりしていない。それなのに――いや、だからこそか？　無意識に、最善の行動をとっているのかもしれなかった。

こんな時なのに、俺の内では僅かな喜びが湧き上がる。意識がなくとも、俺を頼りにしてくれたのだ。相棒として、師匠として。

それが嬉しかった。

『ああ、勝とう！』

(……ん……)

俺の言葉が聞こえているのかいないのか。フランがほんの僅かに頷くように首を動かしたように思えた。

相変わらず、その歩みは遅い。

一〇秒。二〇秒。

しかし、それ以上に感じる重苦しい時間。観客たちが息を呑み、身を乗り出してこちらを見ているのが分かる。

さらに五秒が過ぎ、フランとヒルトの距離は残り五メートルまで縮まっていた。

「……ぁ」

焦点の定まらない、どこを見ているのか曖昧な瞳のフランが、不意にヒルトを見た。同時に、その体も動く。

移動して、斬る。それだけのことである。

ただし、あまりにも速く、あまりにも鋭く、あまりにも虚をつく動きであった。

俺ですら、ヒルトの肉と骨を斬った感触で、フランが攻撃したのだと気付けたほどである。

フランの突然の加速の正体は、魔力放出だ。全身の力を抜いた状態で、筋力を一切使わず、魔力放出の反動を利用して体を動かす。

背中を押すだけではない。肘から魔力を放出することで腕を振り上げ、肩から魔力を放出することで振り上げた腕を振り下ろす。他にも膝裏や腰、踵などからも魔力を放出していた。それらをほぼ一瞬で同時に行ったのだ。

やっていることはヒルトの迦楼羅に似ているが、フランのほうがより複雑で、高度なことをしていただろう。コルベルトがシビュラに対して放った、未完成の必殺技の完成形とも言える挙動であった。

相手の筋肉や呼吸、ほんの僅かな重心の移動。そういったものを見切り、対応することに慣れた達

人であるからこそ、ヒルトは察知できなかった。

勿論、フランの魔力隠蔽が完璧だったということも大きいが。

この大会で見て、学んだことの集大成とも言える一撃だった。

直線的な速さ自体は、然程ではない。閃華迅雷状態のほうが、圧倒的に速いだろう。

それでも、半死半生の人間とは思えない速さだったし、虚を突くという点ではこれ以上ない奇襲であった。

ヒルトも、全く反応できていなかったのだ。

何が起きたのか分からないという目で、フランの茫漠とした目を見つめ返している。

ああ、ようやく今、自分が斬られたことに気付いたようだ。口をポカンと開いた。

「え？」

そんな声がヒルトの口から発せられ、遅れてその体から血が噴き出す。

崩れ落ちるヒルトの体を巻き戻しの光が包んだ。

『あ、あれだけ激しい激戦が繰り広げられた決勝戦ですが、決着は驚くほど静かでありましたぁ！　勝ったのは弱冠一三歳！　くりょ、黒猫族のフラン！　文句なく！　文句なく史上最年少の優勝者の誕生だ！』

かつてないほどに興奮した様子の解説者の声が響く。少し言葉が怪しくなるくらい、テンションが上がっているらしい。

俺は夢でも見ているかのような不思議な気持ちで、その言葉を聞いていた。

フランが優勝したんだよな？　マジでか？

未だに信じられん。だが、これは現実だ。

だって、フランが倒れ込んでしまったもの。

『フ、フラーン！　大丈夫かっ！』

「う……」

ヤバイ、控えめに言っても死にかけだ！

俺が密かに回復魔術をかけるが、傷はほとんど塞がらない。神属性のせいで、回復魔術が効きづらくなっているのだ。

その状態で、駆けつけた医療班に担がれて運ばれていく。

運搬先は、医務室だ。

「こ、こりゃぁ酷い！　お前らはヒールを！」

「はい！　分かりました！」

「優勝者を死なせては医療班の名折れですから！　全部絞り出しますよ！」

三人の治癒魔術師たちによる懸命の措置が行われるが、その回復速度は非常に遅い。

「くっ！　グレーター・ヒールも全然効かない！」

「生命魔術もです！」

「なんなのだこれは！　ともかく、マナポーションを飲みながら、回復し続けるしかない！　全く癒せていないわけではないのだ！」

「「はい！」」

経験豊かそうなリーダー格の老人であっても、神属性によるダメージに出会ったことはないらしい。毒や呪いも想定して様々な術をかけてくれたが、フランの傷の治りは遅々としたものであった。

それでも、一流の魔術師三人が全力で癒してくれている。少なくとも命の危機はないだろう。それだけは救いだ。

『ウルシ、大丈夫か？』

（クゥン……）

フランのことは一時的に治療班に任せることにして、俺はウルシの回復に専念することにした。ウルシもボロボロになるまで頑張ってくれたのだ。

最後、砲弾のように吹き飛ぶフランを受け止めたことで、こちらも相当な大怪我を負っている。再生で治り始めてはいるが、即完治とはいかないほどのダメージだったのだろう。

影の中にいるウルシに、治癒魔術をかけていく。

『最後、本当に助かったぞ。よくやったな』

（オン……オゥ）

『まだはしゃぐなって！　全身ボロボロなのに変わりはないんだ！』

（オフ……）

『あとで美味いもの食わせてやるからな』

（オン！）

そんな時、医務室の扉が開いた。医務室に見覚えのある人物がやってくる。

「フランちゃんの容態はどうかしら？」

「エルザさん。ダメです、目を覚ます気配はありません」

「そう……。あれだけの激戦だったし仕方がないわね。今年の閉会式は優勝者なしか」

優勝者が瀕死ということも多いこの大会では、何年かに一度は起こり得る事態であるらしい。決勝戦ともなれば激戦だし、仕方がないのだろう。

閉会式の開始を延ばすことも難しい。なぜなら、地位が高い招待客の多くを予定時間以上に拘束し続けることはできないし、彼らが帰った後に授賞式を行うというのも、相手を馬鹿にしていると思われかねないからだ。

代理がいない場合は、領主か冒険者ギルドの代表が賞金などを保管しておいてくれるらしい。まぁ、この大会、賞金は非常に安く、名誉重視だけどね。

「もし目を覚まして、授賞式に出れるようなら連れてきてくれる？」

「わかりました」

エルザはそう言って去っていくが、目覚めても授賞式に出るのは難しいだろう。数日は戦闘はおろか、まともに動くのも大変なはずなのだ。全てを出し切った激戦だったからな。

そこに、新たな訪問者がやってきた。驚いたのは、全く気配を感じなかったことだ。

「デ、デミトリス様？」

治癒魔術師が思わずその名を呼ぶ。そう、扉を開けたのは、ランクS冒険者のデミトリスだったのだ。

彼はゆっくりと近づいてくる。

一瞬、報復という言葉が頭をよぎったが、デミトリスから剣呑な気配は一切感じられない。

「やはり回復が追い付いておらんか……。儂にも手伝わせてくれんか？」

「え？　で、ですが……」

「龍気によって傷つくと、しばらくはまともに回復せん」

「龍気？」

「以前戦った魔龍が纏っていた故にそう名付けただけだが……。我が流派の奥義の一つだ」

それって、神属性のことか？　デミトリス流では龍気と呼んでいるらしい。だから奥義も龍という名前なんだろう。

「あ、あなたならどうにかできるのですか？」

「完全には程遠いが、多少はな」

デミトリスの言葉に嘘はなかった。本当にフランを助けるために来てくれただけであるらしい。悪意や敵意も感じない。それどころか、フランに向ける目には慈しみのようなものさえ感じられた。

「で、ですが、この少女はあなたの後継者様と……」

「一戦の勝ち負けなど、些細なことよ。これほどの才能、ここで潰すには惜しい」

「さ、さすがですな……。よろしくお願いいたします」

「うむ」

俺は、デミトリスを見守ることにした。どう見てもフランを害する意思はなさそうだ。

それどころか、神気によるダメージをどうにかする方法を知っているらしい。

「ふぅぅ……はぁぁぁ……」

デミトリスが深く呼吸を行う。そして、フランの腹部と頭部に手をかざした。

デミトリスの両手から、ゆっくりと気が放出され、フランの体に染み渡っていくのが分かる。

それだけではない。

『これは、神属性？』

なんと、デミトリスの放つ気には、僅かに神属性が含まれていた。ただ、攻撃的な気配はなく、むしろフランの険しい表情が和らいでいく。

そして数分後。デミトリスの施術が終了した。ランクS冒険者が疲労しているのが分かる。それほど、神属性を維持するのは難しいんだろう。

「回復させてみろ」

「は、はい」

驚くことに、その後に回復魔術をフランにかけると、明らかに効き目が上がっていた。無論、普段に比べればかなり低いのだが、神属性の影響でほとんど回復しなかったことを考えると、これでも十分マシだった。

これなら、皆で回復させ続ければすぐに傷は癒えるだろう。少なくとも、命の危機は脱したはずだ。

神属性による後遺症やダメージを、神属性で癒したってことか？　まだまだ俺たちの知らない活用法があるらしい。

「閉会式に戻る。後は任せたぞ」

「は、はい！　ありがとうございました！」

「うむ」

数分後。

ウルシの状態も大分回復し、俺もこっそりとフランの回復に加わる。回復魔術の効きがさらに良くなってきたと思われたらしく、治癒魔術師たちの喜び様に少し申し訳なくなったりした。

そんな時だった。医務室に再び誰かが入ってくる。

「ほう？　本当に動けないようですねぇ」

「ど、どちら様ですか？」

「なに、名乗る程の者ではありませんよ。ひひひ」

部屋にズカズカと踏み込んできた男が、厭らしい笑いを浮かべる。

なんでこいつがここにいるんだ？　それは、準々決勝でディアスに敗れたランクB冒険者。エイワースの弟子でもある、アッバーブであった。

蛇のような気持ちの悪い目で、フランを見て笑っている。

「ひひひひ！」

それはどう見ても、好意的な態度ではなかった。

その様子に、不穏なものを感じたのだろう。治癒魔術師の老人がアッバーブに尋ねる。

「そ、外に警備の兵士たちがいたはずなのですが」

「ああ。アレですか？　くくく、職務怠慢ではないですかねぇ？　あまりにも無防備だったので、ついつい殺してしまいましたよ！」

「え？」

次の瞬間、アッバーブの剣が振るわれた。狙いは、治癒魔術師のリーダーだ。正確に首筋を狙っている。

明らかに殺すつもりの剣筋だった。

まあ、俺の念動に弾かれて、失敗に終わったけどな！

あれだけ殺気をまき散らしていれば、次に何をするかなんて簡単に分かる。治癒魔術師たちを格下と侮って剣技も使っていないし、防ぐのはゴブリンの手を捻るよりも簡単だった。

「ほう！　私の初撃を防ぐとは、なかなかやるではないですか！」

「え？　え？」

未だに事態の飲み込めない三人の治癒魔術師たちは、目を白黒させている。

評判は悪くとも、相手は武闘大会参加者で、高ランク冒険者だ。いきなり攻撃してくるなどとは夢にも思わなかったのだろう。

「しぃやっ！」

「ひぃ！」

振り上げられた剣を見て、老魔術師は悲鳴を上げて頭を抱える。戦闘は苦手であるらしい。アッバーブは確実に殺したと思ったようで、その顔には嗜虐的な笑みが浮かぶ。

だが、その剣は俺の張った障壁で再び弾かれていた。

無駄無駄！　その程度の剣術で、俺の障壁は破れん！

「き、急に何をなさる！」

「……雑魚のふりをしているのか？　だとしたら大した演技力ですが……。まあいいでしょう。あまり時間もかけていられませんからねぇ。その娘を渡しなさい」

「ど、どういうことですか？」

「なに、私のクライアントが、強い冒険者を所望しているのですよ。本来であれば私なぞ足下にも及ばぬ強さを持った化け物ですが、今なら簡単に捕らえられるでしょう？」

「な、なんという……」

アッバーブの目的はフランそのものか！　弱ったフランを攫い、闇奴隷化するつもりなのかもしれない。

（グルルル……）

『ウルシ、殺すな。裏を吐かせる』

「ガルゥ！」

「ぎぃぃぃ！　な！　召喚されていないのに、なぜぇ！」

「ガルルル！」

「そ、それに、あれだけの傷が、もう……？」

ああ、なるほど。ウルシを召喚獣だと思っていれば、術者のフランが寝ている状態なら喚び出せないと思っていてもおかしくはない。

それに、ヒルトとの試合で重傷を負ってもいた。戦力外になったと考えていたのだろう。だが残念。もう五割ほどは回復しているのだ。お前ごときを制圧するなら、十分だぜ！

「ぐがぁ……」

影から襲い掛かったウルシに両足を噛み千切られ、アッバーブが悲鳴を上げて倒れ込む。だが、さすがランクB冒険者。

致命的な一撃を貰いながらも、懐から薬を取り出していた。ディアス戦でも使用した毒薬、七瞬きである。

負けそうになった途端、自らの命を守る方向に切り替えるのは、冒険者としての経験豊富さを感じさせるな。

「くそぉぉ！　こうなれば……」

「ガウ！」

「なっ！」

しかし、毒無効を持つウルシにとってはただの苦い水でしかない。影から飛び上がったウルシが、薬瓶を持つアッバーブの手ごと噛み砕き、呑み込んでしまった。

「ば、かなぁ！」

毒薬の不味さのせいでペッペッと唾を飛ばすウルシを見ながら、アッバーブが間抜けな顔を晒している。直後、その顔には絶望の表情が浮かんでいた。

ウルシに毒が効かないことを悟ったようだ。

多分、アッバーブの手持にはあれ以上の毒がなく、七瞬きが効かないのであれば打つ手がないのだろう。

「グルルルル」

「くっ」

ウルシがアッバーブを威嚇するように唸り声を上げた。フランを狙ってきたことよりも、苦い毒薬を飲まされたことのほうに腹を立てているように見えるのは俺の気のせいか？

まあ、とりあえずアッバーブからは話を聞かないといけないか。

「はいはい。そこまでだウルシ」

「オフ」

俺は久しぶりに分体創造を使って人の体を作り出し、その場に姿を現した。

「ひょえ！　だ、誰じゃ！」

「え？　いつのまに！」

治癒魔術師さんたちは驚かせてしまってごめんね。

「あー、俺はフランの師匠だ。なあウルシ」

「オン！」

ウルシが、差し出した俺の手に自分の頭を擦りつけてくる。

「そ、そうでしたか」

フランの従魔であるウルシが懐いていることで、身分の証明になったらしい。治癒魔術師たちは安堵し、アッバーブの顔が憎々し気に歪んだ。

俺の分体が大して強くないことを感じ取り、一瞬侮ったらしい。だが、すぐにフランの師匠が弱いわけがないと考え、逆に自分では偽装を見破れないほどの強者であると勘違いしたようだ。分体は本当に雑魚なんだけどね。

「くそっ……」

「で？　どうする？　全部話すなら、このまま傷塞いでギルドに連行するだけにしておいてやるが？」

「話さないなら？」

俺はヤンキー座りをして、倒れたままのアッバーブと視線を合わせながら教えてやる。

「俺の可愛いフランに手出ししようとしておいて、五体満足でいられると思うなよ？」

「……はぁ。どこが今なら簡単に捕らえられるですか……。わかりましたよ。全て話します」

アッバーブは、諦めの顔でこっちを見上げている。俺とウルシが相手では、逃げ切れないと悟ったらしい。

だが、従順なのはどうせ上辺だけだろう。逃げる隙を窺っているはずだ。

俺は武器を突きつけながら、アッバーブに質問をぶつけた。

「お前の雇い主は？」

「レイドス王国の黒骸兵団という部隊ですよ」

質問にも本当にあっさりと答えた。まあ、拷問されてまで口を噤むほどの義理もないようだしな。

「奴らか！」

「知っているのですか？」

「まあな。それなりに因縁がある」

「……そんなこと、一言も……」

どうやらアッバーブは俺たちについては知らされていなかったらしい。使い捨てられたか？

「フランをどうするつもりだった？」

「それは分かりません。ただ攫ってこいとしか言われていませんから」

「そうか……。どうせ他にも色々と企んでるんだろう？　何をするつもりだ？」

「彼らの目的は、戦力の拡充であるそうです」

「スカウトか？　いや、フランを狙ってきたことを考えると、奴隷にする？　もしくは、アンデッドにするとかか？」

俺の呟きに、アッバーブが驚いたように目を見開いた。

「色々とご存知なようで。そうですよ。有力な冒険者を攫ってきて、秘術によってアンデッド化して支配する。ひひひひ！　興味深いですよねぇ！」

「……もう犠牲者は出ているのか？」

「ええ、ええ！　武闘大会の出場者の中から、すでに二〇名ほどはアンデッドになっておりますよ？」

大会に負けた人間が町を去ることはおかしくないし、人の出入りも激しい。冒険者が数人姿を消したところで、騒ぎにはならないだろう。仲間が捜そうとしたところで、今の時期のウルムットでは人手が足りていない。大規模な捜索隊が組まれることはほぼあり得なかった。

武闘大会期間のウルムットは、誘拐を計画するにはうってつけの場所であるのだろう。

例年であればもう少し警備もしっかりしているが、今年は色々と立て込んでしまっているしな。

アンデッド大量発生に、シャルス王国の馬鹿貴族ども。チンピラ同士の諍いのような小さい事件も、例年より多いと聞いている。

「うん？　もしかして、町の外のアンデッド騒ぎは……」

「黒骸兵団の仕掛けたものですねぇ。町中の警備を少しでも緩めることが目的ですよ！」

「他には何をした？」

「そうですねぇ――」

アッバーブが自分たちの計画を語るにつれ、俺は溜息を抑えられなくなっていた。

「はぁぁ……。つまりチンピラを雇っているのも、有力選手に暗殺者を送ったのも、全部レイドスの計画っていうわけか」

「一つ一つは稚拙でも、多方向で騒ぎが起きれば、人手は嫌でも割かれますからねぇ」

これだけの準備を行い、警備を手薄にしてまで狙っていることはなんなのか？　有望な冒険者の誘拐をするだけにしては、大掛かり過ぎる気がするが。

「ひひひ。有力者の身柄確保。それが目的ですよぉ」

「有力者……？」

今こいつは冒険者とは言わず、有力者と言った。つまり――。

「この町の要人を狙っているってことか！」

「そうです。戦力と政治力を兼ね備えた、進化した獣人オーレル。そして、最強の冒険者の一角、デミトリス。この二人がメインターゲットです」

それは意外な言葉だった。だって、この二人はメチャクチャ強いんだぞ？　自前の護衛もいるし、多少警備が緩くなったからと言って、誘拐など可能か？

特にデミトリス。奇襲をしようが暗殺を狙おうが、どうこうできる存在であるとは思えない。それこそフラン級の存在が複数人いて、ようやく戦いにはなるというレベルだ。

「すでに、町中だけではなく、町の外でも複数の騒ぎが起きているはずです。多くの警備兵や、冒険者がそちらの解決に出動しているでしょう。必然、閉会式の警備は薄くなる」

「わざわざ閉会式の最中を狙ったのか？」

「イベントが終了してしまえば、余所者は目立つようになりますからねぇ。それに、各国の使者や貴族の前で有力者を攫われてしまえば、クランゼル王国の看板に泥が塗られるようなもの。それも狙いの一つなのでしょう」

「なるほどな。だが、穴があるぞ。警備兵なんか、そもそも意味がない。だって、相手はデミトリスだ」

「ひひひ。警備兵の数を減らすのは、あくまでも侵入と逃走、潜伏をしやすくするため。デミトリスとオーレルを確保する方法は別に用意してあります。そちらは、どうとでもなるでしょう」

アッバーブの自信満々の表情から見ても、本気でデミトリスとオーレルを捕縛することが可能であると思っているようだ。

「それは、どんな方法だ？」

俺の質問に対して、アッバーブが笑いながら作戦を暴露する。

「デミトリスにも、オーレルにも、可愛い孫娘がいるでしょう？　ひひひひ！」

「人質か！」

デミトリスの孫、ニルフェ。オーレルの孫、ケイトリー。確かに、彼女たちを人質に取るのは有効であると思われた。彼女たちにも護衛はいるが、祖父たちを直接狙うよりは遥かに簡単だ。

こいつの余裕ぶった態度からして、もう誘拐された後だろう。

ウルシを使いに走らせるか？　ケイトリーたちを捜すようにギルドに伝えれば、動いてくれるだろうか？　フランが目覚めない以上、俺がここを離れることは絶対にできないし……。

「……ケイトリーたち、危ない？」

「フラン！　目が覚めたか！」

「師匠」

俺が悩んでいると、フランが微かに目を開けた。治癒魔術をかけ続けたことで、意識が覚醒したらしい。

しかし、体を起こすことにも一苦労している状態だ。

「助けに、いく」

「馬鹿を言うな！　まだ無理だ！」

「だめ。いく」

「……っ」

フランにそんな縋るような目をされたら、却下できん！

「ケイトリーたちは今どうなっている？」

「確保するまでは手伝いましたが、その後の監禁場所は分かりかねますねぇ」

「ウルシ、場所は分かるか？」

「オフ」

さすがに、ここからでは分からんか。

「とりあえずこいつらのアジトに行ってみよう。場所はどこだ？」

アッバーブから、アジトの場所を聞き出す。闘技場にほど近い、民家を使っているようだ。フランはウルシの背に乗ってもらって、移動するしかないかな？

他にも色々と聞き出したいことはあるが、今はそんな場合ではないだろう。ギルドにでも引き渡して、身柄を確保しておけばいい。

アッバーブを縛り上げつつ出発の準備をしていると、再び部屋に飛び込んでくる人影があった。

「フラン！　大丈夫か！」

「コルベルト？」

「なんか、変な奴らが急に暴れ出してな。フランは大丈夫かと――おおぉぉぉ？　ええ？　カ、カレー師匠ぉぉぉ！」

コルベルトが、目を真ん丸にして俺を見つめる。

俺、死んだと思われてたからなぁ。そりゃあ、驚くだろう。

「カレー師匠！　ど、どうして……。お、お亡くなりになられたのでは……！」

まさか、ここでコルベルトに出会ってしまうとは。でも、今は誤解を解く間も惜しい。ここは「死んでませんが何か問題が？」って顔で、押し切ることにしよう。

「いや、死んでいないが」

「ええ？　で、では――」

「ちょっとコルベルトさん！　いきなり変な叫び声上げて、どうしたんですか！」

コルベルトの後から部屋に入ってきたのは、これまた見覚えのある少女だった。

「ジュディスか」

緋の乙女のリーダー、ジュディスだった。思わず名前を呼んでしまうが、相手は少し戸惑った顔だ。

「え？　あ、フランさんの師匠の！」

やべ、コルベルトに遭遇したせいでまだちょっとテンパってた。俺はバルボラやウルムットで何度も会ったことがある気になっていたが、剣の状態だった。人の姿では一度しか会ってなかったわ。

向こうからしてみたら、見慣れない変な男でしかないはずだ。一応覚えてくれていたようで助かった。

「ともかく、今は少し急いでいるんだが、外で何があったか聞いてもいいか？」

「あ、はい！」

ジュディスと、立ち直ったコルベルトが簡単に説明してくれる。

どこからともなく現れたアンデッドやチンピラたちが、急に人々を襲い出したらしい。数も少なく非常に弱いが、それでもかなりの混乱が起きているそうだ。

闘技場の外でも似たようなことが起きているという。冒険者や警備兵が対応しているが、結構な被害が出ていた。

俺は、今までの経緯をコルベルトたちにザッと説明する。アッバーブたちの計画についても、しっかり教えておいたぞ。

「ニルフェお嬢さんを人質にだと！　卑怯な！」

「ひひひ。捕まえる時に少々怪我をさせてしまいましてねぇ。応急処置はしましたが、あの怪我だ。もう死んでいるかもしれませんねぇ」

「てめぇ！」

激昂しかけたコルベルトを、慌てて俺が押さえる。怪我をさせたというのは本当だが、死んでいる云々は嘘だ。少なくともすぐに死ぬような状況で放置されていることはないだろう。

意趣返しなのか、まだ仲間を援護しようとしているのか、コルベルトの判断力を奪うつもりだったようだ。

「人質は生きてなきゃ意味はないんだ。死なすような真似はしない」

「そ、そうですね。すみません」

「ともかく、人質を救出しなくちゃならない。そこで、力を借りたいんだ」

「当然です！」

「ジュディスたちには、この男の連行をお願いしたい」

「わ、わかりました」

部屋の外からはリディアとマイアが、周囲を警戒しながらこちらを見ている。アッバーブの戦闘力を奪っておけば、連行するくらいは任せられるだろう。

アッバーブの意識を刈り取り、武装解除してから全身を紐でグルグル巻きにする。これならどうにもならないはずだ。

「コルベルトはフランと一緒に子供の救出に向かってほしい」

「了解です！　ですが、今の口ぶりですとカレー師匠は……？」

「俺にもやらなきゃいけないことがある。ここでお別れだ」

ぶっちゃけ、分体創造の制限時間があるからな。ここで消えておくほうが動きやすい。

だが、他の面々には違う意味で捉えられたらしい。フランの師匠ともなれば超強いはず＝きっと裏ではスゴイ仕事をしているのだと勘違いしたようだ。

「な、なるほど！　他にも陰謀を潰しに行くんですね！」

「あー、まあ、そんな感じだ」

「フランのことはお任せください！　指一本触れさせませんから！」

「た、頼んだ。それじゃあな」

カレー師匠云々を掘り返される前に、離脱してしまおう。

俺は転移を発動させたように見せかけて、分体を消す。

『ふぅ。フラン、コルベルトが一緒でも、無茶はするなよ?』

(わかってる)

フランを乗せたウルシを先頭に、俺たちは医務室を出た。闘技場を出ようと進んでいくと、確かに遠くから戦闘の音が聞こえる。

ただ、この辺の騒ぎはもう終息しているようだ。

「こんな時ですが、フランさん優勝おめでとうございます」

走ってる最中の沈黙に耐えかねたのか、リディアが祝いの言葉を口にした。コルベルトは複雑な表情をしているけどな。

「……わたし、勝った?」

しかし、フランは僅かに首を傾げる。

「え?」

「最後、よくおぼえてない」

「お、覚えていないとは……」

「ヒルトを斬った……のはなんとなく分かる。でも、あいまい」

ハッキリとは覚えていなかったか。実はその可能性もあるのではないかと思っていたのだ。最後、意識も怪しかったし。

「そ、それほど極限の試合だったということですか」

リディアは戦慄したような表情で呟く。

そんな彼女を見て思い出したが、リディアは知神の加護を持っているんだよな。俺の知恵の神の加護と、別の神様か？　でも、名前は似てるし……。

『アナウンスさん、知恵の神の加護と、知神の加護は、何が違うんだ？』

〈神々には、様々な顔があります。例えば獣人の祖と言われる獣蟲の神。彼の神は、獣神であり、蟲神でもあります〉

『色々な神様を一人――一柱か？　で、こなしてるってことか？』

〈是。獣蟲の神として加護を与える場合もあれば、獣神、蟲神として加護を与える場合も有り得ます。より大きな権能を持つ呼称のほうが、上位と考えてよいでしょう〉

『獣蟲の神よりも、獣神のほうが格が低いってことか』

〈是〉

『つまり、知恵の神と、知神は同じ神様だけど、微妙に違う。知恵の神の加護のほうが格上？』

〈そう考えて、問題ないかと思われます〉

アナウンスさんに加護について教えてもらっていると、コルベルトが足を止めた。

「あれは、デュフォーか？　しかも、ラシッドたちにドルハンも？」

「コルベルト、デュフォー知ってるの？」

「ああ、バルボラじゃそれなりに目立ってる奴らだからな」

コルベルトの言う通り闘技場の入り口付近では、デュフォーを含む冒険者数人と兵士たちが、ゾンビ相手に戦いを繰り広げていた。

フランは完全に忘れているが、デュフォー以外の面子に俺たちも出会ったことがある。ナリアたちと一緒に、バルボラの模擬戦でフランに叩きのめされたルーキーたちなのだ。ナリアたちと一緒にウルムットに来ていたのだろう。

その中に一人、見覚えのない格闘家が加わっている。この青年が、ドルハンというらしい。デミトリス流の門下生なのだろう。

それにしてもディフォーたちは、この町を出たんじゃなかったのか？

コルベルトがラシッドに駆け寄り、声をかける。

「援護するぜ」

「コルベルトさん！　それに、フランさん！」

「ん？」

驚くラシッドたちと連携し、俺たちはゾンビを駆逐していった。

その後、ラシッドたちから話を聞く。

彼らは武闘大会の予選で負けた後、ウルムットで依頼を受けながら旅費を稼いでいたらしい。そんな中、町中で起こった殺人事件の捜査の協力依頼を受けたという。捜査は兵士が担当して、冒険者はいざという時の荒事担当だったそうだ。

「本来なら町の外のアンデッド退治を受けようと思ってたんですが、どうしても町中の捜査に加わってほしいって頼まれまして」

警備隊としては、殺人事件の方を重要視しているようだ。なんでも、殺され方が異常だったらしい。

「大きな刃物で嬲る様に切り刻まれた後、全身の血を吸われていたんですよ」

猟奇的の一言では済まされない異常さだ。今は様々な事件のせいで注目度は低いが、普段であれば町中が大騒ぎになっていてもおかしくはないだろう。

しかも、捜査中にさらに違う事件に関しても、大きな発見をしていた。いや、それまでは事件だと思われていなかったのだが、ラシッドたちの捜査によって実は事件性があったことが暴かれたのである。

「どっかの金持ちが借りてるとかいう屋敷で、捕まってるこいつらを見つけまして」

なんと、デュフォーたちやドルハンが、地下に捕らえられていたという。

デュフォーたちは町を出たとしか思われておらず、ドルハンも自由行動中だったため行方不明とは思われていなかった。

それが、実は誘拐されていたのだ。しかも、戦闘力の高い冒険者である、デュフォーたちがである。強いアンデッドに奇襲され、抵抗もできずに負けたそうだ。

それを聞き、コルベルトが驚く。

「ドルハン。お前があっさり負けたっていうのか？　フラン、こいつはまだ若いがお嬢さんにも目をかけられているし、この若さでランクC冒険者なんだ」

コルベルトは褒めちぎるが、当のドルハンは困った顔で頭をかいている。

「いや、ランクBのコルベルトさんに言われても。それに、ヒルト様に目をかけられてるっていうなら、コルベルトさんの方がよっぽどでしょ？」

「はぁ？　何を言ってるんだ？」

コルベルトが、ドルハンの言葉に首を捻っている。だが、ドルハンは呆れた様子で肩を竦めた。どうやら、ヒルトの気持ちは門弟たちに筒抜けであるらしい。

「俺は婚約者候補だったってだけさ。チャーリーの方がお嬢さんに遥かに相応しいよ」

「コルベルトさんはどう思ってたんです？　ヒルト様のこと、好きじゃなかったんですか？」

「さてな？　一〇歳以上若いお嬢さんを、そういう目で見たことはないよ。相手に失礼だ」

うーむ、コルベルトはマジで恋愛感情ない感じ？　でも、好意はあるみたいだし、ヒルトの恋が絶対に実らないってわけでもなさそうだ。ドルハンもそう思ったらしく、小さくガッツポーズをしている。この青年は、ヒルトの恋路を応援しているようだ。

「ねぇ。ここで話してる時間ない」

おっと、思わず皆で聞き耳を立ててしまったが、今はそれどころじゃなかった！　唯一その話に欠片も興味がないフランが、皆を促した。

「そうだった！　犯人を追わないと！」

ラシッドが手に持っている魔道具を見る。

猟奇殺人犯と冒険者誘拐犯に繋がりがあると確信し、その後を警備隊の持つ魔道具で追っている途中だったらしい。

そちらも大事件ではあるが、俺たちも手を貸せる余裕はないのだ。

というか、明らかにレイドス王国が絡んでいるか？

冒険者を誘拐して、アンデッドに仕立て上げているようだったしな。放っておいたら、デュフォーたちは死んでいたかもしれない。だが、ここでレイドス王国の名前を出すのは少々危険と判断した。

その話が広まってしまえば、絶対に今以上の混乱が引き起こされるだろう。それは、相手を利することに繋がりかねない。

「手伝ってやりたいが、いかなきゃならん。どうにも、混乱を引き起こしている奴らがいる。ラシッドたちも、気を付けろ」

「は、はい。ありがとうございます」

ラシッドたちに注意を促しつつも、俺たちはジュディスら緋の乙女と分かれ、人質にされていると思われるケイトリーとニルフェの探索を開始することにした。

まず向かったのは、闘技場にほど近いというアジトだ。

敵の黒幕なども、そこにいたはずなんだが……。

「やはりいないか！」

「ケイトリーたちもいない」

アッバーブの証言通り、アジトはもぬけの殻だった。分かってはいたが、可能性は潰しておきたかったのだ。

「さて、ニルフェお嬢さんたちの居場所を探さなきゃならないんだが……。ウルシ、お前さんの鼻が頼りだ」

「ウルシ、がんばって」

「オン！」

フランを背に乗せたウルシが、クンクンと鼻を動かす。昨日など、凄まじく離れた場所にいるアンデッドを探し当ててみせたのだ。

今回も、期待はできるだろう。

「クンクンクンクン！」

ウルシがアジトの周囲を歩きながら、地面の匂いを嗅ぐ。時おり立ち止まり、鼻を伸ばして空気中の匂いも嗅ぎ分けているようだ。

「オフ！」

数分ほど同じようにしていたと思ったら、ウルシが小走り程度の速度で進み始める。その後に付いて、俺たちもウルムットの町を駆けていった。

『混乱というよりかは、騒めいている感じか』

（ん）

突如町中に出現したアンデッドや、暴れ出したチンピラはもう倒されたらしい。すでに残骸となったアンデッドを前に、得意げな冒険者たちの姿が各所で見られた。

兵士の派遣が遅れても、この時期のこの町では、一般人に大量の冒険者が混じっている。対処は容易だろう。冒険者を知らないレイドスの奴らが立てた計画だから、仕方ないのかもしれないが。

そうして小走りに町中を進む中、コルベルトが複雑な表情で口を開いた。

「フラン」

「ん？」

「優勝、おめでとう。俺は、お前がお嬢さんに勝利するとは思っていなかった」

コルベルトの場合、元門弟というのもあって、やはりデミトリス流びいきになるに違いない。しかし、フランが負けると思っていた理由はそれだけではないようだ。

「経験の差も大きい。お嬢さんは、剣士相手に場数を踏んでいるからな。それに、相性の問題もある。

デミトリス流は、対人戦闘に特化している流派だ。まあ、師匠は別格というか、相手が誰でも無敵だが……。やはり、対人が一番得意なことに変わりはない」

受け技なども、結局は武器を持った人間を想定しているようだった。魔獣相手に流用できるが、最も効果を発揮するのが対人戦なのだろう。

「お前が、他のランクA冒険者に勝ったことは分かっている。去年のゴドダルファ戦は、俺も見ていたしな。だが、あの人は対軍勢や、対魔獣に特化していた。同じランクAでも、得意な戦場が全く違う」

確かに昨年戦った犀獣人のゴドダルファの能力は、周りを囲まれながら、大技をぶっ放すような戦いに向いていた。タイプで言えば、今年フランと戦ったビスコットに似ている。あれをさらに堅く、強くしたのがゴドダルファだった。

「あれからたった一年だ。フランが成長したとしても、武闘大会という条件の中でならお嬢さんの勝ちは揺るがない。そう思っていたんだがな……」

今でもデミトリスのことを尊敬しているコルベルトとしては、その後継者が負けるというのは複雑な心境なのだろう。

友人の勝利を祝いたい気持ちと、それを残念に思う気持ち。その間で揺れているらしい。ただ、一つ分かるのは、ヒルトに対して恋愛感情はなさそうということかな?

あくまでも尊敬する師の後継者。自分以上に才能がある元同門。仲間意識や敬意はあると思うんだが……。

しかも今回のフランの勝利によって、ヒルトが後継者になるのはまだ先になってしまった。

『うーむ……。ヒルト、頑張れ！』

（師匠？）

『あ、いや。なんでもない。ちょっと、ヒルトはどうしているか気になっただけだ』

（ふーん）

雑談しつつ周囲に気を配りながら、ウルシの鼻を頼りに進むこと一〇分。

「オン！」

不意にウルシの速度が上がった。全速力には程遠いが、普通の犬の全力疾走くらいは出ているだろう。

『匂いが近くなったのか？』

（オン！）

ウルシは角を曲がり、通りを横切り、一目散に駆けていく。ただ、本当にこれでいいのだろうか？ウルシの進む方向が少しずつ曲がっていった結果、闘技場に戻るような進路になってしまっていたのだ。

『本当にこっちでいいのか？』

（オン！）

間違っていないらしい。

しかし、ウルシは、結局見覚えのある場所に戻ってきてしまった。

『闘技場だな』

「オフ……？」

ウルシが目の前の闘技場を見上げながら、軽く首を傾げた。再度鼻をヒクヒクさせ、再び首を捻る。

「ウルシ？」

「オン」

ウルシが闘技場を見つめたまま、軽く咆える。

「もしかして、闘技場のどこかにいるって言ってるんじゃないか？」

「オン！」

コルベルトの言葉に、ウルシが「その通り！」って感じの顔で再び咆えた。

どこかに人質として確保した状態で、デミトリスやオーレルを脅すつもりなのだと思ったが……。

目の前に連れていって、盾として使うつもりなのか？

というか、もしかして俺たちが闘技場を飛び出した時には、すでに黒骸兵団のアンデッドがニルフェたちを連れて闘技場に来ていたのだろうか？　灯台下暗しってレベルじゃないだろ！　あの時に捜し始めていれば……！

と、ともかく、今は行動あるのみ！

俺たちは再びウルシを先頭に、闘技場の中へと突入した。

アンデッドの姿はない。ここも既に倒されたのだろう。ただ、強力なアンデッドが多かったせいか、至る所で怪我をした冒険者たちが寝かされ、応急処置が行われていた。

通路を進んでいる最中、前方から大声で話す声が聞こえてくる。慌てた様子の兵士たちだ。

「おい！　閉会式で何か起きてるらしい！」

「何かって、なんだよ！」

「知らん！　だが、アンデッド騒ぎといい、ただ事じゃない！　急ぐぞ！」

「わ、わかった！」

「くそっ！　外の騒ぎのせいで、ただでさえ警備兵が足りていないっていうのに！」

すでに黒骸兵団は閉会式に乗り込んだらしい。これは急がないとマズそうだ。

「ウルシ、急ぐ」

「オン！」

兵士たちを追うように、ウルシが再び駆け出す。壁走りで追い抜いた時に、メチャクチャ驚いていたな。すまん、急いでいるんだ。

「オンオン」

ウルシに先導されて幾つかの道を曲がると、見覚えのある通路に辿り着いた。ここを抜ければ、観客席に出るはずだ。

しかし、ここからでも異変が感じ取れる。閉会式が行われているはずなのに、驚くほどに静かなのだ。

「待った！　一度止まれ！」

「オン？」

コルベルトが小声で皆を呼び止めた。

「このまま突っ込んでも、何が起きているのか分からん。一度、偵察をするべきだ」

「なるほど」

「オン」

そりゃそうだ。状況も分からずに無暗に突入しても、どう動けばいいのか分からないのだ。

だが、フランとウルシは「なるほど、その手があったか！」みたいな顔をしている。お前ら、もしかしてこのまま突っ込むつもりだったのか？

「まず、この先にニルフェお嬢さんと、もう一人の少女はいるのか？」

「オフ」

「なに？　いないのか？　両方か？」

「オフフ」

コルベルトがウルシに質問をぶつける。イエスノーで答えるせいで少し時間がかかったが、状況はよく分かった。

どうやらこの先にいるのはケイトリーだけで、ニルフェは闘技場内の別の場所にいるらしい。匂いが離れた場所にあるそうだ。

奪還されにくいように、分けて捕らえているのだろう。

「なら、私たちも分かれる。ウルシとコルベルトで、ニルフェをお願い」

「待て！　今のフランを一人には……！」

「へいき。無理はしないから」

「だが……。いや、そうだな。俺が行くほうがニルフェお嬢さんも安心するか……。わかった。ニルフェお嬢さんは任せろ」

「オン！」

ウルシとコルベルトがニルフェの居場所を探しに離れていく。俺とフランがケイトリー担当だ。

フランは激しい戦闘は無理だし、実質俺担当である。謎の剣操作スキル、操剣演武（嘘）の出番だろう。

『まずは、閉会式の状況確認からだな』

（お願い）

『おう。ちょっと待ってろ』

俺は飾り紐を極細の糸に変えて、通路から観客席へと伸ばしていった。俺の場合、糸一本でも視覚は確保できるのだ。

「――さあ！　この首輪を自分の首に嵌めよ！　デミトリス！」

観客席へと到達した俺の視覚に飛び込んできたのは、舞台の上で勝ち誇ったように叫ぶ、鉄仮面を被った男だった。

Side　黒骸兵団

「くそっ！　やはり召喚に応えん！　マミーキングだけではなく、グールどもも！」

昨晩から連絡が付かぬと思っていたが、本当に消滅してしまったというのか？

「ギルドでもアンデッド退治の依頼が出されていましたからねぇ。倒されてしまったのでは？」

「無能めが！　冒険者ごときにあっさり倒されおってぇぇ！」

これから閉会式に乗り込むというのに！　計画が狂ってしまったではないか！　それに、あの黒猫族のメスガキも確保せねば……。

「ひひひひ！　悩んでるじゃないかぁ！」

「うるさいぞ！　アル・アジフ！」

「俺が全部斬ってやるからよぉ！　大丈夫だって！」

「どの口が……！　貴様が町中で食事なんぞするから、警戒度が上がったのだぞ！　しかも、捕らえていた冒険者たちが逃げ出したうえに、その冒険者どもが大量に町中を見回っているではないか！　明らかに、貴様を探しておる」

「いやいや、俺様も町を混乱させるのに一役買ってやったんじゃねぇか」

「適当に人を殺せばいいというものではないのだ！　場所や時間を考えろ！　土地勘がある騎士や冒険者が大量投入されたせいで、こちらの動きが制限されてしまったのだぞ！」

　余所者を狙っている内は、騎士や兵士は捜査に本腰を入れようとはしなかった。この町の住人を守ることが最優先であるからだ。捜査よりも、各所の守り。そう仕向けることで、こちらが動きやすくなる策だったというのに！

　アル・アジフが白昼堂々住民を食い殺したせいで、完全に警戒度が跳ね上がってしまった！

「へーへー」

「ぐぎぎぎぎ……！」

「まあまあ、起きてしまったことはもう仕方がありません。それよりも、赤騎士でしたか？　戦力に当てがあるという話をしていましたが……」

「奴らも、それどころではないようだな」

　まさか、赤剣騎士団団長の一人でもあるシビュラが、冒険者ごときに遅れを取るとは思わなかった。

しかもシビュラに勝利したのは、最弱種族である黒猫族の少女であるという。その報告を聞いた時には耳を疑ったわ。

無論、奥の手を制限していたようだが、それでも激しい戦いであったことは間違いないようだ。

我ら黒骸兵団からすれば忌々しい存在ではあるが、赤騎士の実力は間違いない。その中でも、赤剣騎士団団長と言えば、最強格の一人である。

それが敗北したなど……。しかも、消耗が激しいようで、こちらの要請を跳ね除けおった。

やはり冒険者というのは厄介だ。

「仕方あるまい。アッバーブよ。貴様は黒猫族の確保へ向かえ。今なら簡単に確保できるはずだ」

「おや？　私の仕事は、シャルス王国の者たちに興奮剤を投与した時点で、全て終わったはずでは？　それに、あなたの無差別攻撃に巻き込まれた傷が癒えていないのですがねぇ？」

「貴様が娘の護衛に負けそうだったから、援護してやったのではないか」

「だからと言って、大規模魔術を町中で使わないでくださいよ。おかげで、大騒ぎだ。誘拐対象の娘まで殺しかけましたしねぇ」

「死なければそれで構わん。騒ぎなんぞ今さらであろう？」

アル・アジフの暴走がなければ、我とてもう少し大人しく事を進めておったわ！

「ひひひ……怖い怖い」

「ともかく、貴様は黒猫族の確保だ。半死半生の相手であれば、今の状態でも問題あるまい。それに、貴様が欲しがっていた毒素材を融通してやる！　それでよかろう！」

「それでしたらまあ」

あの黒猫族は、我らが主も気にされていた。手に入れれば、お喜びになるだろう。なんとしてでも確保せねば。

「では、私は行きますが、戦力が低下している状態で大丈夫なのですか？」

「当たり前だ。我を誰だと思っている？　黒骸兵団第七席、アシッドマンであるぞ！」

「ひひひ。そうですか。では、私は黒猫族を攫って、脱出させていただきますよ？」

「それでいい」

ふん。貴様が、腹の内では我らをアンデッド風情と見下していることは分かっているのだぞ？　自らの師を見返すなどという下らん理由のために、祖国を売るようなクズのクセに！

まあいい、どうせこの仕事が終われば、アンデッド化してしまう予定なのだ。この町への侵入工作などではそこそこ使えたが、計画が終われば用済みだからな。

「さて、では我もいくとしよう」

「ひゃははは！　そうだなぁ！　ようやく殺し放題の時間だ！」

正体を隠匿する仮面を被ると、部屋の隅で膝を抱えていた少女に声をかける。

「おい、こちらへ来い」

「……」

「相変わらずの態度か……。いいからこい！」

「きゃっ！」

「くくく。事が終われば、貴様は儀式の生贄にでもするとしようか？　子供の血は、よき素材となるからなぁ」

「……」

脅してみても、泣き叫ぶどころか、怯えた顔さえせん。気にくわぬ。

「その態度……。貴様の祖父オーレルが、我らの手の内に落ちた時も続けられるか、楽しみだなぁ！」

「……」

「このガキ……その目を止めんか！」

「……」

「くははは！　ガキに舐められてんじゃねぇか！　うける！」

「うるさい！」

くそ！　なぜこの状況で絶望せぬ！　圧倒的上位者に捕らわれ、祖父への脅しに使われようとしているのだぞ？

「お前が反抗的な態度をすればするほど、時間が過ぎるぞ？　そのせいで、あのニルフェという死にかけの娘が本当に死ななければいいがな！」

「……っ！」

「くくく。そうだ。貴様はその顔をしていればいいのだ！　シャドウバインド」

「……きゃ！」

ケイトリーというメスガキを術で縛り、抱え上げる。

すでに始まっているであろう閉会式に乗り込み、デミトリス、オーレルを手中に収める。ケイトリーは、そのための重要な手駒だ。この娘を使い、デミトリスたちに奴隷の首輪を嵌めさせる計画である。

人質はこの娘だけではない。デミトリスの孫であるニルフェという娘も確保し、ここととは違う場所に監禁してある。ケイトリーは盾であるとともに、本当にニルフェも捕まえているということを伝えさせる証言者でもあるのだ。

いくらデミトリスという男が規格外でも、どこにいるかも分からん孫娘を遠隔で助けることなどできはしまい。人質を得た時点で、我らの勝ちだ。

「おい、お前もいくぞ」

「ウアー」

「……っ」

ニルフェという娘の護衛だった男も、今や我が配下よ。まあ、酸と毒で体をドロドロに溶かしたせいで損傷が激しく、生前の能力は失われているがな。精々が肉壁かデミトリスらへの恫喝程度にしか使えんだろう。幸いにも顔はそれなりに綺麗に残っているので、誰がアンデッド化したのかも分かる。

それに、我が主と違い、我は死霊魔術がそこまで得意ではないからな……。

その代わり、我は闇魔術を得意としておる。気配隠蔽魔術を使えば、道中でそうそう見つかりはせぬだろう。実際、多くの人間は浮足立ち、我らに気付く者はいなかった。

闘技場の中へと歩を進めながら、配下を召喚して暴れるように命令を下していく。本来であればグールを解き放つ予定だったが、いないものは仕方がない。

町中で解き放つ予定であった配下を減らし、闘技場内での陽動に使う。戦力は、予定の半分ほどだ。鎮圧されるのも時間の問題であった。

まあ、元々は隠密の苦手なマミーキングのための計画だったのだがな。我自身が乗り込むのであれば、ここまで派手な騒ぎは必要なかったかもしれぬ。

ここにきて、計画が狂いっぱなしだ。忌々しい。

「いや、最終的にデミトリスらを手に入れればいいのだ。くくく」

舞台へ抜ける道を歩いていると、前から一〇名ほどの警備兵たちがやってくる。貴族が多く集まっているこの場所は、流石に警備が厳重であるな。

先頭の男は、隠密状態の我を見破れる程度の腕はあるのだろう。まあ、それだけではあるが。

「お、おい！　お前！　止まれ！」

「何者だ――」

「アシッドミスト」

「ぎゃぁぁ！」

雑魚どもとじゃれ合っている暇はないのだ。我が死毒魔術により生み出された酸の霧に呑まれ、警備兵たちが即死する。

数は揃えているようだが、質が低い。騒ぎのせいで、人手を取られているのだろう。部隊長以外は若い者たちばかりだったことを考えると、新兵だったのかもしれんな。

グズグズに溶けた愚か者どもの死体を踏み越え、通路を抜けて舞台の脇へと歩み出る。

やはり、閉会式は続けられていた。政治的な意味もある式典を、そう簡単には止められまい。

突如現れた我に対し、周囲の視線が向く。そして、徐々にその視線が増えていくのが分かる。

「な、なんだ！　警備兵その――」

「ぎゃっ！」

「黙れ、虫けら」

舞台上で何やら挨拶をしていた、貴族と思われる男に近寄って蹴り飛ばした。殺すつもりだったが、まだ微かに生きているな。運の良い奴だ。

だが、その行為によって、我が招かれざる存在であると会場の誰もが理解したらしい。周囲の者たちから敵意が向けられる。

まあ、我を震わせるほどのものではないがな。代わりに、ケイトリーが震えておる。

周りを警備兵に囲まれるが、我は構わずに脇に抱えていたケイトリーを目の前に下ろすと、その体を覆っていた闇の拘束を解いた。

突如現れた少女を見て、警備兵たちの攻撃の手が止まる。

巻き込まぬようにと考えたんだろう。くくく、お優しいことだ。

「さて、我らも暇ではないのでな。本題に入ろう。我が名はアシッドマン！　栄えあるレイドス王国黒骸兵団の一員である！」

レイドスの名前に、大きな騒めきが起きる。我に集中する視線の多くに、さらなる敵意が含まれるのが分かった。劣等国家の下等人種共が、なんと不遜な態度であることか！

「くくくく。見ての通り、人質を取っている。ああ、人質はこの娘だけではないぞ？　他の場所に、もう一人確保している。ニルフェという、幼子だ」

未だに人間どもの騒めきに支配された闘技場に、我の言葉が響く。そして、舞台の上にいた受賞者の一人から声があがった。

「ニルフェを人質にですって！　今朝から姿が見えないと……！」

ヒルトーリアという、デミトリスの後継者だったか？　あれも手に入れたい素体だが、特製の奴隷の首輪が足りぬ。今回は見送りだろう。

「嘘ではないぞ？　なあ、ケイトリーよ？」

「は、はい……。本当に、ニルフェが……。それに、怪我をしてて、早く助けないと！」

「子供の言葉だけで信じられぬというのであれば、これを見るがいい」

我が背後に控えていた、ニルフェの護衛だった男のフードを取る。半分酸で崩れ、アンデッド化していても、その顔は十分判別がつくはずだ。

「マイケル！」

「そうそう。そのような名前だったかな？　確かに強かったが、魔術師相手の戦いは苦手だったようだなぁ」

「貴様ぁ……！」

怒りの表情を浮かべている男の名は、ツェルトだったかな？　マイケルとは知り合いなのか？

「マイケルを……弟をよくもぉ……！」

「ほう？　これは貴様の弟だったか？　仇を取ってみるか？　ここにいる者たちで総攻撃すれば我を葬れるかもしれんが……。ニルフェも死ぬぞ？」

「……くそっ！」

ふははは！　やはり冒険者など烏合の衆よ！　人質を取られただけで、何もできなくなるのだからな！

「こちらの要求は簡単だ。ランクS冒険者、デミトリス。そして、ウィジャット・オーレル。その二名が我に従うこと！」

有名人の名前が出たことで、闘技場には悲鳴のような声が満ちる。

いちいちうるさい下等人種どもであるが、こやつらには目撃者となってもらわねばならん。偉大なレイドス黒骸兵団が、クランゼル王国の面子に泥を塗る、その瞬間のな！

「その証として！　この首輪を装着してもらう！」

我は奴隷の首輪を取り出し、高々と掲げて見せる。

「さあ！　この首輪を自分の首に嵌めよ！　デミトリス！」

これは特殊な奴隷の首輪だ。有効期限が短い代わりに、拘束力が非常に強く、相手がランクSであっても問題なくその自由を奪うことができるだろう。

「どうした？　早くしろ！　この小娘の命がいらんのか？」

「うぐぅ！」

闇が小娘の体を締め付け、苦悶の声を上げさせる。

「もっと、痛めつけなくてはならんか？　アル・アジフ！　こい！」

「あいよ」

継ぎ接ぎだらけの人型アンデッドであるアル・アジフが、急激にその姿を変えていく。遠目からは人に見えていたのだろうが、本体はその人型が構える巨大な鎌なのだ。

様々な武器の破片を継ぎ接ぎして作られていた大鎌に、スライムのように溶けた人型が吸い込まれていく。

それまで喰い溜めた生物を継ぎ接ぎのように合成し、アンデッド化する能力を持っていた一号に対し、この二号は自身の本体である鎌を強化する能力を持つ。喰らった魔獣の血肉を糧に、より強化されていくのだ。

いや、一号と同様の能力も与えられているのだが、そちらは非常に弱いのだ。逆に、一号は二号ほどの自己強化能力は持っていなかった。

どちらにせよ破格の能力に思えるが、アル・アジフたちは失敗作と結論付けられている。継ぎ接ぎを生み出す能力は、せっかく強力な魔獣を素体にしても能力が大幅にダウンしてしまう。弱体化を補うために、何百もの魔獣を合成する必要があった。それならば、その魔獣を直接アンデッド化した方が効率的だ。

自己強化能力の場合も同様である。効率が非常に悪く、燃費も悪かった。しかも、一度能力を解放すれば、溜め込んできた力がリセットされてしまう。

どちらの能力も量産化には不向きと結論付けられ、アル・アジフ計画は試作のみで凍結となっていた。

まあ、今回は十分であろう。この都市にきてからも人を喰らって力を付けている。お陰で一部計画は狂ったが、そのリターンは十分あるだろう。

「さっさと動け！　苛立ちすぎて、手元が狂ってしまいそうだ！　こんな風になぁ！」

「きゃぁ！」

顔の横に添えたアル・アジフを軽く動かすだけで、その頬が深々と切り裂かれる。

「あははははは！　いい声で鳴くぜぇ！　それに、血もうめぇなぁ！」

鎌から性別が分からない、甲高い声が響き渡った。その異様な光景に、会場が静まり返る。

ケイトリーの白い肌からは血が流れ出し、首筋を流れて白い服を赤く染め上げた。

「この鎌の刃は、ノコギリのようになっていてなぁ？　早く治療せねば、醜い傷が残ってしまうぞ？　この鎌のような継ぎ接ぎ傷がなぁ！」

我の叫びを聞いた愚民共の間に、より強い恐怖心が流れるのが分かる。もっと怖れよ！　もっと嘆け！　それが、我らの糧ともなるのだ！

「人質はもう一人いるのだ、躊躇うと思うなよ？　それとも、我が小娘の命を奪う前に、我を倒せるか試してみるかね？　無駄だ！　呪詛によって、我と小娘たちは繋がっている！　我が滅びれば娘たちも死ぬる運命よ！」

嘘ではない。我が存在と小娘らの命を縁で繋ぐことによって、我が滅べば小娘たちが死ぬような呪詛を仕込んである。

我らアンデッドにとって、呪術は最も相性のいい術式だ。相手が高位の魔術師であっても、そう簡単に祓われぬだろう。

我が言葉が真実であると分かるからこそ、冒険者たちは動けぬらしい。歯を食いしばって我を睨んでいる。負け犬の如くなぁ！

「……儂がその奴隷の首輪を嵌めれば、孫とそのお嬢ちゃんの命は助かるということか？」

「お爺様！」

「黙っておれヒルト。それで、どうなのだ？」

「その通りだ。デミトリス、オーレル。この二名が奴隷となれば、孫は解放してやる。貴様が軍門に下れば、人質などおらずともこの場を去ることは難しくあるまい？」

ここで嘘看破で見破られては計画が狂うかもしれん。娘どもを解放するのは本当のことだ。そのために、わざわざニルフェも生かしてあるのだからな。

「……致し方あるまい」

「お爺様！　ですが！」

「その仮面の男、嘘はついておらんだろう。老骨の身と、将来ある子供たちの命。天秤にかけるまでもないわ」

デミトリスがそう告げ、前に出ようとする。しかし、その歩みを一人の男が遮った。貴族のようだ。

「お、お待ちください！　あなたはご自分の力を過小評価し過ぎだ！　レイドスなんぞにあなたの力が渡れば、それは国防の危機！　考え直してくだされ！」

「確か、前軍務卿殿だったかのう？」

「そうです！　クランゼル王国の貴族として、レイドスを利することは許可できん！　あなたには辛い決断をしていただかねばならない！　お孫さんのことは残念ですが、ここは――がはっ！」

「儂はこの国の人間ではない。お主の許可など、必要としておらぬわ。勘違いするな。それに、孫の命がかかっている。他の者たちも、邪魔をするのであれば容赦せん。分かったな？」

デミトリスに殴られた貴族が、宙を舞い、その後の恫喝で周囲の者たちの顔色が変わる。欠片も本気はないはずなのに、空間が歪んでいるのかと思うほどの狂った存在感。

不死者である我から見ても、化け物だ。敵対すれば、我であっても瞬殺されるだろう。

冒険者など所詮は何でも屋の延長だと思っていたが、さすがに最高ランクは格が違うということか。

くくく、あの力がもうすぐ我らのものとなるのだ。笑いが止まらぬ！

「俺をご指名か……。仕方ねぇ」

「旦那様！」

貴賓席にいたオーレルも立ち上がる。このまま両者を奴隷化すれば、我が目的の達成だ！

そんな中、我らが通ってきた通路を抜けて、何者かが近づいてくるのが分かった。冒険者の増援かと身構えたが、違っていた。見知った気配であったのだ。

「赤剣騎士団の長か」

「そっちは黒骸の腐れ死霊だな？」

やはり赤剣のシビュラであった。我らの要請に応え、ようやく参ったか！

相変わらず不愉快な女だ。しかし、戦力としては申し分なし。デミトリスも合わされば、逃れることはより容易くなったであろう。

「ふははは！　こちらに増援だ！　これで、さらに我らが有利になったぞ！　どうした！　デミトリス！　オーレル！　さっさとこの首輪を嵌めよ！　シビュラ！　これを奴らに渡してまいれ！」

「お前らに、私に対する命令権はない」

「今、そんなこと――」

「だいたい。その子には少し借りがあってね」

「借り、だと？」

「まあ、ちょいとばかり蒙(もう)を啓(ひら)かれたのさ。だから――」

この女は、さっきから何を言っている？　借りだと？　だからどうしたというのだ？　そもそも、いませる話では――。

「その汚い呪詛は我慢ならないね！」

「ぐがぁぁっ！」

こやつ！　何をしたのだ！　我が呪詛を消し去りおった！

逆流する呪いが、我の体を苛む。間違いなく、小娘との間にあった呪詛の繋がりを断たれた！

「貴様ぁ！　シビュラ！　うら、うらぎ……！」

「もぐもぐ……腐れ野郎の呪詛なんざ食えたもんじゃないと思っていたが……悪くない」

「ば、馬鹿な……呪詛を、食らったとでも……」

「くく。私は悪食でね。食えないもんなんてないんだよ」

「なぜ、こんな……」

「そもそも、気にくわないのさ」

「は？」

何を言ってるのだ？　気にくわない？　そ、そんな下らん理由で――。

「おい！　アシッドマン！　躱せ！　動くんだよ！　おい！」

「は？」

アル・アジフが何か騒いでおるが、意味が分からぬ！

「子供を攫ってきて利用しようとするその腐った根性が気に食わないんだよっ！」

「ぎがぁぁぁ！」

この女！　わ、我を斬りおった！

「敵地で、ち、血迷ったかぁ！」

「うるさいんだよ。その臭い口を閉じな。腐れ野郎」

おい！　その振り上げた剣は――なぜだぁぁぁぁぁぁ！

第六章　それぞれの事情

糸を伸ばして闘技場を偵察してみると、仮面を被った男がデミトリスたちを脅しているところであった。

仮面の効果で人間に見えているが、鑑定をするとアンデッドであると分かる。

その身に纏う魔力は、かなり強力だ。

最低でも脅威度C。いや、魔力を隠蔽する技術と、人間に偽装して町に入り込んで陰謀を企むだけの知恵があるなら、脅威度Bでもおかしくはないかもしれない。

能力的には魔術特化型だな。死毒魔術、暗黒魔術、補助魔術などを高レベルで所持している。近接能力はそれほどでもないが、遠距離なら相当強いだろう。ユニークスキルはないが、スキルの数は多く、レベルも高い。

ケイトリーを巻き込まないようにあいつを倒せるかと言われたら、かなり難しそうだ。

アシッドマンというネームドアンデッドは、ケイトリーの体を闇魔術で拘束し、勝ち誇ったように笑っている。後ろにいるのは、ニルフェの護衛だった男か？　アンデッドになってしまっているな。

それを見て、ヒルトやツェルトが怒りの声を上げている。なんと、マイケルとツェルトは兄弟だったらしい。血の涙を流さんばかりに、憤怒の表情を浮かべている。

ああ！　ケイトリーの顔に傷が！　小さくても女性だぞ！　傷跡が残ったらどうするんだ！

それに、アシッドマンとケイトリーの間に、嫌な感じの魔力の繋がりが感じられた。なるほど、あれが呪詛って奴か。アシッドマンが倒れたら、本当にケイトリーたちの命は失われるだろう。それだけ、呪詛に込められた魔力は凶悪だった。

なにより厄介なのが、その手に握られた大鎌だ。

あの嫌な気配、鑑定せずともどんな存在なのか分かる。

アル・アジフだろう。複数存在するとは分かっていたが、まさかこんな場所で遭遇するとは！

奴の存在が、アシッドマンの脅しに真実味を持たせているな。

おお！　デミトリスがなんか偉そうなオッサンを殴り飛ばしたぞ。

「師匠、どう？」

『結構ヤバい感じだ。このままだと、デミトリスが自分の意思で奴隷の首輪を嵌めちまうかもしれない』

「……どうする？」

『最悪、念動とかで邪魔をするか……？』

デミトリスがレイドスの奴隷になったら、一気に国の勢力図が変わってしまいかねない。

多分、孫が死ぬよりは、自分が奴隷になるほうがマシだと考えたのだろう。死ななければ、解放される目は残るしな。

「でも、ケイトリーとニルフェの無事が一番」

『だよなぁ』

無茶をして彼女たちを危険にさらすわけにはいかない。となると、どうする？

今のままだと呪詛のせいで、手出しができん。ニルフェを取り戻せたとしても、事態は好転しないだろう。

俺や冒険者たちが歯噛みするしかない中、舞台通路から誰かが出てくるのが見えた。

『シビュラだ！』

「……敵の増援？」

『だろうな。これはかなりマズいぞ』

人質を取られているうえにシビュラまで加勢するとなると、勝ち目がないんじゃないか？　ここで一番頼りになりそうなデミトリスは動けないし……。

どう動くのがいいのか悩みながら成り行きを見守っていると、アシッドマンがシビュラを促して奴隷の首輪をデミトリスたちに嵌めるように命令をした。

そして、シビュラが動いたのだが――。

『えぇっ！』

「師匠、どうしたの？」

『シ、シビュラがアンデッド野郎を裏切った！』

「！」

なんと、シビュラがアシッドマンを斬ったのだ。ただ攻撃を仕掛けただけではなく、止めまで刺そうとしている。

突然の事態に皆が呆然とする中で、シビュラの剣がアシッドマンの体を真っ二つにするべく振り下ろされた。

だが、アル・アジフがその斬撃を弾く。

「うがぁぁぁ！　アル・アジフゥゥ！　我が腕をぉ！」

「お前に任せておけるかよ！」

よく見ると、アシッドマンの右腕とアル・アジフが溶け合うように融合していた。しかも、アル・アジフから細い触手のような物が伸び、アシッドマンの腕に絡みついている。アル・アジフが侵食をしている？　そのおかげで、勝手に動くことが可能になったのかもしれない。

装備者の肉体を侵食して操るとか、マジで呪いの装備だな。

ただ、そのおかげでアシッドマンが生き残ったことも確かだ。まあ、奴は怒っているけどな。

ケイトリーの身柄はシビュラに奪われ、その腕の中に抱きすくめられている。

呪詛はシビュラが消し去ったようだ。というかシビュラのやつ、呪詛を食ったよな？　悪食とかいうレベルじゃないだろう！

「師匠、行こう」

『お、おお。そうだな』

フランが移動する間にも、事態は進んでいく。

シビュラが現れた通路から、今度はビスコットとクリッカが現れたのだ。しかも、彼らだけではない。一人の少女を伴っていた。

それを見たヒルトが、少女の名前を叫ぶ。

「ニルフェ！」

そう。クリッカに手を引かれていたのは、人質になっているはずのニルフェであった。外傷などはなさそうだ。

しかし、なぜここに？　いや、シビュラがアシッドマンを裏切ったことを考えれば、助け出してきたってことか？　でも、なんでだ？　同じレイドス王国の所属同士のはずだろ？

「うがぁぁぁ！　マイケルッ！　ガキを奪い返せ！」

「オオォォォォ！」

アシッドマンの命令で、ゾンビ化したマイケルが動き出す。相当速い！　冒険者や兵士の中には、全く反応できていない者も多い。しかし、マイケルの突進はビスコットの盾によってあっさりと防がれていた。

「はっはぁ！　その動きは見たことあるぜ！」

ビスコットはツェルトと戦ったからか、デミトリス流の動きにある程度慣れたらしい。

盾に弾かれてたたらを踏むマイケル。その直後、マイケルの首が転がるように落ちた。体はその場に立ったままなのに、首だけがボールのように地面をゴロゴロと転がる。

周囲の冒険者は突然の事態に驚いて固まってしまっているが、俺には何が起きたか分かるぞ？　クリッカが風魔術を使ったのだ。魔力も発動も完璧に隠蔽された風の刃が、マイケルの首を斬り落としたのである。

少し遅れてマイケルの体が崩れ落ち、ようやく人々が事態を理解したらしい。観客席からは悲鳴が響いた。

ビスコットたちの戦闘力を見て、冒険者も兵士も迂闊に動けなくなった。

これで、人質が二人ともシビュラたちの手に渡ったことになるが……。

『フラン！　ちょっと止まれ！　様子を見たい！』

った。

(ん。わかった)

自体が混迷し過ぎて、何が何やら。俺たちは誰を倒せばいいんだ？

ケイトリーの体の汚れをパンパンと掃ってやっているシビュラからは、悪意や害意が感じられなかった。

ヒルトが厳しい目でシビュラを睨みつける。

「お前らは……その、仮面の男の仲間ではないの？」

「仲間かどうかと言われたら、仲間ではないねぇ。まあ、同国人ではあるが」

「あなたもレイドス王国人ということかしら？」

「ああ。レイドス王国広域守護部隊、赤剣騎士団団長のシビュラだ」

シビュラがあっさりと自らの所属を明かした。

ただの騎士ではないと思っていたが。騎士団長だったのか！　しかも、広域守護部隊とかいう、なかなか厳つい肩書だ。

ヒルトも驚いているな。

「き、騎士団長？　それが、どうしてこんな場所にいるのよ？」

「ははは。こっちにも色々とあるのさ」

ようやくシビュラたちもまた敵であると理解したのだろう。周囲の冒険者や兵士たちが、一斉に身構えるのが分かった。

今はまだ二人の少女が人質に取られているので攻撃は仕掛けないが、隙あらばここにいる全員がシビュラたちに襲い掛かるだろう。

アシッドマンもまだ隙を窺っており、その脅威は去っていない。

そんな中に、さらに登場人物が増えていた。

観客席への出入り口付近にいるフランが、眼下の舞台を見下ろして呟く。

「ウルシたち、きた」

「ニルフェお嬢さん！」

「オン！」

ニルフェを捜しに行ったウルシとコルベルトだったが、道中ですれ違ってようやく追いついたらしい。

「お前ら、お嬢さんたちを離せ！」

「オン！」

いや、シビュラたちにとって、ケイトリーたちは生命線だぞ？　そう言われて離すはずが――。

「ああ、いいよ。ほれ、行きな」

「え？」

シビュラに背を押されたケイトリーが、困惑するように彼女の顔を見上げた。

「クリッカ、そっちの嬢ちゃんも返してやれ」

「はい」

戸惑ったように足を止めているケイトリーと違い、ニルフェは一目散にヒルトに向かって駆けた。

そして、問題なく彼女の下に辿り着く。

「ヒルトおねえちゃん！」

「ニルフェ！」

それを見ても、ケイトリーは困惑したままだった。

シビュラの行動の意味が分からないからだろう。

「なんで、ですか？　なんで私を助けて……？」

「あんたには借りがある」

ケイトリーの呟いた疑問の言葉に、シビュラが答える。しかし、意味が分からないのだろう。ケイトリーは首を傾げている。

「借り？」

「お嬢ちゃんのおかげで、冒険者ってやつは舐めちゃいけない存在だと知ることができた。たとえ駆け出しであってもな」

ダンジョンでのことを言っているのか？　説教というか、ケイトリーがシビュラに対して思いの丈をぶつけたあの件。

シビュラにとっては、かなり驚きの事件だったのかもしれない。

優しい瞳でケイトリーにそう語ると、その背中を軽く叩いた。しかし、ケイトリーは離れない。

「わ、私が離れたら、あなたたちは……」

「私たちは、本来は敵同士なんだ。気にすることはない」

「でも、助けてもらったのに！」

ケイトリーが心配そうにシビュラを見つめる。そんな少女の背中を、シビュラが今度は強めに押した。

「ほら、行きな」

「あ！」

つんのめるように、ヒルトたちのほうへと押し出されるケイトリー。

その隙を逃さず、ヒルトがケイトリーの身柄を確保する。そのままヒルトが、敵意半分、戸惑い半分の表情のまま、シビュラに問いかけた。

「人質を手放すなんて、そもそも何が目的なのかしら？」

レイドス王国の人間であると判明してしまった今、ケイトリーたちを手放すのは自殺行為だろう。シビュラたちを包囲する中には、デミトリスだっているのだ。

ケイトリーとニルフェを盾にして、町の外に逃げたところで解放すればよかったのではないか？

俺だけではなく、ヒルトもそう考えたらしい。その行動の意味が分からず、探るような目でシビュラを見ている。

しかし、シビュラは肩を竦めてあっさりと言い放った。

「私がそいつを斬ろうとしたのは、子供を利用する腐れ外道が気にくわなかったからだ。そんな私らが、自分が逃げるために子供を盾にするわけにはいくまい？」

「そんな理由で……！」

ヒルトだけではなく、周囲の人間も呆れた顔をしている。スキルなんか使わなくても、シビュラの言葉が本気であると分かったからだろう。

憎き敵国、レイドス王国。その所属でありながら、同国人を裏切ってまで子供を救ったうえに、純粋ささえ感じさせる潔さを見せた。

場が混乱していて、どう対処すればいいのか分からないということもあるだろうが、攻撃しようとしていた者たちの動きが止まっている。

「シビュラよ！　貴様正気か！　祖国を裏切る気なのかぁ！」

「うるさいよ腐れ野郎！　あんたらのやり方は、我が国の誇りを穢すだけだ！」

「もう少しであったものを……！　外のことを何も知らんくせに下らん理由で……！　アル・アジフ！　継ぎ接ぎどもを出せ！　こうなれば総力戦だ！　その隙に逃げる！」

「了解だぁ！　くははは！　出てこい！　継ぎ接ぎども！」

大鎌の刃が黒い輝きを放ったかと思うと、周辺に無数の魔法陣が描き出される。その中から、様々な人間の死体を継ぎ接ぎしたかのような異様な姿のアンデッドが召喚されていた。

肌の色もパッチワークのように違っているし、片方の耳だけエルフのように長い個体や、腕の長さが違っている個体もいる。

その数は三〇体以上。

「あれ！　この前見た！」

『ああ！　水晶の檻で戦ったアル・アジフが生み出した、継ぎ接ぎとか言う死霊どもだ！』

継ぎ接ぎの数は、今回の方が多い。だが、こちらの方が大分弱いか？　勿論、雑魚って程じゃないんだが、前に戦った継ぎ接ぎの凶悪さと比べるとかなり見劣りした。形も人型だしな。

問題は、奴らが出現した場所だろう。舞台上だけではなく、観客席にまで召喚されていたのだ。

しかも、アシッドマンの体の中から湧き出すように、無数のゴーストが出現していた。溢れ出るゴーストたちは、五〇体を超えるだろう。

ゴーストたちも観客目がけて飛びかかっている。

「きゃあぁぁぁぁぁ！」

「うわぁっ！　た、助けてっ！」

「いだいいだいぃ！」

会場は一瞬で大混乱に陥っていた。自分勝手に逃げ惑う大勢の人間のせいで、避難誘導もままならない。そもそも、会場を警備していた兵士たちも混乱してしまっていて、どう動けばいいのか分からないのだろう。

それでも果敢に継ぎ接ぎへと立ち向かう兵士もいたが、一瞬で返り討ちだ。冒険者が加勢に入ったが、結果は同じだった。

以前のものより弱いとは言っても、さすがにそこらの冒険者や兵士には荷が重いか。それに、逃げる人々が邪魔になっているせいで、ちゃんと戦うこともできないでいる。

（師匠！　助ける！）

『ああ！』

俺たちは空中から観客席へと飛び込み、今まさに観客に振り下ろされた継ぎ接ぎの長い爪を受け止めた。

「あ、あなたは……」

「逃げて」

「はい！」

フランに救われたおっさんは、頭を下げると猛然と逃げていく。

「ウオオオォォ！」

「遅い！」

怒りの咆哮を上げながら襲い掛かってくる継ぎ接ぎだったが、フランには勝てなかった。

頭上から振り下ろされた拳を紙一重で回避すると、すれ違い様にその首を斬り飛ばす。だが、継ぎ接ぎはその程度では倒れない。首を失った状態でなお動き、再度襲い掛かろうとしている。

まあ、俺たちはそれを予想してたけどな！　以前戦った継ぎ接ぎが異常にしぶとかったのだ。こいつらも、似たような再生力を持っていてもおかしくはなかった。

「やぁぁぁぁ！」

「オオォ――」

継ぎ接ぎの攻撃が放たれる前に、フランの斬撃がその体を真っ二つにする。同時に、属性剣の炎がその体を焼いた。さすがの継ぎ接ぎも、これだけダメージを食らえば終わりだ。

その体は灰となって崩れ落ち、再生することはなかった。

『よし！　次だ！』

「ん！」

俺たちは観客席で暴れる継ぎ接ぎやゴーストを目指し、再び駆ける。遠距離攻撃で倒せればいいんだが、人が多すぎてそれは無理だ。確実に、流れ弾で被害が出るだろう。

俺たちと同様に、デミトリスが観客席の敵を攻撃しているのが見える。

『何だあの攻撃！』

（すごい）

『ああ。あれは、ヤバいな』

デミトリスは不動と呼ばれているそうだが、その戦いぶりは正に異名通りのものであった。

デミトリスが舞台上から拳を振るう度に、観客席にいる継ぎ接ぎの胸部に穴が空き、その体が崩れ落ちる。あれだけの威力の攻撃を観客に当てずに正確に放てるのも驚異的だし、魔力の動きがほとんど分からない隠密性も凄まじい。簡単に継ぎ接ぎやゴーストを倒しているが、高等技術のオンパレードであろう。

シビュラたちはその場を動かず、近くのゴーストたちを攻撃しているな。

冒険者たちもとりあえずシビュラたちではなく、アンデッドどもを葬ろうとしているらしい。

肝心のアシッドマンは、一人の武闘家と戦っていた。

「ええい！　どけ！」

「どかん。弟の仇を討たせてもらうぞ！」

弟であるマイケルを殺され怒り狂う、ツェルトである。

デミトリス流の者たちが援護する様子はない。仇討ちを希望するツェルトにアシッドマンを任せたらしい。ヒルトたちは彼を援護するように、周囲のゴーストや継ぎ接ぎを攻撃していた。デミトリスも同様だ。

空気を読んだわけではないだろうが、冒険者たちもアシッドマンに直接攻撃を仕掛ける者はいなかった。その強さを理解し、強者であるデミトリス流に任せようと考えたらしい。

結果、ツェルト対アシッドマンの戦いが、舞台上で繰り広げられていた。

「デミトリス流・砕破ぁぁ！」

「急に動きが速く……？　ちっ！」

急加速からの回転肘打ちを、アシッドマンがギリギリ躱す。今の動き、ビスコット戦よりも鋭くなかったか？

「今のを防ぐか！　ならばこれだぁ！」

「ぐ！　離れろ！　下郎が！」

続け様の二段蹴りも、アル・アジフの柄で受けられた。だが、アシッドマンはかなり嫌がっているようだ。

ツェルトは明らかに動きが速くなっていた。それに、デミトリス流の武技を使っている。どうやら、封印を解いたらしい。ビスコット戦での動きが限界だと思っていれば、かなりの驚きだろうな。

そもそも、動きが速くなっただけではない。ツェルトは足裏から魔力を放出することで、空中跳躍を再現していた。明らかに曲がれないところで宙を蹴って曲がり、予想外の攻撃を仕掛けている。

アシッドマンではその攻撃を回避しきれないらしく、何発かいいのが入っていた。今は障壁で危険な攻撃は防げているが、攻撃が決まり続ければ障壁の維持も難しくなるだろう。

「ぜやあああぁぁぁぁぁ！」

「ぐが！　くっそぉぉ！　があああああ！」

ツェルトはアシッドマンの持つ大鎌の内側に入り、張り付きながら攻撃を続ける。額が当たりそうな距離を維持しながらも、アシッドマンの周囲を移動し続ける器用な真似をしていた。

そのせいで、アシッドマンの攻撃はまともに当たらない。

だが、アシッドマンは――いや、アル・アジフはやられっぱなしではいなかった。

「うがぁぁぁ！」

突如、攻撃されたタイミングでもないのにアシッドマンが苦しみ出す。よく見ると、アル・アジフの浸食部分が広がり始めていた。

赤黒いアル・アジフの刃と同じ色の触手が枝分かれし、アシッドマンの肉体を呑み込んでいく。

「あるあじふぅぅぅ！　うらぁぁぎりぃぃぃぃぃぃぃぃぃ！」

「もう何言ってんのか分かんねよ！　お前みたいな雑魚に任せてたら瞬殺だ！　だったら、その体を寄こしやがれっ！」

「ぐがががががあぁぁ！」

「ひはははははは！　雑魚の体だが、腐っても席番持ちか！　悪くない！」

アシッドマンの声が聞こえなくなり、アル・アジフの耳障りな甲高い声だけが響き渡る。どうやら、完全にアシッドマンの体を乗っ取ったらしい。

明らかに、動きに変化が見て取れた。腕だけで大鎌を扱い、アシッドマンが振り回されていた印象だったが、今や大鎌を扱うのに最適な動きができているのだ。

「ひゃっはぁぁぁぁぁ！　死ねや！」

「くっ！」

完璧に体の主導権を得たアル・アジフは、大鎌を完璧に操ることが可能となっていた。未だに超近距離にいるツェルトの攻撃に合わせて柄を振るい、拳と柄がぶつかり合う衝撃を利用して距離を取る。

その手並みは非常に鮮やかだ。

「仕切り直しだぁぁぁ！」

「くっ！　急に動きが……！」

今のアル・アジフは、動きが速くなっただけではない。アル・アジフに体の主導権が移ってしまったアシッドマンは、攻撃のリズムがガラリと変化していた。

大鎌を振り回す勢いを利用して回転し、時には獣のように身を低くしてトリッキーな動きを見せる。急に動きが読めなくなったことで、ツェルトは防戦に追い込まれていた。

なんせ、相手は強力な障壁と再生能力で多少の攻撃は無視できるのに、ツェルトは大鎌の一撃を食らえば確実に致命傷なのだ。

しかし、デミトリス流の封印を解いたツェルトも、やられっぱなしではない。

魔力を纏わせた腕を使い、大鎌を受け流しながら時おりカウンターを放っている。アル・アジフの大鎌は魔力の刃を纏っており、下手に触れれば側面であってもダメージを食らうだろう。それを完璧に受けるのだから、ツェルトの技術の高さは想像以上だ。

「脳筋面してんのに、随分と技巧派じゃゃねぇか！」

「うおぉぉぉぉ！」

ビスコットとは軽口を叩き合っていたツェルトだが、アル・アジフ相手には会話をしようとはしない。むしろ弟の仇のふざけた態度に、怒りを煽られているようだった。

グッと歯を食いしばり、前に出る。

これまではダメージを食らわないようにカウンター主体で立ち回っていたが、アル・アジフを倒すためにはリスクを負わねばならないと考えたのだろう。もっと言えば、弟の仇を討つためには、多少のダメージは仕方ないと覚悟を決めたのだ。

大鎌の刃が、ツェルトの左腕を掠り、二の腕から血が噴き出す。その代わり、ツェルトは相手の懐に入り込んでいた。同時に、拳を繰り出す。

ドゴンという鈍い衝撃音。

だが、アル・アジフに変化はない。ツェルトの攻撃は、アル・アジフにしっかりと受け止められていた。魔力を纏った必殺の一撃だったはずだが、ツェルトの拳はアル・アジフの左手に正面から掴まれてしまっている。

「いい一撃だが……温いな！」

「ぐがぁ！」

アル・アジフが左手に力を籠めると、ツェルトの右拳がグシャリとトマトのように潰されてしまった。ツェルトは呻き声をあげながらなんとか逃れようとするが、アル・アジフの手は振り払えない。

それどころかさらに力を籠め、ツェルトの潰れた拳をさらに痛めつけていた。

あれは凄まじい激痛だろう。

だが、ツェルトはその痛みをこらえて、反撃を加えようとした。腕を引いてアル・アジフを引き寄せ、殴ろうとしたのだ。

「うおらぁぁぁ！」

膨大な気が込められた一撃を見たアル・アジフは、後ろに飛んで躱そうとする。だが、そこに新たな人影が乱入していた。アル・アジフをツェルトと挟み込むように、背後から飛びかかる。

「死ね！　クソ野郎！」

それは、白い狼の頭部をした獣人の男性だった。手に持った氷の剣を振るい、アル・アジフの後退を阻止する。

（オーレル！）

『ああ。進化してる姿は初めて見たが、間違いない』

それにしても、その気配は猛々しかった。多少べらんめぇな雰囲気のあるオーレルではあるが、今ほど殺気を迸らせる雰囲気は初めてなのだ。

「よくも孫を人質なんかに取ってくれたな！　目にもの見せたらぁ！」

なるほど、ケイトリーを人質に取られたことでブチギレているのか！

突如現れたオーレルによって動きを封じられたアル・アジフに、ツェルトの一撃が見事に決まっていた。

「ぶごっ！」

顔面を殴られ、数メートルほど後退するアル・アジフ。

さすがにノーダメージとはいかず、魔力が削られている。直撃すれば障壁の上からでも、ダメージはあるのだろう。

そこからは、ツェルト&オーレル対アル・アジフの戦いが始まる。

白狼へと進化したオーレルは、全身に氷雪属性の魔力を纏っていた。その拳を振るうと、氷の粒が吹雪（ふぶき）のようにアル・アジフへと押し寄せる。白犬の進化状態である白狼は、氷雪系の魔力を操ることが可能らしかった。

だが、アル・アジフの大鎌が、全てを薙ぎ払ってしまう。

多少の遠距離攻撃では埒が明かないと考えた二人は、自然とアル・アジフを挟み込むような形で攻ろう。


撃し始める。さきほど、一撃を入れた陣形だ。これが最も有効的だと思い至ったのだろう。

しかも、二人の連携はかなり息が合っている。いや、オーレルが息を合わせているようだ。長く生きているオーレルは、デミトリス流の人間と組んだこともあるようだし、即席連携の経験も多いのだろう。

うまくツェルトに合わせることで、間断なく攻撃を仕掛けることができている。

だが、それでもアル・アジフを押し切ることはできなかった。

「おらおらおらおらぁ！　温い温い！　温いぜぇぇぇ！」

「これも躱すか！」

「アイシクル・ランス！　ちっ！　当たらん！」

「ひゃはははは！」

アル・アジフはまるで全方位が見えているかのように、全ての攻撃を捌いていく。完全に死角からの攻撃であっても、反応するのだ。

それも仕方ない。なんせ、アル・アジフは俺と同じようにスキルで全周囲を見ているだろうからな。そもそも死角などないのだ。しかし、オーレルたちは気付けていない。アル・アジフが大鎌の形状をした特殊なアンデッドであるとは分かっているだろうが、アシッドマンがその大鎌の操り人形状態だとは思えないのだろう。

そして、遂に均衡が大きく崩れる。

「おらあぁぁぁ！　死んどけぇ！」

「ぐっ！」

中々攻め切れないことに焦ったのか、ツェルトが攻め気に逸ってしまったのだ。アル・アジフがあえて晒した隙に攻撃を仕掛けてしまった。当然ながらその攻撃は回避され、カウンターで放たれた斬撃がツェルトの左腕を捉えていた。

アル・アジフは頭部を狙ったのだが、ツェルトが何とか回避したのだ。魔力放出で無理やり体を動かした技は、ヒルトの迦楼羅やコルベルトの無拍子（むびょうし）にも似ていた。デミトリス流の十八番（おはこ）なんだろう。

だが、アル・アジフの攻撃は終わっていない。

「逃がさねぇよ！」

「がぁぁぁ！」

ツェルトの左腕は斬り飛ばされてはいなかった。なんと、大鎌が左腕に食い込んだ状態で刃から触手が湧き出し、その左腕をさらにガッツリと咥え込んだのだ。

「このまま干乾びろ！」

「くぅ……血が……」

アル・アジフの刃が脈打つように蠢くたび、大鎌が赤みを増す。どうやら、血を吸い上げているようだ。

「バケモンが！　離しやがれ！」

「くはははは！　効かんわ！」

ツェルトが逃げようとしても、大鎌は振り切れない。そこにオーレルが援護するように氷雪魔術を打ち込むが、アル・アジフはそれをあっさりと回避する。大鎌の柄がグニャリと曲がることで、動きも阻害されない。ツェルトに食い込んだ刃が、離れることもなかった。

その間にも、ツェルトの腕から段々と張りが失われていく。血を吸われることで、干乾びて行っているらしい。かなり危険な状態だ。

それを見て、オーレルは決断したのだろう。苦悩の表情で氷の剣を振り上げると、ツェルトに駆け寄った。

「斬り落とすぞ！」

「お願い、します……！」

ツェルトも覚悟を決めた顔で頷く。

そして、オーレルの氷剣がツェルトの左腕を付け根から斬り落とした。傷跡が即座に氷に包まれ、止血が行われる。本来は再生を阻害する能力なのだろう。

「ちっ！　逃がしたか！」

アル・アジフの舌打ちとともに、刃に残されたままの左腕が一気に干乾びた。そのまま砂のように崩れ去り、消滅する。やはり、奴の吸血能力はかなり危険そうだな。

ツェルトが腕を失った今、二人はかなり不利な状況に追い込まれただろう。しかし、彼らが退くことはなかった。周囲に助けを求めることもせず、むしろ戦意がさらに高まっているように見える。

それだけ、怒っているということだ。

しかし、アル・アジフの攻勢はドンドンと強まっていく。アンデッドならではの、関節や筋肉を無視した人外の動きと、大鎌の遠心力を利用した強烈な回転が合わさり、二人を圧倒していった。

「おい。兄ちゃん。俺が何が何でも奴の動きを止める。止めを任せていいか？」

「私の持てる限りで、奴を打ち砕いて見せましょう」

「へへへ。頼んだぜ」

「はい」

深い傷が幾つも穿たれ、ツェルトもオーレルも動きが鈍り始める。明らかに追い詰められているのに、二人はまだ諦めていなかった。

アル・アジフの猛攻を躱しながら、何やら声をかけ合っているのだ。

「ひゃははは！　何か相談したみたいだが、無駄なんだよぉぉぉ！」

「ふん！　まだこっからだ！」

嵩にかかって攻撃を仕掛けるアル・アジフを、オーレルが足を止めて迎え撃つ。

鋭い狼の目には、強い覚悟が宿っているのが分かった。

「英雄ウィジャットの名を受け継ぐ俺が、無様に負けるわけにはいかねぇんだよ！　氷刃！」

オーレルが叫んだ直後、その全身が細かい瞬きに覆われる。ダイヤモンドダストのような小さい氷片が、オーレルの周囲を舞っているのだ。一見すると攻撃や防御に関係するとは思えない。だが、その美しい見た目に反して、オーレルからは非常に攻撃的な魔力が放たれていた。

おそらく、黒猫族の進化種が使う迅雷などと同じ、種族固有スキルだろう。ならば、かなり強いはずだ。

「てめぇの血も飲ませろぉぉぉぉ！」

「お断りだぁぁぁ！」

オーレルが咆哮すると、ダイヤモンドダストが青白い煌めきを放つ。そして、虚空から無数の氷の刃が湧き出し、超高速で射出された。一見すると氷雪魔術を放っただけに見えたが、撃ち出された氷刃は魔術とは一線を画す威力を秘めていた。

アル・アジフが大鎌で薙ぎ払った瞬間爆発し、その刃を凍り付かせたのだ。

「ちぃっ！　うぜぇ！」

動きを鈍らされたアル・アジフに、さらに幾つもの氷刃が突き刺さる。いや、障壁に阻まれてアル・アジフには届いていないか？　だが、幾つもの氷刃が次々と爆発し、アル・アジフの周囲を氷で埋め尽くしていた。

オーレルの魔力がかなり減っている。たった数十秒で、魔力が枯渇寸前だった。だが、それだけあの氷刃が強力であるということでもある。

アル・アジフが拘束から抜け出すことができないでいるのだ。

「今だぁ！　やれぇ！」

「おう！」

元々、ダメージよりも行動阻害が目的だったらしい。

「迦楼羅ぁぁぁ！」

疲労困憊の表情で叫ぶオーレルとスイッチするように、ツェルトが突っ込んだ。空気が弾けるような爆発音とともに、ツェルトの体がさらに加速する。大量の魔力を一瞬で放出し、自身の体を押し出したのだろう。

「おおおぉぉぉ！　デミトリス流武技・夜叉ぁ！」

「ぎぃぃぃぃぃぃぃぃぃぃぃ！」

やったことは突進しての右ストレートだが、速度も威力も強烈だった。夜叉というのはヒルトも使用していた技だが、肉体の魔力を一か所に集中させて攻撃の威力をあげる技であるらしい。

オーレルが完璧なタイミングで氷を消し去ったことで、ツェルトの拳がアル・アジフの胴体を貫いていた。

アル・アジフの障壁と外殻を貫く、渾身の一撃である。アンデッドの動力源である魔力を、相当削っていた。

だが、それじゃダメなのだ。アル・アジフもあえて食らったように見えた。

「やりやがったなぁ……」

「これでも、倒せないのか……！」

「この消耗は、テメェの命で償ってもらうぜぇ！」

拳が相手に突き刺さった状態では、即座には逃げられない。アル・アジフの狙いもそこにあるのだろう。

オーレルは消耗し過ぎて動けないようだし、このままじゃツェルトがやられる！

『フラン！』

（ん！）

ゴーストや継ぎ接ぎを倒しながらも舞台から目を離していなかったフランは、事態をしっかり把握している。いつでも割って入れるように準備していた魔術を放とうとして——動きを止めた。

「馬鹿弟子が。相手の本質を見抜く目を鍛えよ」

俺たちよりも先に、デミトリスが動いていたのだ。あの老人も、弟子が危険になったら助けに入れるよう、準備していたんだろう。

一瞬で舞台に乱入すると、ツェルトの襟首を掴んで一気に離脱していた。同時に、振り下ろされていたアル・アジフの腕が砕け散っている。

俺も完璧に見切ったわけではないが、下から掬い上げるような肘でアル・アジフの腕を迎撃し、その衝撃を利用してツェルトごと背後に飛んだようだ。アル・アジフの腕が砕けるほどの衝撃だったはずだが、デミトリスにダメージがあるようには見えない。

今の一瞬の攻防だけで、デミトリスの実力の高さが理解できた。速度、強度、正確性、全てが揃っていなくてはこの結果にはならないのだ。

「し、師匠……」

「奴の本体はあのアシッドマンとかいうアンデッドではない。鎌の方だ。今や、あやつの気配しか感じられん」

「大鎌……？　言われてみれば……。では、本当にあの鎌はインテリジェンス・ウェポンなのですか？」

「いや、アンデッドだろう。アシッドマンと同じ、意思あるアンデッドだ。そんなことも見抜けんとは」

「申し訳ありません……」

「ふん。そこで見ておれ。馬鹿弟子が」

デミトリスは乱暴な口調とは裏腹に、優しくツェルトを舞台の外に下ろす。

そして、鋭い眼光をアル・アジフに向けた。

伸びた背筋から日々鍛えていることは分かっても、その姿は細身の老人だ。ゆったりとした武道服から覗く枯れた古木のような手足に、白い松葉を束ねたような髪と髭。その姿を見ただけでは、強いとは到底思えない。

しかし、この場にいる誰もが、その姿を見ずにはいられなかった。圧倒的な存在感故、その老人から目が離せない。俺とフランも、戦闘中だというのに思わず振り向いてしまったのだ。

冒険者の中にはそのせいでやられそうになった者もいるほどである。戦闘中だと分かっているのに、思わずデミトリスを見てしまったらしい。気持ちは分かるけどな。

細身の老人からは、それだけ凄まじい力が放たれている。魔力、気、存在感、様々な力を凝縮させた吸引力のようなものがデミトリスにはあるのだ。

それは、アル・アジフも例外ではなかった。

いや、対峙しているからこそ、デミトリスの力をより直接感じているのだろう。

背を向けて隙だらけに見えたデミトリスに対し、攻撃を仕掛けることもなく突っ立っている。攻撃を仕掛けようとして失敗したとかではない。そもそも、攻撃をする意思さえ感じられなかった。

「バケモンが……。勝てねぇのは分かっていたが、逃げることすら……」

「ほう？　うちの馬鹿弟子よりは人を見る目があるようじゃのう？」

「く……」

どうやら、先程の攻防だけで、心が折れているらしい。その声からは、怯えさえ感じ取れた。

狂っているようにすら感じられたアンデッドを、一瞬で怖れさせるとは……。ランクSは伊達じゃないってことだろう。

「馬鹿弟子を治療する必要もあるのでな。手早く終わらせるぞ？」

「な、舐めやがって！　やってみ――」

「終わりじゃ」

は？

俺だけじゃない。会場の誰もが、ポカーンとした表情をしている。

気づいたらデミトリスがアル・アジフの背後に移動し、大鎌には拳大の穴が穿たれていたのだ。やったことは、単純だ。ツェルトの最後の攻撃と同じ、真っ直ぐ走ってからの、右ストレート。

ただ、その全てが極まっていたというだけで。

人の目では捉えられない速さに、全身の気を思うがままに操る技に、アル・アジフの守りを紙のように貫く力。

結果、ただの拳打が誰にも回避することができない、必殺の一撃となっていた。

「おご……馬鹿な……」

「アンデッドにしてはまあまあ強かったが、儂の前に立てるほどではなかったのう」

残念そうに呟くデミトリス。戦闘狂の老人は、強い相手に餓えているのかもしれない。デミトリス程強くなってしまっては、満足な模擬戦をすることさえ難しいだろうからな。

「俺たちを、失敗作と罵った奴らに、目にもの……――」

「ふん。つまらん辞世の句じゃ」

倒れ、塵と化したアル・アジフを見下ろしながら、デミトリスが肩を竦める。疲れた様子どころか、軽い汗すらかいていない。この老人にとっては、本当に簡単な戦闘だったのだろう。

ツェルトもオーレルも、決して弱くはない。むしろ、強者と言えるだろう。そんな二人を相手にして勝利したアル・アジフが、そこらの雑魚と同じ扱いだった。

まさに、真の強者だ。

その後は、脅威的な速さで敵が駆逐されていった。

俺もフランもデミトリスも、ツェルトを気にする必要もなくなったからな。それに、観客の避難もある程度進み、戦いやすくなったのだ。

アル・アジフが倒れてから五分もかからず、死霊たちは会場から駆逐されていた。オーレルやツェルトも治癒魔術師に介抱され、命の危機は脱したようだ。

残るのは、ゴーストや継ぎ接ぎを冒険者と一緒になって攻撃していたシビュラたちだけである。

「あなたたち、とりあえず投降してくれないかしら？　こちらとしても、そのほうが楽なんだけど？」

そう声をかけたのは、いつの間にか舞台の脇に現れていたエルザである。その後ろには冒険者たちが付き従っていた。

「幾ら強くても、たった三人でこの場所を突破できるとは思っていないでしょう？　ああ、あなたたちが手配していた馬車は、こちらで押さえさせてもらったわよ？」

「昨日の夜から監視が強くなったと思っていたが、全部バレてたか」

「そういうこと。あなたたちへの対処で手一杯で、他にレイドスの人間が入り込んでいることは察知できなかったけどね」

人手不足なうえに、シビュラたちのような強者に対応するために人手を割かなくてはならなかったのだろう。その状態では黒骸兵団の暗躍には気付けなかったようだ。

「しかも、あなたたちは町の外に向かわずに闘技場に来るし」

「こっちにも色々あるのさ」

「何がしたいのか分からないけど、協力者のほうも今頃うちのギルマスが身柄を押さえているはずよ。無駄な戦いは止めて、投降なさいな」

シビュラたちが町の外に出たところで、ディアスを含めた冒険者たちで取り押さえる予定であったようだ。

ディアスが三位決定戦を辞退したのも、このためだったのだろう。フェルムスの姿がないところを見るに、あいつも外にいるのかもしれなかった。

ただ、シビュラたちがこっちに来てしまったせいで、計画が狂ったらしい。

「それは無理だな」

「あら？　やる気？　混乱の最中に逃げ出さなかったのは、こちらに降る意思があるからではないの？」

「ふん。ケジメをつけただけさ。だが、私たちも捕まるわけにはいかなくてねぇ。通してくれって頼んでも、ダメなんだろう？」

「当然」

「ならやるしかあるまい！」

シビュラがそう言って剣を抜き放ち、殺気を周囲に撒き散らした。それだけで、弱い冒険者は動くことさえできずに、呼吸を荒くして立ち尽くしてしまう。

やはり、シビュラは強い。正直、アル・アジフなんかよりもよほど厄介だろう。

ただ、ヒルトに対しては殺気が向いていない。

「おい。いつまで子供をそこに置いているつもりだ。とっとと安全な場所に避難させろ！」

未だにヒルトに抱きかかえられたままの、ケイトリーとニルフェを気遣ったようだ。

「あ、あんたに言われたくないわよ！」

毒気を抜かれた表情のヒルトが、ケイトリーたちを連れて下がっていった。まあ、彼女が付いていれば安心だろう。

「あ、ありがとう！」

ケイトリーの叫びに、軽く手を振って応えるシビュラ。調子が狂うな。

敵国のスパイのくせして、子供は助けるは、冒険者の援護をするは、憎みきれん。

冒険者たちも俺と同じ気持ちであるようだ。なんとも言えない表情をしている。

そんな中、先陣を切ったのはエルザだった。

「シビュラは私が足止めをする。まずは部下二人を捕まえなさい！」

「はっはぁ！　来やがれ！」

エルザが駆け寄りながら、メイスを振りかぶる。それを見て、他の冒険者たちも動き出した。

ただ、デミトリスやラデュル、コルベルトはまだ動いていないな。とりあえず、シビュラたちの動きを見るつもりらしい。

まあ、冒険者は徒党を組んで戦うのは得意ではない者が多いし、乱戦になってしまっては手を出しづらいのだろう。

「師匠、なにかくる」

『なに？　た、確かに凄まじい速度の……』

始まった乱戦に意識を集中していると、フランが闘技場の外を向きながら呟いた。フランが言う通り、恐ろしいほどの速度で何かが近づいてきていた。

街並みを意に介さず一直線に向かってくるということは、空でも飛んでいるのか？

十数秒後。その超高速の飛行物体の正体が何であったのか、判明する。

「やあ、少し遅れました。シビュラ殿」

「待ってたよ。ナイトハルト」

闘技場の屋根の上に立ち、こちらを見下ろしながらシビュラと言葉を交わす男。小脇には、全身傷だらけで意識を失っているディアスを抱えている。

それは、ヒルト戦ですら見せなかったレベルの凄まじい威圧感を放つ、蟷螂男ナイトハルトであった。

「ギルマス！　やだ！　ボロ雑巾じゃない！」

シビュラの横に降り立ったナイトハルトに抱えられたディアスを見て、エルザが悲鳴を上げる。

エルザが言う通り、全身に傷を負ったディアスは、ボロ雑巾と言われても仕方ないほどにダメージを受けていた。

「ナイトハルト様。あなたがやったのかしらん？」

「ええ。普通の追っ手ならともかく、ディアス殿たちは強すぎました。奥の手を使わねば、私が負けていたでしょう。ですが、応急処置はしたので、死ぬことはありませんよ」

本当にナイトハルトがディアスをあんな状態まで追い詰めたのか？　ナイトハルト自身に目立つダ

メージはないが……。

そもそも、ナイトハルトはシビュラと手を組んでいるのか？　だが、エリアンテたちの仲間だったのなら、レイドス王国に恨みがあるはずなんだが……。

「あなたも、レイドス王国の人間だったということ？」

「違いますよ？」

「あら？　じゃあ、傭兵として雇われたの？」

「雇われていることは確かですが、傭兵としてではないですね。すでに団は辞めましたから」

エルザの問いかけに対し、ナイトハルトは首を横に振る。

「ふむ。あなたが彼女たちに手を貸す理由が分からないわね？　お金？」

「とある事情がありまして、レイドス王国に行きたいのですよ」

他の冒険者や観客たちは、固唾を呑んで見つめていた。有名人であるエルザと、ナイトハルトの会話に割って入るだけの度胸はないのだろう。

それに、今の状態はディアスを人質に取られているようなものだ。迂闊な真似をすればディアスが窮地に陥るかもしれない。

冒険者も貴族も、その責任は負いたくないようだった。

「それも、ただ行くだけではなく、向こうである程度自由に動き回りたいのです。まあ、シビュラ殿たちは通行手形のようなものでしょうか？」

「レイドス王国に行って、何をしようというの？　まさか観光目的でもないでしょうに」

「あなたには仲間がいますか？　寝食を共にした、かけがえのない、家族のような仲間たちです」

エルザの問いかけに、ナイトハルトがそんな問いを返した。エルザはやや困惑しながらも、ナイトハルトの問いに答える。ナイトハルトの真剣さが伝わったのだろう。

「いるわ。冒険者としてはソロだけど、私を慕ってくれる冒険者たちは、皆家族のように思っている」

「私にも、かつてはそういう仲間たちがいました。いえ、今もいますが、もっとたくさんいたのですよ。しかし、私の率いる傭兵団はレイドス王国との戦いで大敗し、瓦解しました」

ナイトハルトの声に哀しさが混じる。

「当時、撤退するクランゼル王国軍の殿(しんがり)として、追撃してくる赤剣騎士団――つまり、シビュラ殿たちと戦い、多くの同胞は戦場に散り、残った我々も這う這うの体でクランゼル王国まで逃れました。得たものは僅かなお金と名誉。失ったものは家族たち……」

心底悲し気なナイトハルト。彼にとっては終わった過去ではなく、つい先日の悪夢であるのだろう。

「だったら、どうしてシビュラに手を貸しているの！　仇なのでしょう！　それとも、あなたたちを殿に使ったクランゼル王国を恨んでいるの？」

それが一番有り得そうだな。国を守るために戦ったシビュラよりも、彼らを使い潰したクランゼル王国への怒りが勝っているとしたら？

誰もがそう思ったのだろうが、ナイトハルトは再び首を横に振った。

「恨みなどありません。それも契約の内ですし、誰かが殿を務めねばなりませんでした。あのときはあれが最善の判断だったでしょう。怒っているとすれば、それは仲間を守り切れなかった自分自身にであって、クランゼル王国には思うところはありませんよ」

「それじゃあ、余計に分からないわ。なぜ、今さらレイドス王国に行きたいのかしら？　まさか、仲間の墓参りのため？」

「それもありますね。あの戦場は、レイドス王国の領土内ですから。ですがそれだけではありません。あの時死んだと思っていた仲間たちがね、未だにレイドス王国で生きていると分かったのです」

「！」

「保護されている者もいれば、奴隷に墜ちている者もいるそうです。私は彼らを救い出したいのですよ。だからこそ、絶対にレイドス王国内に侵入することはできるだろう。しかし、仲間を捜し、救い出したうえに国外へ脱出するとなると、単身では不可能に近かった。

絶対に協力者が必要である。ナイトハルトがシビュラを通行手形と言ったのも、それ故であろう。

「ということで、シビュラ殿をここで捕縛されるわけにはいかないのです」

「つまり、私たちとやるということね？」

「いいのですか？　こちらには人質がおりますが？」

「あらん？　子供は解放してくれたのに、ギルマスは人質に使うの？」

エルザの問いに答えたのは、ナイトハルトではなくシビュラだった。

「戦士だったら遠慮はしないよ。私が気にくわないのは、戦う力のない子供を利用したことだからね」

「そこは一つ、敬老精神を発揮してはくれないかしら？　ほら、もうお爺ちゃんだし、最近は耄碌しかけてたし？　だいたい、悪戯ばかりして、中身も子供みたいなものじゃない？」

エルザがそう告げた直後だった。

「誰が耄碌してるって？」

何故か、エルザの後ろからディアスの声が響いた。

「きゃ！　もう！　こんな時まで驚かせないで！　本当にガキなんだから！」

「え？」

ナイトハルトの蟷螂顔であっても、驚いているのが伝わってくる。

「これは……してやられましたか！」

「はは！　戦闘力では劣るかもしれないけど、騙し合い化かし合いで負けっぱなしじゃいられないからね！」

エルザの背後に突如現れたディアスがそう告げた瞬間、ナイトハルトの小脇に抱えられていたディアスが空中に溶けるように消滅する。いつのまにか幻像と入れ替わっていたらしい。

あのナイトハルトにさえ気づかれずに脱出するとは……。やはり恐ろしい男だ。ただ、その全身は傷だらけで、ナイトハルトに負けたことは間違いないようだった。

「情報を引き出すため、わざと負けたのかしらん？」

「いや？　本気でやりあってボロ負けさ。虫っていうのは幻影が効きづらいし、思考も読みづらいし、本当にやりづらいねぇ。でも、それだけじゃないよ？　ナイトハルト。君、武闘大会は手を抜いていたね？」

どうやら、本気でやりあってディアスは敗北したらしい。ということは、ナイトハルトの戦闘力はとんでもないぞ？

ディアスの言葉に一番反応したのはナイトハルトではなかった。ヒルトが悔しげな表情で、ナイトハルトを睨みつける。

「勝ちを譲ったわね！　ナイトハルト！　ずっと違和感があったの！　やっぱり本気じゃなかったのね！」

「いえいえ。手抜きだなんてとんでもない。奥の手は、私としてもそうそう使えるものではありませんから。あの時としては、限界まで出し切りましたよ？」

「それを本気じゃなかったって言うのよ！」

ヒルトは、ナイトハルトに辛勝だった。しかし、ナイトハルトが本気でなかったとしたら？　彼女のプライドが傷付けられたらしい。憤怒の表情で睨んでいる。

「いいわ……。なら今度こそ本気を出してみせなさい。どうせ私を倒さなければ、ここから逃げることなんてできないわよ？」

「はぁ……。できれば穏便に脱出したかったのですが……。ディアス殿に逃げられてしまった私の失態ですね」

ナイトハルトとヒルトの闘気が高まっていく。このまま殺し合いが始まりそうだ。シビュラとエルザも同様である。

（師匠。どうしよう？）

『下手に横やりを入れたら、ヒルトに恨まれそうだしなぁ』

狙うとしたらシビュラたちか？

だが、死闘が始まる前に、またもやその戦いに水が差されていた。

「落ち着け。馬鹿孫」

「お、お爺様」

デミトリスが一跳びで舞台の中央へと降り立ったのだ。その存在だけで、舞台に渦巻いていた熱が雲散霧消させられていた。

「儂が相手をしようか」

「ははは！　ランクS直々かい！　光栄だね！」

こんな状況でありながら、シビュラが喜色満面で叫ぶ。さすが戦闘狂だ。

「あんたは引っ込んでな！」

「わかりました」

シビュラはナイトハルトを下がらせ、自分が前に出てくる。そんな彼女に対して、デミトリスが早速動いた。

「ふむ」

「ぐ！」

離れた場所から、ジャブのように拳を突き出したのだ。すると、シビュラの顎がガクンと上に跳ね上がった。

「速い！　さすがだねぇ！」

「今のでも笑っておるのか」

(師匠、見えた？)

『辛うじてな。だが、速い』

拳を突き出す動きに予備動作もなく、その速度は神速。飛ばしたと思われる気弾も、集中していなければ見逃していた。

あっさり撃ったように見えたが、相当な威力があったはずだ。シビュラだから笑っていられるが、他の奴なら頭がパーンとなっていただろう。

「ほれほれほれ」

「ぐっ！　が！　ご！」

「し！」

「ぶば！」

デミトリスの連続気弾攻撃が、シビュラの全身を殴打する。シビュラも躱そうとしているようだが、デミトリスがそれを許さなかった。動きを先読みし、確実に急所に当てている。

いいように嬲られているシビュラだったが、ヒルトやコルベルトがそれを見て驚いていた。

「お、お爺様の攻撃をあれだけ食らって……」

「傷一つ、負わんだと……？」

戦闘力が低い者たちからは、デミトリスが弱い攻撃で牽制しているように見えるだろう。しかし、その一発一発には恐ろしいほどの威力が込められている。

もしかすると、ヒルトやコルベルトはその身で直に食らったことがあるのかもしれない。

「さすがだな！　ランクS！　簡単そうに撃ってるのに、異様に重いぞ！」

「頑丈だなお主。これだけ打たれて、ここまで平然としている者は初めてだ」

「頑丈さだけは自信があるんでな！　おらぁ！」

「ふむ。攻撃も悪くない」

「ちっ。念動もワンパンかい」

シビュラが放った念動は、俺がカタパルトを放つとき並の威力があった。そんな必殺の威力がある一撃を、デミトリスは手を軽く振るだけで消滅させてしまう。

身に纏う気の量がとんでもない。今のところは本気ではないせいで、技の切れや素早さはシビュラとそこまで差があるようには見えない。だが、込められた気が莫大であるせいで、威力が数段違っている。

「おらおらおらぁぁ！」

「ふん！」

シビュラが連続で剣を繰り出すが、全てが余裕で回避され、カウンターで拳が突き刺さる。

「げが！　これも当たらないか！」

「くくく。本当に打たれ強いな！」

凄まじい一撃を食らっても、シビュラの目は爛々と輝き、半笑いの口で舌なめずりをしていた。それを見るデミトリスは、どこか嬉しそうに見える。

「だりゃぁ！」

「ふむ」

シビュラが緩急をつけた斬撃を繰り出す。それまで見せていなかった最高速での、鋭い一撃だ。だが、それもデミトリスは体を僅かに動かすだけで悠然と回避していた。

「ちっ！　当たったと思ったんだがなぁ！　あっさり避けやがって！」

「良い斬撃だ。だが、それでは当たらん！　さて、これはどうかな？」

「げは！」

初めて、デミトリスが多少力を入れた動きをした。舞台が凹むほどのダンという強烈な踏み込みとともに、捻り込むように右の拳を突き出したのだ。

膨大な力が乗った拳が、シビュラの鳩尾（みぞおち）に叩き込まれる。しかし、シビュラは倒れない。それどころか、数メートル後退しただけで、腹を擦りながら僅かに苦しそうにしているだけであった。

フランが食らえば、間違いなく大ダメージの攻撃だったはずだ。さすがはシビュラ。防御力だけで言えば最高クラスなだけはある。

シビュラを見るデミトリスの顔には、明らかに戦士として喜びを感じている表情が浮かんでいた。

「今のも大して効かぬか。くくく」

「いや、結構効いてるぜ？」

「そうは見えんがな」

「こりゃあ、本気でやらないとマズそうだね」

そう呟いたシビュラが、ゆっくりと左手を上げ、眼前に掲げる。

それだけで、舞台の上にいた冒険者たちが身を固くした。

何かが起きる。それが分かったからだ。

左手から赤い魔力が立ち上る。血のような真っ赤な魔力だ。

同時に、シビュラの気配が一気に変化する。今までも、飢えた魔獣のような凶悪な気配を纏っていた。

しかし、今はそれ以上だ。

急激に増した威圧感。周囲の冒険者が後ずさりをしたせいで、包囲の輪が一回り大きくなる。フラン戦で見せなかった、切り札を使うつもりか？　今のシビュラは、まるで怒り狂う龍を前にしたかのような、圧倒的な存在感を放っていた。それこそ、デミトリスと張り合うかもしれない。

そんな中でもデミトリスは相も変わらず、泰然自若とした態度だった。穏やかにさえ聞こえる声色で、シビュラに話しかける。

「……のう、お主。一つ聞きたい」

「なんだい？」

「レイドス王国は、クランゼル王国などの周辺国に陰謀や戦争をしかけ、多大な迷惑をかけていると言われているが、それについてはどう思う？」

「あぁ？　急だね」

「いいから答えろ」

「まあ、私としては申し訳ないと思っているが？　済まないね」

シビュラがそう言った瞬間、多くの人間から驚きの声が漏れた。レイドス王国の人間から、こんなにあっさりと謝罪の言葉が聞けるとは思いもよらなかったのだろう。

「言い訳になっちまうのは分かるが、私たちもこの国に来るまでここまで酷いとは思っていなかったんだ」

シビュラがレイドス王国の内情について、軽く話し出した。

その話を要約すると、レイドス王国は少し前に国王が崩御したせいで中央の力が落ちており、東西南北の公爵が好き勝手にしているらしい。

特に南部、東部の公爵は領土への野心が強く、今でも他国への侵略を画策しているそうだ。様々な陰謀は、その足掛かりを狙ったものであろう。

自国の内情を敵国で喋ってしまうなんて、将校としては失格だ。普通ならあり得ない。交渉事に関しての経験が浅いせいで、その辺がいまいち理解できていないのだろう。そもそも、鎖国しているような国の人間だ。外交なんてものの経験は皆無に違いない。もしくは、それも承知の上で、レイドス全体が悪いわけじゃないとアピールしたいのか。他になんらかの狙いがあるのか。

どちらにせよ、戦闘の専門部隊の人間であるシビュラには、政治的なことはあまり興味がないのかもしれなかった。ただ、自国のやり方に憤っているのは確かだ。その謝罪には、本気の想いが籠っている。

「中央からは、国内情勢が落ち着くまでは大きな動きは控えるようにと通達している。それが、まさかここまで無視されているとは、思っていなかった」

中央は組織的にも弱体化し、公爵たちの動きも察知できなくなっているみたいだな。下手したら中央が送り込んだ査察用の人員が買収されたり、始末されたりしているのかもしれない。

「ふむ……。もう一つ聞きたい。お主はレイドス王国内で、それなりに自由に動ける立場なのか?」

「あんた、聞きたがりだなぁ」

「どうなのだ?」

「まあ、そうだね。六つある赤の騎士団は、国内を自由に行動する権限がある。そして、私たちに命令を下せるのは、王か宰相だけだ。それだけの自由裁量権が与えられている」

おいおい、それって凄くないか？　あれだけの武力を持った奴らが、国内で好き勝手動いていい権限を持っている？　下手したら反乱の温床になると思うが……。

冒険者が国内から消えた時に急遽作られた、魔獣討伐専門の特殊な騎士団が彼らであり、今でもその時代の名残として自由行動が許されているそうだ。冒険者の代わりに魔獣を狩るという役目に、それだけ重きが置かれているということなのかもしれないな。

デミトリスは軽く頷きながら、シビュラの答えを聞いている。そして、その口から驚きの言葉が飛び出していた。

「そうか……。のう？　儂をレイドス王国へ連れていってはくれんか？」

「はぁぁぁぁ？」

「お爺様！　何を……！」

後ろに下がっていたヒルトが、思わずと言った様子で悲鳴を上げる。だが、デミトリスは取り合わない。振り返りもしなかった。

「こんなところでボケたのか爺さん？」

「ボケておらんわ。ずっと疑問に思っておったのよ。クランゼルもベリオスも他の国々も、レイドスのことをやれ邪悪で冷酷で最悪の国だと喧伝しよる。だが、それは本当か？」

デミトリスは、以前からレイドス王国に興味を持っていたらしい。謎に包まれた北の大国。

デミトリスが活動する地域では諸悪の根源のように語られ、悪い印象だけが蔓延る。

しかし、悪しきモノだけが棲む、滅ぼされるべき邪悪な国など、この世に存在するだろうか？　いや、しない。国同士の利害が対立することで悪し様に言われることはあっても、国民含めすべてが邪悪であるなど、有り得るはずもない。

「クランゼル王国にだって、生きとる価値すらないクズがいくらでもいる。王侯貴族の中にもな。レイドス王国にも、その仮面の男のような者も確かにいるのであろう。だが、それだけとは思えぬ。しかし、レイドス王国は冒険者お断りの国だからな。情報など入ってはこない」

そもそも出入りがほとんどない国だ。どれだけ調べようとも、正確な情報は入らないのだろう。

デミトリスが本気で調べれば話は違ったのかもしれないが、今までは多少興味がある程度だったらしい。

それが、レイドス王国に所属する者たちを見て、一気に強い興味が湧いたようだった。

「だからって、いきなり連れてけとは、穏やかじゃないねぇ？」

「何事も、自らの目で見なければ真に理解はできぬものだ。話を聞いたところで、必ず語り手の主観が入るからな」

「まあ、かもしれないねぇ……」

「それに、近頃は模擬戦をする相手がおらぬのだ。大抵の相手は一発で沈んでしまうし、復活にも時間がかかる。だが、お主なら違うだろう？」

そう言って、ニヤリと笑う。その楽しげな表情を見たら、むしろこっちのほうが理由としては大きいんじゃないかと思ってしまうな。

「くくく。私にサンドバッグになれってか？　まあ、こちらとしても望むところだがね。私が苦手な、打撃の克服にちょうどいい」

「ならば、決まりだな」

「ああ、共闘と行こうじゃないか」

そして、デミトリスがシビュラに背を向け、冒険者たちを振り返った。

「と、いうことだお前たち。すまんが、見逃してはくれんかな？」

口ではすまんなどと殊勝なことを言っているが、下手に出ている雰囲気は微塵もない。むしろ、その鋭い目で睨みつける姿は、脅しているようにしか見えなかった。

『おいおい……。わけ分からんことになってきたが……。どうする？』

（デミトリスとシビュラとナイトハルトを同時に止めるのは無理）

『だよなぁ』

何をしたって止められるわけがない相手だ。どうせやりあっても被害が大きくなるだけなら、何もせずに行かせるのが一番マシだと思うんだがな。

それに、デミトリスは孫を狙われて、黙っている男ではないだろう。むしろ、レイドスに送り出して、暴れさせたほうがクランゼルのためにもなると思うが……。

「ディアスよ。お主はどうする？」

「はぁ……。あなたがレイドスで大人しくしているとも思えません。むしろ、振り回されるレイドスが哀れだ。それに、冒険者たちに無駄死にしろとは言えないでしょう？」

「殺しはせんよ」

「半殺しで戦力激減もご免です」

ディアスも同じ判断であるらしい。この中でデミトリスの恐ろしさを一番分かっているのは、実はディアスかも知れないのだ。

敵に回す愚は犯せないということなのだろう。ディアスの言葉を聞いた他の冒険者たちも、安堵の表情である。彼らも、ランクSを相手に戦えと言われずに済んでホッとしたのだろう。

しかし、そう思わない人間もいる。

「ふ、ふざけるなよ！　そんなこと、認められるか！」

先程、デミトリスにぶっ飛ばされた貴族だ。激高した様子で、舞台に駆け下りてきた。

そもそも、敵対的国家のスパイに手を貸す行為は、法律的にも犯罪だろう。ある意味正しい行動と言えた。

「おい！　デミトリス！　貴様がこのままその者たちの味方をするというのであれば、貴様の孫や弟子がどうなるか！　後悔することになるぞ！」

貴族がヒルトやニルフェを横目で見ながら、叫ぶ。デミトリスが孫を可愛がっていることがばれたからな。これはある意味最強の脅しだろう。

すると、デミトリスがニコリともせずに言い放った。

「そうか。クランゼル王国は儂を敵に回すということだな？　このデミトリスを」

「……っ！」

デミトリスの殺気を浴びせられた貴族が、青い顔で後退った。そして、目の前の老人の恐ろしさを思い出したらしい。

ここにいるのは、この世で最も敵に回してはいけない個人。その一人である。国家の意思を単騎で覆すことが可能な、化け物なのだ。敵対してしまえば、彼一人の問題ではなくなる。

「あ……ぁ……」

貴族が両膝を突いて、喘ぐ。

「貴様の顔も名前も覚えたぞ？」

「ひぃ……！」

貴族は蒼白な顔で、ガタガタと震えることしかできなくなってしまった。

それで貴族への興味を失ったのだろう。デミトリスは何事もなかったかのように、シビュラへと向き直った。国家を背負った相手を脅し、頭を垂れさせるだけの武威。傍若無人ここに極まれりという感じなんだが……。

「デミトリス、かっこいい」

『ちょ、フラン！　あれの真似はダメだからな！』

自らの実力一つで国家さえも相手取ることが可能な超越者を目にして、憧れを抱いてしまったらしい。

蒼い顔で震える貴族を横目に、デミトリスが軽く右腕を動かした。

「ふん」

「きゃっ！」

何もない空間を掴むような動作をした後、後ろへ引く。すると、ヒルトが抱いていたニルフェの体が宙を跳び、そのままスポッとデミトリスの腕の中に納まったではないか。

「ニルフェは儂と一緒に来たほうが良いだろう。分かったな？」

「は、はい」

デミトリスと一緒に行くということは、レイドス王国に行くということだぞ？　それを、ニルフェはあっさりと受け入れていた。

嫌々な様子ではない。むしろ、置いていかれずに済んでホッとしているようにさえ見えた。ニルフェ、実は超お爺ちゃん子だったのかもしれん。

「おいおい、爺さん……」

「安心せよ。そもそも、儂の腕の中以上に安全な場所など、この世に存在せんわ。のう、ニルフェ」

「うん！」

ニルフェとは違い、笑っていられないのがもう一人の孫娘だ。

「お爺様！　正気ですか！」

「何気に酷いことを言うのう。だが、本気だぞ？　レイドスに渡るチャンスなど、そうそうないからな」

「ですが……！　弟子たちはどうするのです！」

「儂は流派の当主の座を降りる！　お主が後を継いで新当主となれ！」

デミトリスが懐から何かを取り出して、ヒルトに投げ渡した。金属の板か？

「後は好きにせい。前も言ったが、流派を畳むも何も、全てお主次第だ。儂はもう今後は一切口も手も出さん」

「そ、それは……」

ヒルトの目がほんの一瞬だけコルベルトを見た。すぐに視線はデミトリスに戻されたが、もうヒルトは何も言わない。ただ一つ、溜息を吐いて肩を落とすだけだ。

「……はぁ。仕方ありませんね」

「顔が綻んでおるぞ？」

「に、にやにやなどしておりません！」

「それと、国が何か言ってくるだろうが、その対応も好きにしろ。迎合するのか、抗うのか。お前次第だ」

自分のせいで色々面倒なことになりそうなのに、まるで他人事のような言い様である。出会う前に聞いていた評判が、間違いではなかったのだと理解させられるね。

そんなデミトリスに対し、ヒルトたちを心配するような発言をしたのはシビュラだった。

「おいおい爺さん。それでいいのかい？　立場を捨てたこともそうだが、あんたの弟子たちが人質にされたら……」

「構わん」

「いやいや、構うだろう？」

「ニルフェと違ってあやつらはもう一端の戦士よ。自分のことは自分でどうにかするだろう。できなければ、それまで」

スパルタだな！　いや、こっちの世界では当たり前と言えば当たり前の考え方だが。フランもこの考え方をするタイプだしね。

俺からすると、高位冒険者は変人ばかりという説を体現しているかのような、傍若無人で行動が予測できない困った老人だが、フランはずっと憧れの眼差しを向けている。

純粋な強さだけで全てをねじ伏せ、我を通すその姿は、ある意味フランの理想そのものなんだろう。

「では、行かせてもらうとしようか。シビュラよ。上から出るほうが早いが、お主らはいけるか？」

「問題ない」

デミトリスが虚空を蹴って、跳び上がる。気を放出して、空中跳躍に近いことを実現しているようだ。さらに、シビュラとその部下二人がゆっくりと浮かび上がった。こちらはシビュラの念動だろう。

「では、儂らは行く。なに、レイドス王国に与(くみ)するというわけではない。ただ、彼の国を見てくるだけだ。心配するな」

それ、全く安心できない奴！　まあ、シビュラ、デミトリス、ナイトハルトが敵に回って、この場で被害が出なかっただけでもラッキーである。冒険者たちも、兵士たちも、動かない。ここで下手に引き止めて争いになったりしたら、最悪だと分かっているからだろう。

そんなことを考えていたら、フランが前に出て、デミトリスに向かって叫んでいた。

ちょ！　フランさん？

「デミトリス！　私、優勝した！」

「む、お嬢ちゃんか……」

「賭けの約束！　どうするの！」

フランはデミトリスと賭けをしていた。

フランの成績がヒルトよりも良ければ、デミトリスがベリオス王国の依頼を受けるという賭けだ。

そして、フランはヒルト本人に勝利し、賭けに勝ったのである。

だが、デミトリスがレイドス王国に渡るというのであれば、ベリオス王国の依頼を受けることは不可能になるだろう。

「あー……」

デミトリスの奴、レイドス王国に行くことで頭が一杯で、賭けのことを完全に忘れてたな。目が泳いでいる。

「ヒルトよ！　これが当主として最後の命令だ！　流派を挙げてフラン嬢ちゃんの手助けをしろ！　人も貸してやれ！」

孫娘に丸投げした！

しかし、ヒルトは真面目な顔で首を横に振る。

「いえ。お断りさせていただきます。この当主印がある時点で、すでに当主は私。仕事を選ぶ権利は私にありますので」

デミトリスがヒルトに渡した金属板は、当主の証だったらしい。すでにヒルトが現当主となっているようだった。

「ぬぅ……」

ヒルトの、デミトリスに対する意趣返しだろう。普通にデミトリスの命令を断った。

「……フランよ。これを受け取れ」

一瞬考え込んでいたデミトリスだったが、今度はフランに向かって何かを投げる。小さなアイテム袋だ。中を見てみると、金やポーションが入っている。

「とりあえず、それを迷惑料として渡しておく！　中の金なども好きにしろ」

「お金の問題じゃない！」

「今回のことは貸しておいてくれ！　いずれ、この借りはキッチリ返す！　必ずだ！　すまんな！　本当にすまん！」

「デミトリス！」

フランが叫ぶものの、デミトリスはそのまま空をかけて上っていってしまう。

「絶対に貸しは返してもらうから！」

空の上から微かに「すまーん」という声が返ってきた気がした。

「フラン、次は負けないよ」

「……次も私が勝つ」

最後にシビュラがフランに声をかけ、彼らは去っていった。貴族に命令された兵士たちが散発的に矢を放ったが、それだけだ。結局、大きな戦いにはならなかった。

「デミトリス……。むぅ！」

『まあまあ、そうむくれるなって。それに、迷惑料って言ってたか？』

アイテム袋と、大量の金貨。正直、得をした気がする。それに、借りは返すと言っていたのだ。今回は残念だが、いつか取り立ててやればいい。

あとは、デミトリスが借りを返す気があるかどうかだが……。

「フラン。お爺様に代わって、私が謝罪するわ」

「ヒルトのせいじゃない」

「それでもよ……。賭けはあなたが勝ったはずなのに、約束が反故（ほご）にされ、負けた私が当主になってしまった。これはいけないわ。お爺様にはキッチリと借りは返させるから」

今までフランに向けていたような、険のある表情ではない。彼女が言う通り、デミトリスの行動に関して申し訳なさを感じているのだろう。

「もし、私たちの力が必要であるというのなら、力を貸しましょう。デミトリス流の現当主や高弟たちが、あなたに説得されてベリオス王国に雇われる。そういう形ではどうかしら？」

「いいの？　さっき、デミトリスにヤダって言ってた」

「あれは、あの困った老人に対する単なる意趣返しよ」

お、おお。はっきり言い切ったね。

「それで、どうかしら？」

(師匠？)

『今の最善はそれだろう。そもそも、ベリオス王国からは絶対に雇えとは言われてないしな』

デミトリスに繋ぎを取ってほしい、あわよくば依頼を受けてもらってほしい。そう言われているだけだ。デミトリス本人がいなくても、その弟子たちが雇えるなら悪くない話だった。

「ん。お願い」

まあ、デミトリスを雇うことに比べてどこまで評価してもらえるかは分からないが、ランクAのヒルトもいるんだ。代わりの戦力としては悪くないだろう。

「まあ、この後色々と面倒なことになるとは思うけど……」

「それは仕方ないね」

「ディアス」

疲れた表情で話に入ってきたのは、ボロボロの状態のディアスだった。ナイトハルトにやられた傷は治っているが、精神的な疲労が酷いのだろう。装備のボロボロ具合と相まって、なんか凄く可哀そうに見えてしまった。

「今回のことはギルドも無関係じゃいられないからねぇ。ヒルト君だけじゃなくて、僕も国に呼び出されそうだ。これだけ目撃者がいたら、もみ消すこともできないし」

観客席にはざわめきが戻ってきていた。目の前で見た大事件について、語り合っているのだろう。誰もが興奮した様子だ。

「平気なの？」

フランが心配そうな顔で首を傾げる。

考えてみたら、依頼を受けること自体が難しいんじゃないか？　当主であるデミトリスが公然とレイドス王国のスパイの脱出を手助けし、本人がレイドスに付いていってしまったんだぞ？

残されたヒルトたちは厳しい立場に置かれることだろう。厳しい取り調べがあるんじゃないか？　それこそ長期間拘束されたり、場合によっては捕われるのでは？

だが、ヒルトたちの見立てでは、そうなる可能性は低いという。

「何ヶ月も拘束されるようなことにはならないと思うよ。ベリオスの依頼には間に合うんじゃないかな？」

「私もそう思うわ。国も、私たちにはそこまで強くは出ないでしょう」

「なんで？」

「もし私たちが抵抗でもしたら、被害が甚大だからよ。こちらが少し譲歩して手打ちというのが、一番現実的な落としどころになるでしょうね。はぁ……。しばらくはクランゼルのために働くことになりそうだわ。久しぶりにやらかしてくれたわね……」

「久しぶり？」

初めてじゃないのか？

「あのお爺様よ？　たまに同じようなことはあるもの。今回は少しやらかし過ぎたけどね」

犯罪組織と癒着していた騎士団を全滅させたら王族の傍系が混ざっていたり、強いと噂の騎士と手合わせをするために王城に忍び込んで大騒ぎになったり、町娘を手籠めにしようとしていた領主の嫡男を殺して賞金首になったりと、定期的に問題を起こすらしい。そういう場合は、弟子たちが格安で高難度依頼を受けたりすることで、手打ちとなることが多いそうだ。

それで弟子は逃げ出さないのかと思うが、やはりあの強さに憧れているのだろう。むしろ、そういった過激な行動で救われた側の者たちも多いので、弟子たちも苦笑する程度で済ませてしまうらしい。下手したら修行の一環に考えている者もいるっぽかった。

「潰してしまうよりも、世界的に有名な武術家集団に貸しを作って利用できるなら、その方が有益ってことさ」

かなり心配ではあるが、ディアスたちが大丈夫だと言うのであればそうなんだろう。

「まあ、手が足りていないし……。コ、コルベルトにも手伝ってもらうわっ！」

「ふーん」

フラン！　そこはふーんじゃなくて、もっと詳しく話聞かないと！　まあ、フランは恋バナとか全く興味ないから仕方ないけどさ！

ただ、ヒルトも少しは積極的に行くことにしたようだし、朴念仁（ぼくねんじん）のコルベルトが気づくといいね。

顔を赤くしているヒルトを苦笑いで見ながら、ディアスが力なく首を振る。

「うん。色々と、がんばってね。でも、まずは閉会式を終わらせないと。賓客の方々に頭を下げるのは僕の仕事かな～。領主さまはまだオネンネだしね」

どうやら、アシッドマンに蹴り飛ばされた貴族は、領主様だったらしい。俺にすら顔を忘れられているとは、恐ろしいほどの影の薄さだな！

ディアスの指示を受けた冒険者たちが、あわただしく動き出す。とんだ閉会式になったもんだ。

「エリアンテ、大丈夫かな？」

『うーん……。どうだろうな。現在の団員たちはともかく、元団員ってだけの理由で追及はされないと思うが……』

（そうじゃない）

『じゃあ、どういうことだ？』

（エリアンテ。きっと凄く怒る。王都のギルド、壊されないかな？）

『……あー』

エリアンテの性格を思い出す。出来る女風の外見と違って、残念な中身をしていた。元仲間であるナイトハルトが裏切った話を聞いたら、確かに怒り狂って暴れるかもしれない。

『……王都の冒険者諸君の無事を祈っておこう。俺たちにはそれくらいしかできん』

（ん）

その後、二転三転して色々と台無しになってしまった閉会式は、なんとか終了した。

冒険者ギルドが主導してパパッと終わらせた感じである。

追い出されるように闘技場から出された観客や来賓から文句の声が上がるかと思ったら、意外と平気だったらしい。

それよりも、大事件の目撃者になった興奮のほうが勝ったのだろう。むしろ、凄いもの見れた的な反応のほうが大きかったようだ。まあ、死者も出ているし、落ち着いたらまた違う騒ぎになるかもしれないけどな。

俺やフランもすでに闘技場を後にし、冒険者ギルドに移動してきている。

「さて、色々あり過ぎて今さらかもしれないけど、優勝おめでとう」

「ありがと」

「いやー、文句なしの最年少優勝だろうね」

ディアスがそう言いながら、小さな勲章を取り出した。その横に、中からジャラリと音がする革袋を置く。優勝者を示す金のウルムット勲章に、賞金であった。

『去年の三位の勲章よりも豪華だな』

「ん。こっちのがキンキラ」

さすがに一位用なだけあって、彫刻も複雑で、金メッキが施されている。

「いやー、ほんとうは閉会式で授与したかったんだけど、貴族連中の動揺が酷くてね。特に大臣たちなんかは頭を抱えて右往左往さ」

「ランクSが敵国にいっちゃったから？」

「戦力的な問題だけじゃない。デミトリスはあんなんでも、民衆人気は抜群だった。各地で暴れる高位魔獣を、五〇年以上ひたすら狩り続けていたからね」

「なるほど」

「一般人には優しいところもある。自由人だからこそ、自分の良心にも素直だ。貴族を相手取って、弱者を守ろうとすることも多い」

　デミトリスの傍若無人さの被害を受けるのは貴族や冒険者が多いので、民衆からすると良い部分しか見えないのだろう。

「それが敵国に行ったとなると、民衆から不満が出てしまうかもしれない。ギルドとしても、超高難易度依頼を進んで受けてくれるあの人には非常に助かってたんだけどね……」

『そりゃあ、自分から進んで死地に赴くような冒険者、そうそういないだろうな』

「でもさ、僕にどうにかしろって言われてもねぇ。無理だと思わないかい？」

「ん。無理」

『無理だな』

　あの老人の行動を制御できる者なんか、いないだろう。

「だよねぇ。まあ、この話はこれくらいにしておいて、君はこの後どうするんだい？　ヒルト君とゴルディシアへ渡るような話をしていたけど」

「ん……」

「おや？　何か悩んでるみたいだね」

「ん。もしかして、この国とレイドス王国は戦争になる？」

「もしかして、参加するつもりかい？」

　ディアスが探るような目つきで、フランを見ている。俺もそこは気になっているのだ。正直、戦争なんて参加してほしくない。

　俺たちが見守る前で、どこか困り顔のフランがおもむろに口を開いた。

「……わかんない。レイドス王国は嫌い。でも、戦争するのは違う気がする。ただ、攻めなくても、守ることはできる。アレッサとか」

「戦争なんて、君みたいな齢の子が参加するもんじゃないよ。まあ、アレッサの防衛なら、そこまで酷いことにはならないと思うけど……。それに、しばらく戦争にはならないさ」

「そうなの？」

今回、国としても顔に泥を塗られた形のはずだ。レイドスに報復をするのは、国としては当然な気もするが……。

「冒険者同士の喧嘩じゃないんだ。しようと思って、即座にできるものじゃない。やるならレイドス以外の国と足並みを合わせなくちゃならないし。まあ、外交と準備だけでも数ヶ月はかかるかな？何もしないってことは絶対にないだろうけど」

「そう……。なら、いい。私はゴルディシアに行く。ウィーナレーンの代理」

「いいと思うよ。武闘大会で優勝したことで、うるさい勧誘も増えると思うし。その点、ゴルディシアに渡っちゃえば少しはましになる。それに、ちょうどいいよ」

「？」

「君のランクアップについてさ」

「ランクアップ！　Aになれる？」

「いや、流石に今すぐは無理だよ？」

そりゃそうだろう。ランクAになるには、戦闘力以外にも色々な経験が必要なはずだ。

以前も言われたが、貴族との交渉や、戦闘指揮の経験。冒険者としての知識に実績。後進の指導。

様々な要素が加味されるだろう。

むしろ、戦闘力以外の部分が重要なのだと思われる。

その点、フランは戦闘力以外がほぼ足りていないような状況なのだ。いくらランクAに勝利したとしても、それだけでギルドマスターたちの承認が得られるとは思えなかった。

「君の場合、戦闘力は文句なし。ただし、実績が足りていない。まあ、これは以前も全く同じ話をしたかもしれないね」

「ん」

「で、冒険者ギルド的に評価が高い依頼っていうのがいくつかあるんだ。脅威度A以上の魔物の討伐や、希少霊薬の材料集めなんかだね。そんな高評価依頼の中に、ゴルディシアでの活動っていうのがあるんだ」

世界的に貢献するような依頼は、冒険者ギルドの評判を上げることにもなる。そういった依頼は評価が高く、ゴルディシアでの戦闘もその内に入るらしい。

「ちょろっと行く程度じゃダメだけど、ある程度の戦功を上げれば、ギルドとしても評価せざるを得ない。それだけでランクAに上がれやしないけど、目指すならこなしておいて損はないと思うよ」

「わかった。がんばる」

魔獣が闊歩する魔の大陸というだけでも十分フランの興味を引く場所であったが、これでさらにやる気スイッチが入っただろう。これは、何が何でもゴルディシア大陸に行こうとするだろうな。

「頑張って。それで、少し相談があるんだけど、いいかな?」

「相談?」

「ああ。多分だけど、君はゴルディシア大陸に到着したら、かなり自由に行動できると思うんだ。ベリオスの冒険者運用は、昔からほぼ同じだから」

『ああ、それはウィーナレーンからも言われてる。到着後はほぼ自由行動が許されるそうだ』

ウィーナレーンの後ろ盾があれば、他の国もフランに無理を言えないだろうって話だった。

「できれば、ゴルディシア大陸のギルドで依頼を受けてほしいんだよね。抗魔討伐とは別に」

「ゴルディシアにも冒険者ギルドがある?」

「当然。冒険者あるところに冒険者ギルドもありさ」

大量の冒険者が統制を失ってバラバラに戦うよりは、ギルドでしっかりと管理をしたほうが効率もいいだろうしな。当然、冒険者ギルドの出張所もあるか。

「ディアスはなんでゴルディシアで依頼を受けてほしい?」

「正直言ってこれは、ウルムット冒険者ギルドの点数稼ぎみたいなものかな」

「?」

「今回の大失態で、僕の進退だけじゃなく、ギルドの評判自体に傷がついた。それは分かるだろ?」

「ん」

レイドス王国の工作員に良いようにかき回され、大規模な騒乱を起こされたのだ。どう見ても、これはウルムットのギルドの失態だろう。

「ここで、ウルムット武闘大会の優勝者であるフラン君がゴルディシアで活躍したってことになれば、少しは風当たりもマシになるかもしれない。ここは僕らのために、利用されてくれないかなぁ?」

『ず、随分正直にぶっちゃけたなディアス』

「君らには誤魔化さずに、正直に話すほうがいいと思って」

まあ、俺たちの仲があっての発言だろう。

ゴルディシア大陸に行って、冒険者ギルドがあればそこで依頼を受けることになると思うし、そこでウルムット冒険者ギルドの名前を出すくらいは問題ないが……。

『フラン、どうする？』

「ん。報酬次第で、利用されてやってもいい」

「あはは、冒険者らしくなったね！　ということで、フラン君にはこの紹介状をあげよう」

「誰？」

『イザリオ？』

宛て先は冒険者イザリオとなっている。ゴルディシアのギルドマスターとかだろうか？

「え？　知らないのかい？」

ディアスが驚くってことは、有名人なんだろう。そう思ったが、説明してもらうと有名人なんてレベルじゃなかった。

「ランクS冒険者、イザリオ。神剣イグニスを所持する、世界最強の人間の一人さ。炎剣とか、紅蓮剣なんて呼ばれてるね」

「神剣！」

『ランクSだと！』

そりゃあ、冒険者なのに知らない俺たちが悪いわ。

「デミトリスをランクS冒険者一の問題児とするならば、イザリオは一番の優等生ってところかな？

ランクS冒険者で唯一の常識人枠と言えるかもしれない。ま、クセの強さは同じくらいだけどさ」

そりゃあ、ランクSになるような冒険者だ。これでクセがなかったら逆に驚きだ。

「知り合いなの？」

「彼は遥か昔にウルムットで活動していた時期があってね。僕の紹介状を持っていけば、無下にはされないはずさ」

さすが長年冒険者ギルドのマスターをやってるだけある。顔の広さが凄まじいのだ。

「稽古をつけてもらってもいいし、話を聞いてもいい。ゴルディシアの主なんて言われる彼と知り合っておくだけでも、あの大陸で活動しやすくなると思うよ。それと、これも持っていくといい」

「これは？　お酒？」

『おいおい、マジかよ。なんだこれ！』

酒は酒なんだが、鑑定すると三〇〇年物と表示されたのだ。さすがファンタジー世界。こんなとんでもない酒が存在しているとは！

「僕の秘蔵の、エルフ酒さ」

ある場所にかつて存在したエルフの国では、彼らだけが育てられる聖樹という樹の実を使い、特別な酒を少量作っていたそうだ。これは、それの古酒で、火山活動で滅んだ大昔の都市の遺跡から偶然発見されたものであるという。

「奇跡的に酒蔵が無事でね。温度調整の魔法陣も動き続けていたお陰で、中の酒も無事だったんだよ。金を積めば手に入るってもんじゃない。市場に流せば、一〇〇万ゴルドは下らないだろうね」

メチャクチャ高いな！　だが、地球でも似た話はあったはずだ。引き上げた沈没船に積んでいた古いワインが、数百万円で取引されたり。

「お酒……。おいしいの？」

『フランにはまだ早い！』

「ふふふ。そうだね。フラン君にはまだ早いかな？」

美味しい物が好きなフランは、お酒にも興味津々なんだよな。成人するまでは飲まないように言い聞かせんと。下手したら超呑兵衛少女になりかねん。

「まあ、これはゴルディシアのギルドマスターに渡すといいよ。彼はドワーフだからね」

『なるほど。下手な紹介状なんかよりも、よほど効果がありそうだ』

「どうだい？　報酬になるかな？」

悪戯っぽく微笑むディアスに、フランが目を輝かせて頷き返す。

「十分。師匠もこれでいい？」

『ああ。ドワーフ垂涎（すいぜん）の古酒に、ランクS冒険者とのパイプなんて、得ようと思って得られるものじゃないからな』

「ありがとう。恩に着るよ」

さて、次は予定通りにゴルディシア大陸か。

エピローグ

『ほれ、ウルシ。今回は頑張ったからな。ご褒美の超絶激辛カレーだ』

「オンオンオン！」

ウルムットの冒険者ギルドを出た俺たちは、宿へと戻ってきていた。

『ちょ、待て！　まてまて！　まだ床に置いてないだろう！　宿が汚れる！』

「オンオン！」

『腹が減ってるって？　途中でおやつを出してやっただろ？』

「オン！」

『わかったから！　ほれ！』

考えてみれば、ちゃんとした食事は半日ぶりだ。決勝戦での激闘を経て、カロリーが足りていないのかもしれない。

「師匠」

『あー、分かってるよ。だからそんな目で見るなって』

ウルシの食べているカレーの匂いに腹を刺激されたのだろう。グーググーという音を響かせる腹を撫でながら、フランが切なそうな目で俺を見つめてくる。

食事の催促顔じゃなかったら、きっとモテモテになれるだろう。いや、普段からフランは超可愛いけどね？

『優勝おめでとう！　超大盛カレーだ！』

「おお～」

『トッピングも好きなだけ追加していいし、お代わりも自由だ！　今日は好きなだけ食べていいぞ！』

「いいの？」

『優勝祝いだからな！　なんなら、甘口、中辛、辛口に、牛、豚、鶏、魚、羊、海老に――とにかく、全種類ちょっとだけとかでもいいぞ！』

普段ならお行儀が悪くて禁止している食べ方も、今日だけは解禁だ！

「まじ？」

『マジだ。今日だけは、フランが気の向くまま、好きな食べ方で、好きなだけ食べていい！』

「おおぉ……」

感動の面持ちのフランが、プルプルと震えている。ここまで感動しているフラン、久しぶりに見た。

「天国はここにあった」

大袈裟な！

だが、フランは本気であるようだった。真剣な顔で、早速カレーを食べ始める。

「……来年も優勝する。カレー天国を再び味わうために」

『が、がんばれ』

「ん。そのためにも、強くなる。もぐもぐ」

そんなキリッとした顔で言われても……。

戦闘中と同じくらい、気合の入った眼差しだ。

「まずはゴルディシア大陸でもぐもぐ、修行するもぐもぐ。カレーのためならもぐもぐ、どんな過酷な試練にも耐えてみせるもぐもぐ」

『そ、そうか』

「ん」

ま、まあ、モチベーションが上がるのはいいことだよな。理由はどうあれ。

「もぐもぐ！」

「モグモグ！」

『うぉぉい！　フラン！　フライのカスが落ちてるから！　ウルシ！　カレー飛んでる！』

念動で食べかすを受け止めつつ、浄化の魔術で即座に絨毯や家具を綺麗にする。なにせここは、ウルムットの最上級宿のスイートルームである。

これは、フランに接触しようとしてくる商人や貴族、その他諸々をシャットアウトするための措置だった。

ディアスが話を通して、宿代をギルド持ちで準備してくれたのである。

俺たちだってそこそこいい宿に泊まっていたんだが、貴族までも断るとなると、ここの宿でなくてはならないらしい。

フランたちはふかふかなベッドや絨毯にご満悦だったが、俺は心が休まらない。もうね、調度品とかが豪華すぎて、フランたちがはしゃぐたびに無いはずの胃が痛むのだ。

『うん？　誰かくるな。この魔力は……』

「ルミナ！」

フランが口に入った米粒を飛ばしながら叫んだ直後だった。

トントン。

部屋のドアがノックされる。俺が念動でドアを開けると、そこには小さな人形が立っていた。人の形――それも黒猫族の特徴を備えた、全長二〇センチほどの人形だ。

小さい女の子がオママゴトにでも使いそうな、可愛らしい姿をしている。俺たちにはその人形に見覚えがあった。ついでに、人形の発する魔力にも覚えがある。

ダンジョンマスターである黒猫族のルミナが、外出する際に憑依する人形だ。以前、この人形の姿で、オーレルたちと会議をしているところを見たことがある。

『明日にでも会いに行こうかと思っていたんだが、わざわざ来てくれたのか？』

「うむ」

トコトコと歩いて部屋に入ってきた人形が自分で扉を閉め、ジャンプしてテーブルに上った。

「武闘大会は、この人形の目を通して全て見た。強くなったな。同じ黒猫族として、誇らしいぞ」

「私だけの力じゃない。師匠とウルシがいたから、勝てた」

『いやいや、フランの頑張りのおかげさ。俺たちがどれだけ力を貸したって、フランの心が折れたらそこで終わりなんだ。最後まで闘志を失わなかったフランが一番凄いんだよ』

「オン！」

「ありがと」

「ふふふ。相変わらず仲が良いことだ。師匠よ、フランのことを頼むぞ？　優勝者となったことで、周りがうるさくなるだろうからな」

なんと、フランが来る僅かな可能性に賭けて、ダンジョンの中で待っている奴らもいるらしい。それだけ、優勝者との伝手というのは魅力的なのだろう。冒険者を雇った商人までいるというから驚きである。

そんな様子を見て、ルミナから会いにきてくれたようだ。

「む、もぎゅもぎゅ、またくる」

『オーレルと、ケイトリーだな』

もう面倒だから、先にドアを開けてしまおう。すると、緊張した面持ちで部屋のドアをノックしようとしていたケイトリーが、驚きの表情で固まっていた。

「え？」

ごめんなケイトリー。

「中入っていいよ」

「邪魔するぜフラン」

「お、お邪魔します」

オーレルに手を引かれ、ケイトリーが入ってくる。フランがこの町を発つ前に、ケイトリーと会わせてやろうと考えたっぽいな。

ケイトリーは少しの間もじもじしていたが、すぐに意を決した表情になると、フランの前に立って頭を下げた。

「ありがとうございました。聞きました。私を助けるために、捜し回ってくれたって。お姉様は、決勝での傷が癒えていなかったのに……」

「礼はいらない。結局、助けたのはシビュラ」

「でも、私のために駆けまわってくれたことに変わりはありませんから。だから、ありがとうございました」

「ん……。ケイトリーは冒険者になる？」

照れたフランが、露骨に話題を変えたな。ケイトリーと接しているフランは珍しい反応が多いから、新鮮だね。

「は、はい。そのつもりです」

「頑張って。ケイトリーなら、きっと良い冒険者になる」

「はい。がんばります！」

これで緊張が取れたのか、ケイトリーが笑顔でフランと話し出す。あのフランがカレーを自ら勧めたくらいだから、よほどケイトリーのことが気に入っているんだろう。

ああ、そんなケイトリーだけじゃなくて、オーレルにもカレーを食べさせてやってくれ。老人の寂しげな表情とか、見てるだけで胸が締め付けられるから！

「お姉様。次はゴルディシアに行くのですか？」

「ん。そのつもり」

「お気を付けください。とても危険な場所だと聞いていますから」

「ありがと。でも、大丈夫」

自信満々で言い切るフランを、眩しそうな眼差しで見つめるケイトリー。

「いつか……」

「？」

「いつか、お姉様と一緒に戦えるくらい、強くなってみせますから、だから……」

「ん。待ってる。ケイトリーが一人前の冒険者になったら、一緒に冒険しよう」

「はい」

フランの言葉を噛みしめるように頷くケイトリーの瞳には、鮮烈な覚悟が宿っている。

フランがカレーのためなら無限に頑張れるように、ケイトリーにも頑張れる理由が与えられたのかもしれない。

オーレルが鍛えれば、進化まではたどり着けるだろうしな。本当に、いずれフランと並べるくらいに強くなるかもしれなかった。

フランも同じことを考えたんだろう。カレーを食べる手を止めて、ケイトリーの頭を撫でてやっている。

「ケイトリーなら……きっとだいじょぶ」

「はいっ！」

特別寄稿
フランとスイカ割り
原案／棚架ユウ
漫画／丸山朝ヲ
とおっ
ポッコーン…
上手く割れた
スイカ風な果物を売ってるのを発見したのでフランに日本の風物詩目隠しスイカ割りを教えてみた
フランなら目隠ししても余裕だろって？
いやそれが…
はぁぁぁぁ剣聖技…！
オォォォ
まてまてまてぇぇ！

いかに粉砕するかじゃなくて
「上手に割って食べる遊び」というのを理解するまで
3つくらい爆散したから!
スマヌスイカもどきさん×3
オン!
え?ウルシもやりたいって?
お前も鼻いいからハンデないいじゃん
あー…
オォオオォ…
え…何だか格好良くない!?お前…
中二心が…
トクン…
ずるい
ポコーン…
上手に割ってスタッフで美味しくいただきました
うまうま♡
ぼりぼりぼり
でもこのぼりぼりはおいしくない
いやタネは出しなさいよ!
オンオン♡
ぼりぼり
END
ざーん…

力無機物の大冒険!!
剣でした
（「転生したら剣でした」（マイクロマガジン社刊）より）
第15巻 発売中!!
作画 丸山朝ヲ
原作 棚架ユウ
キャラクター原案 るろお
巻末には棚架ユウ先生書き下ろし小説
「フランと黒猫忍法帖」を収録!!
マンガ『転生したら剣でした』は
WEBマンガサイト comic ブースト にて大好評連載中!!!!!
シリーズ累計
350
万部!!
（紙+電子）
1~14巻も
絶賛発売中!
発行：幻冬舎コミックス 発売：幻冬舎

猫耳少女×親バ
マンガ
転生したら

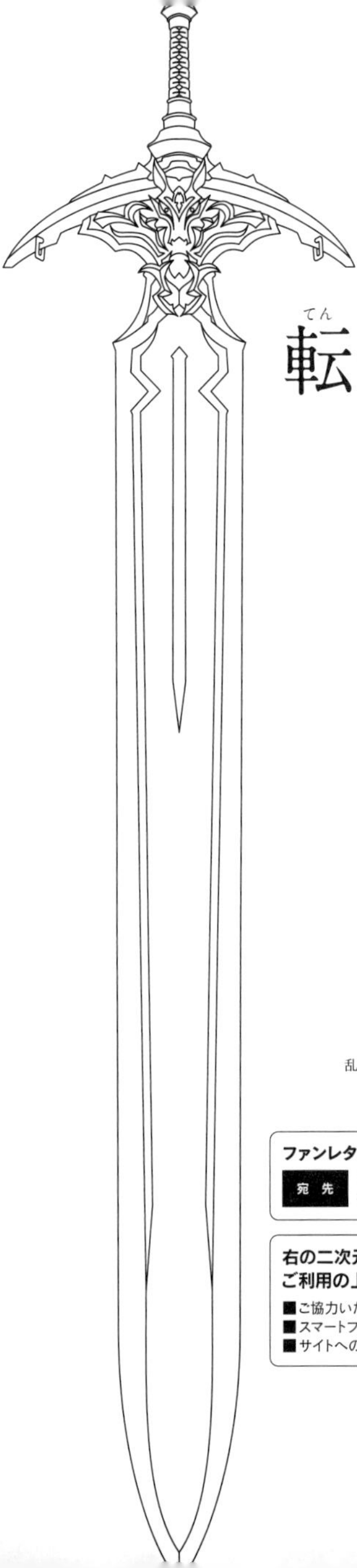

GC NOVELS

転生したら剣でした 17

2024年4月6日　　初版発行

著者　棚架ユウ
イラスト　るろお

発行人　子安喜美子
編集　大城書
装丁　横尾清隆
印刷所　株式会社平河工業社
発行　株式会社マイクロマガジン社
〒104-0041　東京都中央区新富1-3-7　ヨドコウビル
［販売部］TEL 03-3206-1641／FAX 03-3551-1208
［編集部］TEL 03-3551-9563／FAX 03-3551-9565
https://micromagazine.co.jp/

ISBN978-4-86716-554-6　C0093

本書は小説投稿サイト「小説家になろう」(https://syosetu.com/)に掲載されていたものを、
加筆の上書籍化したものです。

ファンレター、作品のご感想をお待ちしています！

宛先　〒104-0041　東京都中央区新富1-3-7　ヨドコウビル
株式会社マイクロマガジン社　GCノベルズ編集部「棚架ユウ先生」係「るろお先生」係

**右の二次元コードまたはURL（https://micromagazine.co.jp/me/）を
ご利用の上、本書に関するアンケートにご協力ください。**

■ご協力いただいた方全員に、書き下ろし特典をプレゼント！
■スマートフォンにも対応しています（一部対応していない機種もあります）。
■サイトへのアクセス、登録・メール送信の際にかかる通信費はご負担ください。